KB234188

도 원장과
매일매일

도 원장과 매일매일

초판 1쇄 찍은 날 | 2017년 12월 15일
초판 1쇄 펴낸 날 | 2017년 12월 21일

지은이 | 성희주
펴낸이 | 예경원

편집 | 유경화 · 주승아

펴낸곳 | 예원북스
등록번호 | 제396-2012-000132호
등록일자 | 2012. 7. 25
YRN | 제1-0205호

주소 | 경기도 고양시 일산동구 호수로 646-24 위너스21-Ⅱ 206A호 (우) 10401
전화 | 031-819-9431 팩스 | 031-817-9432
http://cafe.naver.com/yewonromance
E-mail | yewonbooks@naver.com

ⓒ 성희주, 2017

ISBN 979-11-6098-716-4 03810

※ 파본은 구입하신 서점에서 교환하여 드립니다.
※ 저자와 협의하여 인지를 붙이지 않습니다.
※ 이 책은 예원북스와 저작자의 계약에 의해 출판된 것이므로 무단 전재 및 유포, 공유를 금합니다.
※ 이 도서의 국립중앙도서관 출판시도서목록(CIP)은 서지정보유통지원시스템 홈페이지(http://seoji.nl.go.kr)와 국가자료공동목록시스템(http://www.nl.go.kr/kolisnet)에서 이용하실 수 있습니다.

도 원장과 매일매일

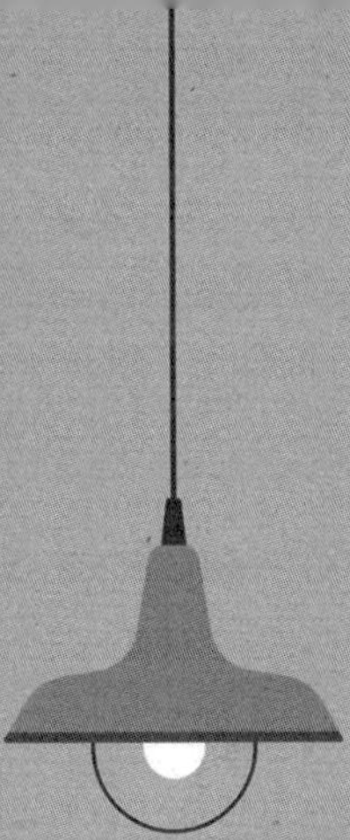

성희주
장편 소설

YEWONBOOKS
ROMANCE
STORY

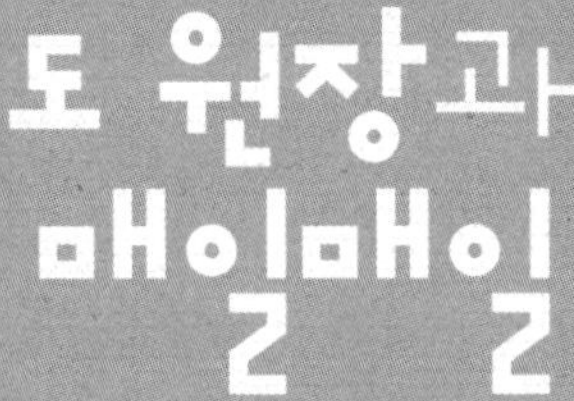

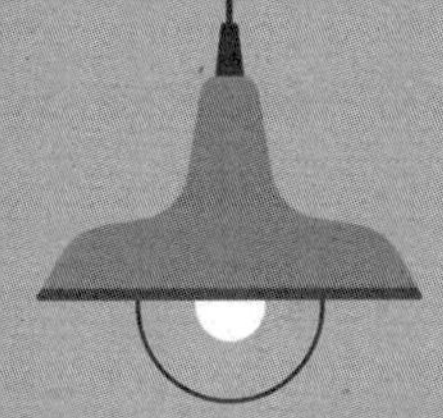

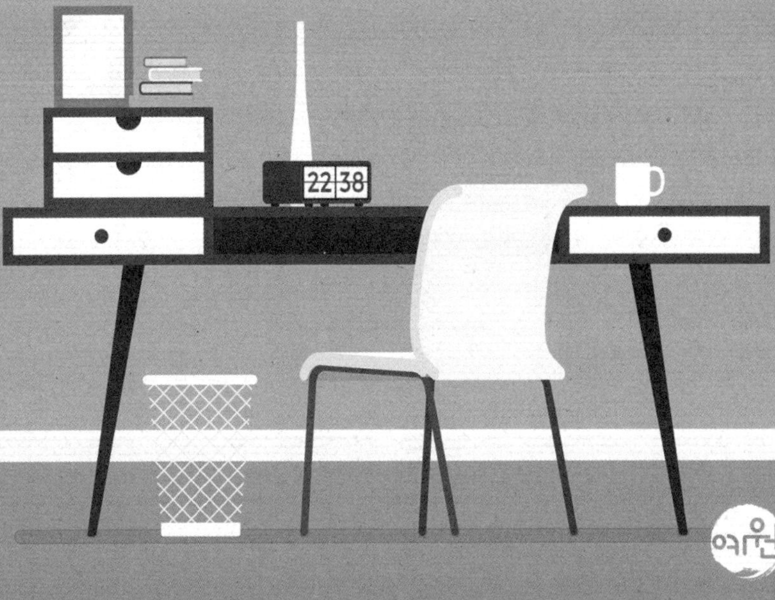

예원

C · O · N · T · E · N · T · S

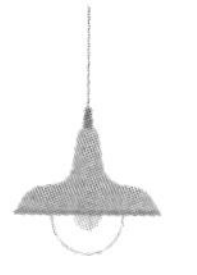

프롤로그

동네 소아과의 오후 5시는 그렇게 한가하지 않다. 그런데 20분 전 진료를 본 후부터 병원이 조용하다. 파스텔 톤으로 귀엽게 꾸며놓은 대기실은 물론이고 볼풀과 미끄럼틀이 있는 놀이방에도 환아가 한 명도 없다.

아픈 아이가 없다는 건 감사한 일인데 이러다 굶어 죽는 건 아닌가 싶은 걱정이 밀려들 때였다.

딸랑딸랑. 출입문에 달린 뽀로로 풍경이 요란한 소리를 냈다. 소음으로 들릴 만큼 그 소리가 무척이나 거칠었다.

"어서 오세요."

평소보다 세 배는 더 친절하고 상냥한 은실의 목소리가 진료실

너머 접수실에서 들려왔다.

"여기 성인도 진료하죠?"

꽤나 매력적이면서 맑은 남성의 목소리다. 하지만 그 목소리 안에는 화가 배어 있는 것 같았다.

"네. 처음 오셨나요?"

"도윤희 선생님한테 진료받으려고 하는데요."

화난 목소리 때문이었는지 도윤희라는 내 이름을 듣는 순간 지은 죄도 없는데 괜히 가슴이 철렁했다.

'누구지?'

목소리의 주인공을 떠올리려 했지만 딱히 생각나는 사람은 없었다. 워낙 아는 남자가 없으니 말이다. 그나마 아는 남자였다면 저렇게 들어오지 않았을 테니까.

"접수부터 하시고 조금만 기다리시면 원장님 진료받으실 수 있어요. 처음 오셨으면 여기 성함, 주민번호, 연락처 적어주세요."

혹시, 손우식이라는 남자가 결혼을 담판 지으러 온 건 아닌가 걱정을 하고 있을 때, 은실과 남자의 대화가 다시 들려왔다.

"어디가 불편하셔서……."

"그건 도윤희 선생님한테 말씀드리죠. 그분이 원장님 맞죠?"

남자의 말투는 듣기 좋은 목소리 톤에 비해 까칠하고 딱딱했다.

은실이 전산에 환자에 대한 인적사항을 입력하는 즉시 그 남자의 정체를 확인하려 했으나 그전에 그녀가 접수실과 통해 있는 진료실로 들어왔다.

나는 손으로 밖을 가리키며 기다리고 있는 환자에 대한 궁금증을 표현했다.

그러자 은실이 나에게 다가와 속삭였다.

"이상한 남자예요. 그런데 되게 잘생겼어요."

이상한데 잘생긴 남자?

아마도 들어오자마자 화를 냈으니 뭔가 이상하기는 했겠지. 그런데 잘생겼다고?

은실은 눈이 높아 웬만한 인물로는 잘생겼다는 칭찬을 하지 않는다. 그런데 잘생겼다고?

"연예인 같아요. 그런데 좀 이상해요."

연예인 같다면 잘생겼겠지. 그런데 이상하다고?

"들어오시라고 해."

연예인처럼 잘생긴 남자에 대한 호기심과 궁금증으로 나는 그를 빨리 보고 싶었다.

"도대체 얼마나 더 기다려야 됩니까?"

은실이 진료실을 나가기도 전에 밖에서 짜증내는 남자의 목소리가 들려왔다.

나는 그 짜증난 목소리를 듣는 순간, 알 수 없는 불안함과 불길함에 사로잡혔다.

"최동석 씨! 진료실로 들어가시면 돼요."

접수실로 나간 은실이 환자를 호출하는 순간, 나는 내 귀를 의심했다.

'최동석……? 설마 저 동석이 그 동석은 아니겠지……? 설마……?'

진료실 문을 열고 들어오는 남자가 내가 아는 동석이 맞는지 제대로 확인할 사이도 없이 그가 갑자기 밖으로 나가 버렸다.

'뭐지?'

하는 순간.

"도윤희 선생님한테 진료받겠다고 하지 않았습니까? 그런데 다른 선생님한테 보내주면 어떡합니까?"

그가 진료실로 들어오기가 무섭게 바로 밖으로 나가 은실에게 버럭 고함을 질렀다. 방금까지 들여보내 주지 않는다고 불만이더니, 진짜 이상한 남자가 맞다.

"안에 계신 저분, 도윤희 원장님 맞는데요?"

"네? 그럼 저 안에 저…… 도윤희가 맞다고요?"

다시 진료실로 들어온 남자.

그가 각종 동물 캐릭터가 그려진 노란 가운을 입고 있는 나를 보았다. 그리고 나는 진한 그레이 면바지에 블랙의 캐주얼 셔츠를 입고, 안경을 쓰고 있는 껑다리, 그를 보았다.

은실의 말이 맞았다. 연예인같이 잘생긴 남자. 그러나 나를 바라보는 시선이 이상한 남자.

머리부터 발끝까지 어디 한군데 흠잡을 수 없는 남자의 비주얼에 잠시 넋을 빼고 있을 때.

"도윤희 맞아?"

그가 물었다.

그렇다면 저기 있는 저 동석은 내가 아는 그 동석?

무의식중에 고개를 끄덕거렸다.

"운영고 32회, 도윤희?"

"최…… 동…… 석?"

겨우 알아본 동석이 녀석이 반가운 인사를 해올 거라 기대는 하지 않았다. 하지만.

"너! 성형수술 했냐? 네가 정말 도윤희가 맞다고? 와우! 우리나라 성형수술 수준이 이 정도였단 말이야?"

'뭐, 이런 그지 같은 자식이 다 있어?'

욕을 한바탕해 주고 싶었지만 옛정이라는 게 있는지 차마 욕까지 내뱉을 수는 없었다.

"야! 나 성형수술 안 했거든! 안경 대신 렌즈 끼고, 이 교정하고 살 빠져서 그런 거야! 왜 남의 외모 가지고 모함이야! 그것도 십수 년 만에 만나서! 넌 예나 지금이나 어쩜 그렇게 매너라는 게 없니?"

맞다. 최동석, 저 자식은 열여덟 그 시절에도 잘생긴 외모와 최고의 성적으로 운영고에서 제일 건방지고 도도한 녀석이었다. 서른둘이라는 나이에도 그는 여전히 건방지고 도도하고 매너가 없다.

"에이, 내 앞에서까지 그러지 마라. 내가 너 고등학교 때 사진을 가지고 있는데. 그리고 네 모습이 어땠는지 기억이 생생한데."

물론, 코와 눈 밑 애교 살에 필러를 살짝 넣기는 했지만 그건 수술이 아니라 시술이다. 그러니 수술을 하지 않았다는 내 말은 틀린 게 아니다.

"의대 동창들이 네 얼굴에 임상 수술을 했나 보지?"

오랜만에 보는 동창에게 시비부터 걸어오는 동석을 이해할 수가 없었다.

오히려 내가 시비를 걸어도 할 말 없는 건 저 녀석일 텐데.

"똥돌, 혹시 내가 고등학교 때 너한테 돈 꿔가서 안 갚았니?"

동석의 인상이 무섭게 구겨졌다. 순간 아차, 싶었다. 저 녀석이 제일 듣기 싫어하는 별명을 불렀으니. 그러나 어쩌랴, 동석이라는 이름보다 똥돌로 부른 날이 더 많아 입에 붙어 있는걸.

"그러니까 동석아, 내 말은 네가 동창인 내가 의사로 있는 이 병원에 반가운 마음으로 진료를 받으러 온 게 아니라, 뭔가 시비를 걸고 화를 내려고 온 것 같단 말이지. 그것도 아주 작정하고."

"넌 내가 반갑냐?"

그가 삐딱하게 물었다.

"반가웠겠지? 그냥 조용히 들어왔으면."

"도윤희 너 많이 컸다. 의사가 돼가지고 사기도 칠 줄 알고."

"뭐? 사기? 야! 똥!"

"너 의사 면허 있기는 한 거냐? 무면허 의사 아니야? 돌팔이 아니냐고?"

불쾌감이 아닌 분노가 느껴지는 순간이었다. 나는 책상 위를 거칠게 치며 그 녀석 앞으로 바짝 다가갔다.

"똥돌, 잘 들어. 너 어디서 무슨 얘기를 잘못 듣고 와서 나한테 이러는 건지 모르겠지만…… 너 그런 식으로 나불거리면 다치는 수가 있다. 네 말대로 나 좀 컸거든. 예전에 도윤희가 아니라는 말이지. 그러니 조용히 사라져 주라, 좋은 말 할 때."

얼음같이 차갑고 칼날같이 날카로운 나의 카리스마 눈빛이 똥 녀석에게 먹혔나 보다. 녀석은 더 이상 입을 나불거리지 않았다.

어떤 오해가 있는지 모르지만 오랜만에 나타나 다짜고짜 시비를 걸고 화를 내는 건 잘못된 일이라 충고해 주고 타일러 주려 할 때였다. 그에게서 생각지도 못한 이름이 튀어나왔다.

"이진성!"

"네가 진성이를…… 어떻게…… 알아?"

"이래도 네가 사기를 안 쳤다고 할 수 있냐?"

"아, 그건…… 음…… 그게……."

왜 이렇게 심장이 빨리 뛰는지. 어쩜 이리 얼굴은 화끈거리는지.

"각오해라, 도윤희."

상황이 이렇게 역전될 줄 누가 알았으랴!

아니, 똥돌 저 녀석이 진성이와 아는 사이인 줄 누가 알았으랴!

고등학교를 졸업한 지가 몇 년이고 서로 죽었는지 살았는지도 모르는 똥이 녀석이 이렇게 나타날 줄 누가 알았으랴!

"오늘 진료는 내일로 미뤄주마. 네 상태가 진료를 볼 만한 상태가 아닌 것 같으니까. 내일 보자, 도 원장."

동석이 진료실 밖으로 나갔다.

그 녀석이 사라짐과 동시에 다리에 힘이 풀렸다.

결국 입이 방정이었다. 아닌가, 쓸데없는 오지랖이 문제였나.

어쨌든 시간을 돌릴 수만 있다면…….

1. 세상이 좁다지만

도윤희, 그녀는 국내 손꼽히는 종합병원의 잘나가는 소아청소년과 전문의가…… 아니다.

개원한 지 1년 차인 그냥 그런 소아청소년과 전문의라 할 수 있다. 한마디로 흔히 말하는 동네 소아과 원장이다.

레지던트 과정을 끝내고 계속 병원에 남을 수 있었지만 그녀는 그렇게 하고 싶지 않았다.

치열한 의대 6년, 지옥 같은 인턴 과정 1년, 끔찍한 레지던트 4년 과정을 마치는 동안 공부에 지치고 병원 생활에 학을 뗐다.

명예욕이나 출세욕이 강했던 것도 아니고, 열정과 냉정을 가지고 진료하기에 그녀는 인정과 눈물이 너무 많은 편이다. 한마디로 종합병원에 남아 있기에는 자질 부족의 의사였다.

그렇다고 그녀가 의사에 대한 사명감 없이 병원 생활을 하고 전문의 자격증을 취득한 건 아니다. 아프고 여린 아이들을 제 손으로 치료하고 건강한 모습으로 뛰어놀게 만들어주고픈 꿈이 있었고 그녀의 그 꿈은 여전하다.

환자와 소통이 잘되는 동네 소아과만큼 인간적인 병원은 없다고 생각한 그녀는 지금 그곳에서 그 꿈을 이뤄가려고 노력 중에 있다.

그리고 또 다른 꿈인 연애, 자이브, 여행을 실현하기 위해 노력 중이지만 그녀의 삶은 위기에 봉착했다.

길 건너 맞은편에 키즈카페 분위기의 대형 소아청소년과가 개원을 한 것이다. 나름 입지 조건을 잘 따져서 개원했기에 처음 3개월은 괜찮았다. 하지만 그 병원이 생기고부터는 개원하느라 받은 대출 빚 때문에 허덕이는 생계형 의사가 되어버렸다.

간호조무사인 은실의 월급, 임대료 그리고 대출금의 이자와 원금을 갚고 나면 그녀는 빈털터리가 된다.

이러다간 개원 1년 만에 병원 문을 닫는 불상사가 생기는 건 아닌지 걱정이다.

하지만 빈털터리로 병원 문을 닫는 것보다 더 무서운 것이 있다. 만일 지금 병원이 적자 운영될 경우 그녀의 부모님이 점찍어 놓은 손우식이라는, 얼굴도 보지 못한 남자와 정략결혼을 해야 한다.

개원 당시 그녀는 부모님께 일부 자금을 지원받으며 약속한 것이 있었다.

"병원 운영에 있어서 지출이 수입보다 많은 마이너스가 되는 순간, 넌 손 원장의 며느리로 살아가겠다는 각서를 서명 날인하여 제출할 것이며 손우식하고 바로 식 올리는 거다. 알았나?"

공군장교 출신으로 지금은 항공사의 기장으로 일하고 있는 부친의 명령대로 그녀는 각서를 써서 제출했고 조만간 그날이 멀지 않았다는 위기감이 숨통을 조이고 있는 상태다.

오늘도 간호조무사로 있는 은실을 퇴근시키고 '텅장'이라고 하는 빈 잔고의 통장을 바라보며 한숨을 내쉬고 있었다.

'하, 이번 달도 나의 생활비는 제로로구나. 건물주 좋은 일만 해주고 난 굶어 죽는구나. 내가 이러려고 그 비싼 등록금 내고 잠 한숨 편하게 못자면서 의대 공부한 게 아닌데.'

들여다본다고 해서 통장에 잔고가 갑자기 늘어나는 기적은 일어나지 않는다.

'엄마 말을 들을 걸 그랬나? 피부과나 성형외과를……'

아니다. 그래도 그녀는 아이들을 진료하는 소아과 의사에 자부심과 긍지를 가지고 있다. 배부른 돼지보다 배고픈 소크라테스가 낫다고, 돈 때문에 전공과목을 선택하는 의사보다 사명감을 가지고 선택한 소아과 의사라는 것에 자부심을 느낀다.

"에이, 집에 가서 드라마나 봐야지."

요새 한창 빠져 있는 막장 일일 드라마를 보기 위해 퇴근을 서두를 때였다.

딸랑딸랑. 출입문에 달려 있는 뽀로로 문종이 요란한 소리를 냈다.

진료 시간이 끝났지만 지금 그걸 가릴 때가 아니었다. 막장 일일 드라마보다 더한 생활고를 벗어나기 위해 그녀는 최대한 예쁘고 상냥한 미소를 지었다.

"어서 오세요."

병원에 '어서 오세요'라는 인사가 어울리지 않지만 너무 반가운 나머지 어서 오라는 인사가 나와 버렸다.

"상처도 치료해 줘요?"

퉁명스럽고 불량스러운 말투로 묻는 남학생 옆으로 피범벅의 남학생이 한 명 더 서 있었다. 17:1로 싸움을 벌인 것인지 상태가 심각해 보였다. 그러나 질문을 하는 남학생은 멀쩡했다.

"아이, 씨발! 드럽게 아파. 퉤."

피범벅 남학생이 피가 섞인 침을 뱉었다. 거하게 두들겨 맞아 엉망이 되어버린 것 같은 얼굴이 안쓰러워야 하는데, 하는 행동으로 보아하니 사고뭉치가 패싸움을 벌인 것 같아 전혀 안쓰럽지 않았다.

남학생이 뱉은 침으로 인해 바닥이 더러워지자 윤희가 인상을 찌푸려졌다.

"네 피범벅 침이 더 드럽다, 야! 빨리 닦아!"

라고 말을 하고 싶었지만 괜히 잘못 건드렸다가 자신이 저 얼굴같이 피투성이가 되는 건 아닌지 걱정이 된 윤희는 일단 말을 뱉지 않았다. 대신.

"이리 와서 앉아봐."

카리스마 있게 진료실 의자를 가리키며 피범벅의 녀석을 앉게 만들었다.

자세히 보니 그리 많이 다친 것 같지는 않았다. 코피로 인해 얼굴 전체가 피로 얼룩져 있었고 볼이나 턱 부분이 벌겋게 부어 있었지만 딱히 어딘가를 봉합해야 할 만한 상처는 보이지 않았다.

혹시나 싶어 윤희는 치아나 후두 쪽을 살펴보았다. 역시나 그녀의 눈에 특별한 이상은 보이지 않았다.

윤희는 알코올 솜으로 얼굴에 묻은 피부터 닦아내기 시작했다.

"씨발, 공부는 잘하는 년이 왜 그런 새끼하고 사귀는 거야?"

"야, 이 새끼야, 서영이는 욕하지 마라. 죽는다!"

"그렇게 처맞고도 그년 편을 들고 싶냐? 붕신아!"

"욕하지 말라니까! 씨발 놈아!"

"그년은 널 이용하는 거라니까, 이 병신 새끼야! 공부 좀 하고 얼굴 좀 쯔위 닮았다고 개갑질하는 거라고!"

윤희는 그 녀석들의 대화에 귀를 기울였다. 오늘 보지 못한 드라마보다 더 흥미롭다는 생각을 하며.

요는 이렇다.

피범벅 녀석이 좋아하는 여학생이 있는데 공부 잘하고 얼굴도 예쁜 모양이다. 그런데 이 여학생에게는 이미 남자친구가 있고 그 남자친구가 자신의 여자친구를 좋아하는 남학생이 있다는 걸 알고 맞짱을 떠서 이렇게 피범벅을 만들어놓았다는 유치하고 슬픈 사연이었다.

피범벅의 친구는 그 여학생이 못된 여우라, 자신의 미모를 이용해서 남자 둘이서 싸우는 걸 즐기는 거라고 하고, 그에 대해 피범벅은 절대 아니라고 부정했다. 그 여학생은 남자친구라고 하는 놈이 가지고 있는 피규어를 얻기 위해 어쩔 수 없이 만나고 있어 불쌍하다며 자신이 구해줘야 한다고.

너무 유치해서 눈물 없이는 들을 수 없는 그들의 이야기에 윤희가 애써 웃음을 참고 있는데.

"야! 그년은 네가 우리 학교 전교 꼴등인 거 알고 있다니까! 너한테 꼴통 새끼라고 했다고! 이 병신 새끼야!"

전교 꼴등. 그러면 그렇지.

"풉."

윤희의 꾹 다문 입술 사이로 웃음이 삐져나왔다.

“아이, 시발! 아프잖아요!”

웃느라 전교 꼴등 녀석의 아픈 곳을 건드렸나 보다. 그렇다고 어른에게 욕을 하다니!

“야, 이 병신 새끼야! 이것도 못 참니?”

윤희가 두 녀석이 했던 욕을 그들에게 해버렸다. 그러자 두 녀석이 벙찐 표정으로 그녀를 멍하니 바라만 보았다.

“병신 새끼가 네 이름 아니었어? 난 또 저 녀석이 너를 그렇게 부르길래 네 이름인 줄 알았지. 저놈 이름은 18새끼인 줄 알았는데.”

그다음부터 두 녀석이 입을 다물고 있었다. 두 녀석이 입을 다물고 있으니 윤희는 심심하다는 느낌이 들었다.

“여자는 말이야, 그렇게 막 들이대면 질려서 도망가. 니네 밀당이라는 말 알지? 그 밀당을 잘해야 되는 거야, 이놈들아! 나 같아도 너같이 욕 잘하는 전교 꼴등이 들이대면 쪽 팔려서라도 상대 안 해준다.”

“아, 씨…… 의사 쌤이 뭘 안다고 그래요?”

“이것들이 날 무시하네. 야! 내가 딱 너희 같은 경우를 그것도 딱 너희 나이 때에 겪어봐서 하는 말이야!”

두 녀석이 귀신 씻나락 까먹는 소리를 하고 있다는 얼굴로 윤희를 바라봤다.

“잘 들어봐.”

남학생들의 표정과 상관없이 윤희가 자신의 이야기를 꺼내놓기 시작했다.

"내가 말이야 학교에서 인기가 엄청 났거든."

믿을 수 없다는 두 녀석이 윤희를 쏘아보았다. 마치, 뻥치시네, 라고 눈으로 말하는 것 같았다.

"이과 1등에, 이 외모면 당연히 인기가 많지 않았겠니?"

"공부 잘하는 씨…… 것들은 싸가지가 없어서 인기가 없거든요! 완전 개싸가지들이……."

"그래서? 내가 개싸가지로 보이냐?"

"아니요, 그렇다는 게 아니고요……. 그래서 어떻게 됐다는 건데요? 공부 잘하고 인기 많아서……."

조금 흥미가 생겼는지, 아니면 그녀의 말이 길게 늘어질 것 같았는지 피범벅이가 다음 얘기를 재촉했다.

"이과에서 1등을 하던 나를 쫓아다닌 두 녀석이 있었지. 한 명은 문과 1등이면서…… 생긴 것도 더럽게 잘생겼던 녀석, 그리고 또 한 명은 공부를 포기하고 힘과 깡으로 살기로 작정한 전교 유일의 꼴등이자 꼴통인 녀석."

"그래서 그 둘이 맞짱이라도 떴어요?"

"오호! 맞아. 학교에서부터 집까지, 그리고 집에서 학교까지 두 사람은 내 뒤를 졸졸 쫓아다녔고, 책상 위에는 그 둘이 놓아둔 음료수나 간식, 꽃다발로 빈 상태로 있었던 적이 없었다니까. 뭐, 사실 두 사람뿐 아니라 나를 쫓아다니던 다른 남학생들도 많았지만 워낙 유별난 두 사람으로 인해 다른 남학생들은 눈에 들어오지도 않았고.”

“아, 쩔어. 완전 옛날 사람.”

“뭐가 쩔어? 그때는 다 그랬어. 게다가 아까 말한 것처럼 전교생이 보는 가운데 두 녀석이 나를 두고 맞짱을 떴지 뭐니? 학교 선생님들까지 뛰어나와 말리고 나서야 싸움은 끝이 났고, 급기야 양쪽 부모님까지 학교로 불려오는 상황까지 가고 말았으니…… 그 사건은 대한민국에서 손꼽히는 명문, 운영고에 남아 있는 전설이기도 하지.”

욕은 심하게 하지만 아직은 눈동자가 맑은 십대 아이들만의 순수함이 보였다. 과격하고 거칠게 말하고 행동해도 아직은 세상 때가 묻지 않은 그들만의 순진함이 느껴졌다.

그게 귀여워 보여 윤희는 두 녀석이 편해졌고 그래서 어렵지 않게 제 얘기를 꺼낼 수 있었다. 하지만 그 이야기를 믿을 수 없는지 피범벅의 입에서 야유가 튀어나왔다.

“에이.”

멀대같이 서 있는 녀석까지 의심스러운 눈빛을 하며 물었다.

“진짜요? 개구라 아니에요?”

“쌤이 그렇게…….”

“내가 그렇게 뭐?”

“아니…… 맞짱 뜰 정도로…….”

“예쁘지 않다는 거냐?”

두 녀석에게서 대답이 없었다.

“야! 내가 열여덟 살에는 지금보다 백배는 더 예뻤거든! 힘든 의대 공부하고, 그보다 더 힘든 인턴, 레지던트하면서 팍 늙어서 그렇지, 내가 고딩 때는 윤아 저리 가라였어!”

윤희는 자신의 외모를 평가절하 하는 것 같은 두 남학생들에게 발끈하고 말았다.

“아, 그러고 보니까…… 젊었을 때는 윤아보다는 설현 이미지였을 것 같아요.”

“뭐? 젊었을 때? 그럼 지금은 젊지 않다는 것이냐?”

“십대는 아니잖아요!”

어린 녀석들에게 그런 말을 들은 윤희의 기분이 묘했다.

서른둘이라는 나이가 열여덟에 비해 나이가 많은 건 맞는 얘기다.

‘내가 열여덟 살이었을 때, 스무 살 넘으면 몸도 생각도 십대와 다른, 나이 든 어른이라고 생각했었지. 그러니 이 녀석들 눈에 의사인 내가 아줌마로 보일 수 있을지도…….’

“끝났어. 가서 멍이 심해지지 않게 냉찜질하고 이틀 후부터는 온찜질해.”

윤희가 자리에서 일어서자 피범벅 녀석이 일어났다.

"얼마예요?"

"돈은 됐고! 대신, 욕 좀 하지 마라. 욕하는 남자 좋아하는 여학생 없거든! 니들은 무식한 것도 문제지만 그걸 드러나게 만드는 욕이 문제야!"

"여자애들이 욕은 더 잘해요!"

"차별화! 남들과 차별화된 행동과 모습으로 여학생들의 환심과 관심을 사라고, 이것들아!"

입을 삐죽거리며 출입문을 여는 두 사람을 윤희가 불러 세웠다.

"이 녀석들아!"

"왜요?"

"인사는 하고 가야지! 공부도 못하고 인사성도 없냐?"

"안녕히 계세요!"

투덜거리며 나가는 두 남학생의 모습이 귀여워 윤희의 입가에 미소가 머물렀다.

새 학기가 시작된 지 한 달하고 반이 지났다. 새로운 반의 아이들과 익숙해져서인지 10분의 쉬는 시간에는 학교 건물이 들썩이는 느낌이다.

아비규환과도 같던 10분이 지나고 동석은 영어 교과서를 들고 교무실을 나섰다. 수업 종이 쳤는데도 교사보다 더 느린 걸음으로 복도를 지나가는 녀석들에게 한마디 던졌다.

"땅 짚고 기어갈래?"

낮게 으르렁거리는 동석의 한마디에 후다닥 튀어가는 녀석의 뒤통수를 보며 피식 웃음을 흘렸다. 그리고 담임을 맡고 있는 그의 반 교실로 들어왔다.

반장이 일어나 '공수! 배례!'를 외쳤고, 아이들의 공손한 인사를 받으며 수업을 시작했다. 그때 동석의 눈에 진성이 들어왔다.

개과천선이라는 말을 제대로 실감하게 해주는 녀석이다. 개과천선(改過遷善)을 검색해 보면 지난날의 잘못이나 허물을 고쳐 올바르고 착하게 됨을 의미한다고 나와 있다. 지금 수업에 집중하고 있는 진성이 딱 그렇다.

일주일 전만 하더라도 옆 학교 여학생한테 빠져들어 그 여학생의 남자친구와 싸움을 벌인 녀석이다. 어디 그뿐인가. 남들은 중학교 2학년 때 겪었을 질풍노도의 시기를 진성이는 이제 겪고 있으니 고2답지 않게 매사 사건, 사고를 요란하게 터뜨렸었다.

담임을 맡는 순간부터 진성이 때문에 동석은 하루도 마음 편할 날이 없었다.

그런데 어제부터 진성이 이상했다.

조회 시간에 엎드려 자느라 혼나고, 종례 시간에도 엎드려 자느라 혼나고, 학교생활의 시작과 끝을 꾸중으로 장식하는 녀석이 어제 조회 시간에 깨어 있는 게 아닌가. 그것도 허리를 꼿꼿하게 세우고 앉아 눈을 말똥말똥하게 뜨고서는.

교실을 나가는 길에 격려, 칭찬, 뭐 그런 의미로다가 동석은 진성의 어깨를 가볍게 툭툭 쳐 주었었다.

기적 같은 일은 그걸로 끝이 아니었다.

"선생님 반, 진성이 있잖아요? 어머, 오늘은 자고 있지 않고 수업을 듣던데요? 깜짝 놀랐어요."

1교시 국어 선생님부터 시작해서.

"진성이한테 뭔 일 있는 겨? 잠을 안 자데…… 별일도 다 봐."

마지막 교시 수학 선생님까지.

그리고 그 기적은 오늘까지 이어졌다.

"쌤, 의사가 되려면 이과로 갔어야 하는 거죠?"

상담을 신청한 진성이 넌지시 건넨 질문은 동석의 상상을 초월하는 것이었다.

"왜? 의대 가시게?"

"네."

농담으로 건넨 동석의 말에 진성의 대답은 진지했다. 한 번도 볼 수 없었던 결연한 표정까지 보이니 더 이상 진성과의 대화를 농담처럼 끌어갈 수가 없을 정도였다.

전교 꼴등에 가까운 성적을 가진 진성이 의대를 갈 수 있는 확률은 얼마나 될까? 1학년이라면 모를까, 이미 2학년도 중간고사까지 치른 상태에서는 절대 의대를 갈 수 있는 내신이 아니다. 수능을 만점 받으면 모를까.

"왜 갑자기 의사야?"

"의사에게 걸맞은 남자는 의사밖에 없는 것 같아서요."

"응? 의사에게 걸맞은 남자?"

"네."

먼저 싸움까지 벌이면서 좋아했던 여학생이 의대 준비생인 것 같다. 사랑에는 국경도 없다더니 나이도 없나 보다. 공부를 포기한 전교 꼴찌의 꿈을 의사로 재탄생시키니 말이다.

"좋아하는 애가 의대 가겠대? 그래서 같이 가보려고?"

"아니요. 이미 의사예요."

"뭐, 뭐라고?"

"이미 의사라고요. 키도 크고, 늘씬하고, 하얀 얼굴에, 성격도 쿨하고, 눈이 초롱초롱하고, 손가락도 가늘고 예쁜, 소아과 의사요."

동석은 새끼손가락으로 자신의 귀를 파고는 진성에게 다시 물었다.

"그 의사가 누군데?"

"나의 여신님이요."

"진성아, 너……."

설마 원조교제를 하는 건 아니겠지?

"쌤, 이과로 바꿔주세요. 전 의대를 가야 해요."

"진성아, 잠깐 얘기를 해보자. 그러니까 네가 지금 의대를 가려는 이유는 네 여신님인 키도 크고, 늘씬하고, 눈하고 손도 예쁜 어떤 의사분 때문이라는 거지?"

"네."

"네 여신님이 의대에 꼭 가라던? 그래야 상대해 주겠다고?"

"아니요. 차라리 그래 주면 고맙게요. 날 아주 상꼬맹이 고딩으로만 보고 있단 말이에요. 그러니까 그녀에게 남자로 보이기 위해서는 당당하게 의대 합격해야 한다고요. 쌤은 이해하시죠? 어려도 내가 좋아하는 여자한테는 남자이고 싶은 마음."

한숨과 웃음이 동시에 터져 나오려 했지만 동석은 꾹 참으며 다시 물었다.

"어쨌든 너의 의사 여신님이 동기부여가 됐다는 말이네. 네가 의대라는 목표를 가지고 공부를 하게 만들어준."

"그렇죠."

동석은 진성이 말하는 의사 여신님이 궁금해졌다.

아무도 바꿔놓지 못한 진성의 수업 태도를 단번에 바꿔놓았으며 목표도 없이, 의미도 없이 학교 출석부에 도장만 찍던 진성의 목표 의식과 도전 의식을 깨워놓았으니 얼마나 은인 같은 존재인가.

"그 여신님은 어떻게 알게 됐는데?"

"그때…… 싸움 났을 때 윤일이하고 상처 치료하려고 저기 사거리에 있는 소아과에 갔었거든요. 거기 원장님이신데 완전 예뻐요! 볼수록 더 예뻐요! 거기다가 성격도 장난 아니에요! 완전 걸크러쉬! 윤일이도 반했는데 내가 찍었으니까 건드리지 말라고 해서 걔는 포기했어요."

"사거리 소아과라고 하면…… 거기 큰 건물로 새로 생긴 데?"

"거기 말고요. 그 맞은편이요. 도 소아청소년과라고 있어요. 그 큰 소아과는 빨리 문 닫아야 하는데. 거기 때문에 우리 도 원장 고민이 많던데."

어쭈, 이 녀석 봐라. 우리 도 원장?

하지만 동석의 눈에 그런 진성이 귀여워 웃음이 나올 뻔했다.

"그래, 네 여신님, 도 원장님을 위해 열심히 공부해라, 진성아."

"아 참. 그러니까 저 이과로……."

"너 이과로 옮겨도 의대 못 가. 내신이 안 돼. 그러니까 네가 의사가 되기 위해서는 일단 4년제 대학을 가야 하고 거기서 의전 들어가는 방법밖에는 없어. 그러니까 일단은 4년제 대학부터 들어가야 한다는 말이지."

"의전이요? 그게 뭐예요?"

진성의 말에 동석이 한숨을 내쉬며 고개를 푹 숙였다.

'아이고야!'

하지만 이내 밝은 얼굴을 하며 진성에게 의전에 대해 설명해 주었다.

"의학전문 대학원을 의전이라고 하는데, 학사 학위를 딴 후 의과 공부를 위해 들어가는 대학원이라고 할 수 있지. 음…… 문제는 현재 의전이 폐지 단계에 있어서 선택의 폭이 넓지 않다는 거지만 그래도 지금의 의지라면 충분할 것 같다, 진성아."

"그럼 대학 졸업하고 또 시험을 봐야 한다는 말이에요?"

마치 절망을 느끼며 뭔가 포기하는 것 같은 모습이었다.

"네 여신님이 지금 모습 보면 실망하시지 않겠니? 무조건 4년제로 인서울 하겠다는 각오로 주먹을 불끈 쥐어야지!"

아래로 힘없이 떨어진 진성의 고개가 바짝 들렸다.

"맞아요! 이렇게 포기할 수는 없어요! 쌤, 가볼게요."

진성이 발딱 일어나더니 교실을 향해 뛰어갔다.

동석에게서 피식 웃음이 나왔다.

'그 여신님 나도 한번 보고 싶네. 얼마나 미인이길래……'

남고생이 반할 정도면 걸그룹 미모 정도는 되어야 할 것 같고, 걸크러쉬한 성격도 장난 아니라고 하니 상상만으로도 꽤나 괜찮은 여자의 모습이 그려졌다.

'한번 가봐?'

그랬다가 진성의 여신에게 반하는 일이 발생하면 사제 간의 치정이 일어날지도 모른다는 생각이 들었다. 그래도 그 여신님에 대한 궁금증과 호기심은 쉽게 사라지지 않았다.

퇴근을 앞둔 시간, 화장을 고치는 은실의 손놀림이 예사롭지 않았다. 꼼꼼하게 립글로스를 바르고 마스카라를 바른 속눈썹을 뷰러로 집어 올렸다.

"은실 씨, 오늘 어디 가? 왜 이렇게 정성껏 꽃단장을 해?"

"저 오늘 소개팅해요."

자랑을 하는 것처럼 말하는 은실이 조금은 얄미웠다. 하지만 부러움은 너무나도 컸다.

'좋겠다. 소개팅도 하고. 난 이러다 독거노인이 될 것 같은데.'

"헬스 트레이너라고 하는데, 가볍게 한번 만나보려고요."

'그래, 스물넷이면 가볍게 만나봐도 되는 나이지. 좋겠다.'

"들어가 보겠습니다, 원장님."

"어, 그래. 소개팅 잘해."

"네."

은실이 출입문을 열고 나가려고 할 때 진성이 안으로 들어왔다.

"저 왔습니다! 쌤! 안녕히 가세요, 누나!"

나가는 은실을 향해 진성이 깍듯하게 인사를 했다.

"넌 또 왜 왔니?"

별로 반갑지 않은 얼굴로 윤희가 물었다.

"공부하려고요."

"여기가 무슨 독서실이냐? 공부하러 오게. 여기 병원이거든."

"에이, 여기가 무슨 병원이에요? 의원이지."

"뭣이? 너 지금 그 말······."

"병원은 입원 환자 30명 이상을 수용할 수 있는 의료 시설을 갖추고 있어야 하는 거 아시잖아요. 누구보다 쌤이 더 잘 아시면서."

진성이 자연스럽게 접수실 안쪽으로 들어가 데스크에 자리를 잡고 앉았다.

"나 퇴근해야 하거든."

"퇴근해 봐야 갈 데도 없잖아요."

"없기는 왜 없어?"

'내 집이 있는데······.'

참으로 서글픈 사실이다. 심신 건강하고 얼굴 좀 봐줄 만한 서른두 살의 여자가 퇴근 후 갈 곳이라고는 집밖에 없다는 것이.

"쌤, 이거 풀 줄 아세요?"

진성이 펼쳐 놓은 문제집의 한 문제를 가리키며 물었다.

"이러다 나 불법 과외로 신고당하면 어쩌려고?"

말은 그렇게 하면서 윤희는 진성 옆으로 앉으며 문제를 읽어보았다.

"과외비도 안 받는데 무슨 불법 과외예요?"

'나중에 가족이, 그러니까 부부가 될 사이인데······ 흐흐흐.'

음흉한 생각으로 실실 웃고 있는 진성의 머리를 윤희가 쥐어박았다.

"아!"

"야, 인마! 겨우 이 문제를 못 풀어서……. 다음 모두를 만족시키는 다항함수 f(x)를 구하고 풀이과정과 답을 써라. 리미트 엑스가 무한대로 갈 때 이엑스 제곱 플러스……. 이 문제에서 극한 값이 존재하니까 무한대분의 무한대 꼴에서 분모, 분자의 차수가 같고……."

윤희가 문제를 풀어주며 설명을 시작했다. 하지만 진성은 그녀의 설명을 듣는 둥 마는 둥 하며 고개를 끄덕일 뿐이었다.

"그래서 답은 에프엑스는 이엑스 제곱 마이너스 오 엑스 마이너스 삼. 알았냐?

"무슨 소리인지 하나도 못 알아듣겠는데요? 그런데 쌤!"

"못 알아듣겠다고?"

"쌤은 언제부터 그렇게 예뻤어요?"

윤희가 어이없는 표정을 지으며 진성의 귀를 잡아당겼다.

"아, 아! 쌤!"

"이노무쉬키! 까불다 다친다!"

"아, 알았어요. 공부에 집중할게요. 놔주세요."

윤희가 진성의 귀를 놓아주고 물었다.

"너희는 야자 안 하냐?"

“안 해요.”

“왜?”

“올해부터 없어졌어요.”

“진짜?”

“네.”

“그럼 학원이라도 갈 거 아니야?”

“학원 수도세하고 전기세 내러 다니는 건 돈지랄이라고 엄마가 안 보내줘요.”

윤희가 한심한 눈빛으로 바라봐도 진성은 그저 해맑은 미소만 보일 뿐이었다.

“그래도 이제 여기는 오지 마. 나도 사생활이라는 게 있는데 너 때문에 퇴근 후 자유 없이 이게 뭐냐? 내일부터 출입 금지다!”

출입 금지라는 말을 들은 진성이 그제야 시무룩해졌다. 오늘까지만 봐달라며 사정을 하자 마음 약해진 윤희가 고개를 끄덕거렸다.

‘내가 미쳤지. 내 인생도 간수 못하는 주제에. 저런 꼬맹이 인생을 구제해 주겠다고……’

‘쌤. 제가 쌤으로 인해 다시 태어나기로 했어요. 그동안 너무 막 살았어요. 쌤 때문에 공부가 하고 싶어졌어요. 도와주세요.’

피딱지가 까맣게 앉은 입술로 주절거리는 진성을 보며 윤희는 자신이 문제 학생 하나를 구제할 수 있다는, 아니, 구제해야겠다는 사명감 같은 것이 생겼다.

'그래, 의사가 상처나 질병만 치료하는 건 아니지. 저런 어린 인생을 갱생의 길로 인도하는 것도 소아과 의사의 도리인 거지.'

그런 마음으로 진성을 받아들였다.

병원으로 와서 공부하는 것에 찬성을 했고, 학업에 도움을 줄 수 있는 것들을 도와주기로 합의했다. 이렇게 그녀를 귀찮게 할 줄 모르고.

진료실로 돌아온 윤희는 한창 빠져 있는 드라마를 보기 위해 스마트폰에 이어폰을 연결해 귀에 꽂았다. 편안한 마음으로 DMB를 연결해 드라마를 보려는데.

"쌤, 졸린데요."

"세수하고 와."

"세수하고 와도 졸릴 것 같은데요."

"그럼 집에서 가서 자."

귀찮게 하는 진성에게 무심하게 대답해 주는데 어느새 진성이 진료실로 들어왔다.

"선생님 고딩 때 얘기해 주세요. 남자 얘기 빼고."

"내 지난 학창 시절은 딱 두 가지뿐이 없었어. 남자하고 공부."

"에이, 개뻥…… 아니, 거짓말하지 말고요."

"진짜라니까!"

"그런데 왜 지금은 남친이 없는데요?"

"질려서. 남자라면 지겹고, 지겹고, 지겨워서. 입 다물고 공부나 하셔, 이 군!"

참다못한 윤희가 귀에 꽂은 이어폰을 빼내며 짜증을 냈다. 그러나 진성도 만만치 않게 질기게 물고 늘어졌다.

"그때 쌤 두고 싸웠다던 그 자식들…… 아니, 그 형님들하고는 연락하고 지내요?"

"아니. 그쪽에서 계속 연락을 해왔지만 내가 무시했어. 대학 때 추종자들을 커버하기도 힘든데다가 걔네는 내 스타일이 아니었거든. 진짜 똥돌은 뭐 하고 사나 궁금하네."

"똥돌? 별명이에요?"

"이름이 최동석인데 별명이 똥돌이야. 똥이라고도 불렀지. 아니면 돌이라고 부르거나. 선생님들까지 모두."

"최동석이요? 쌤, 운영고 나왔다고 했나요?"

"음하하하. 이래 봬도 내가 전국 상위 10%만 들어간다는 운영고 출신이다. 교복이 샹드레 팍 디자인이라 더 유명한 학교. 학교 밥도 제일 맛있기로 소문난 운영고! 내가 거기 졸업생 되시겠다."

대단하다고 추켜세워 줄 거라는 윤희의 예상과 달리 진성은 뭔가 멍해진 표정이었다. 윤희는 자신의 대단한 스펙에 진성이 놀란 것이라 생각했다.

‘자식, 그래 내가 달라 보일 것이다. 내가 너하고 놀 군번이 아니라는 것을 이제 알았느뇨?’

그런데 진성이 갑자기 문제집을 가방에 넣으며 짐을 챙기기 시작했다.

“가려고?”

“네.”

“그래, 잘 생각했다. 자꾸 집하고 학교에서 공부하는 습관을 들여야 돼. 학원이 안 맞으면 과외라도 하란 말이야. 알았어?”

“네. 안녕히 계세요, 쌤.”

“잘 가라, 이 군.”

진성이 나가고 윤희는 다시 휴대폰을 들었다.

“명색이 의사인데 사는 게 왜 이러니?”

그러면서도 드라마를 끝까지 시청한 후에 퇴근을 했다.

며칠 모범생과 같은 모습으로 담임인 동석을 비롯해 과목별 교사들을 놀라게 만든 진성이 아침 조회 시간부터 넋을 빼고 있었다.

‘그럼, 그렇지.’

그나마 예전처럼 엎드려 자고 있는 불상사는 발생하지 않아 다행이라 생각하며 동석은 학급 조회를 마쳤다.

'여신님에 대한 사랑이 식었나?'

진성이 다시 예전으로 돌아간 이유는 그것밖에 없는 것 같았다.

'자식, 너무 빨리 식은 거 아니냐? 네 나이니까 가능한 일이었지만.'

하지만 진성의 그런 행동이 사랑이 식어서가 아님을 알게 된 건 점심시간 때였다.

"쌤, 고민 상담 좀 해주세요."

여신님과의 썸이 어떻게 되었는지 궁금하던 동석은 진성에게 흔쾌히 시간을 내주었다.

"무슨 고민?"

"쌤 서른두 살이시죠?"

"신사의 나이는 묻는 게 아니다."

"서른두 살과 열여덟, 사랑이 가능하겠죠?"

"혹시 네 여신님이……."

"네. 그렇게 나이가 많은 줄 몰랐어요. 한 스물여섯? 이 정도밖에 안 보였는데. 아, 씨…… 생각보다 나이가 많더라고요."

"소아과 전문의라며? 그럼 당연히 서른이 넘었지!"

"왜요? 대학 4년 나와서 인턴하고 그…… 그…… 레지…… 하여튼 레지 뭐, 그거 하면 끽해야 스물여섯일 거 아니에요?"

"이진성. 너의 의사 여신님은 너의 이런 무식함을 알고 있니?

의대 가겠다고 마음먹었던 녀석이 의대 학부 과정이 어떻게 되어 있는지도 모르면서 의대를 가겠다고 한 거냐?"

"내가 의원과 병원의 차이는 확실히 알아요, 쌤. 내가 나중에 우리 도 원장 병원 차려주려고 좀 알아봤거든요."

'이런 녀석이 내 제자라니……'

가슴을 치며 울고 싶었다.

"나이 차이를 극복할 수 없어서 조회 시간에 그렇게 멍 때리고 있었던 거냐?"

"에이, 그깟 나이가 뭐 대수예요? 나이는 숫자에 불과한 건데. 문제는 우리의 사랑을 인정받을 수 있느냐, 이게 문제인 거죠. 우리 도 원장이 상처받고 힘들어할까 봐 그게 걱정이죠. 먼저 포기할까 봐도 걱정이고."

"에라이, 이 녀석아!"

"아! 아, 씨…… 아파요!"

동석이 진성의 귀를 아프게 잡아당겼다.

"야, 인마! 그럴 시간에 공부나 해! 네 도 원장 여신님을 위해서라도!"

상대할 가치도 없다는 생각에 동석이 자리에서 일어섰다.

"쌤. 운영고 졸업하셨죠?"

"그건 왜?"

"ㅎㅎㅎㅎㅎ."

진성이 괴기한 웃음을 흘렸다. 몹시도 거슬리는 표정과 함께.

"너…… 왜 그래?"

"아니에요. 흐흐흐."

그 순간 동석은 진성에게서 아주 불길한 기운이 느껴졌다.

"이진성."

하지만 진성은 신나는 일이라도 생긴 것처럼 동석을 지나쳐 나풀나풀 복도를 뛰어갔다.

"저 녀석, 저거 뭐지?"

하지만 동석은 이내 피식 웃음을 흘렸다.

"많이 변했다, 이진성."

진성이 변한 것은 수업 시간의 태도만이 아니었다. 입에 걸레를 물고 있는 것처럼 튀어나오는 말마다 욕이었는데 요새 진성의 입에서 정상적인 말이 나오고 있다. 교복도 단정하게 입고 교사들에게 인사도 잘한다. 그야말로 갱생이었다.

그러면서 진성의 여신님에 대한 호기심이 다시 한 번 생겨났다.

'제자를 갱생시켜 줘서 감사하다고 인사를 가야 하나?'

오늘도 어김없이 진성이 병원으로 찾아왔다.

"너 왜 왔어? 출입 금지라고 했잖아!"

"조용히 공부만 하려고 왔어요."

"조용히 공부하려면 독서실로 가."

"독서실 지하에 피시방이 있어서 안 돼요. 내 몸이 그곳을 기억하고 저절로 내려갈 수 있거든요."

"핑계도 가지가지다. 너 진짜 오늘까지만이야!"

"넵!"

접수실로 들어간 진성이 조용히 문제를 풀었다.

'내가 지금 너하고 여기 이러고 있을 때가 아니란 말이다. 에효, 아예 밤에 과외 알바를 해볼까?'

윤희가 접수실 쪽을 바라보며 한숨을 내쉬었다.

그녀의 한숨을 들었는지 진성이 고개를 돌려 윤희를 바라보았다.

"고민 있어요?"

"그런 거 없어."

진성이 책을 덮더니 자리에서 일어나 진료실로 들어왔다.

"왜?"

"그 똥돌 씨 말이에요. 그분에 대해 얘기 좀 해주세요."

"그분에 대해 왜 궁금한데?"

"여자 때문에 맞짱을 떴다고 하니까…… 남 같지 않아서……. 그리고 오늘이 여기 오는 마지막일 수 있으니까요."

"난 별로 그 녀석 얘기 하고 싶지 않으니까 궁금증 접어."

윤희가 인상을 찌푸리며 말했지만 진성은 고집을 피웠다.

"진짜 궁금해서 그래요."

"됐다고."

"잘생겼죠?"

진성의 질문에 윤희가 기억을 더듬는 것처럼 눈을 깜빡거렸다. 그러다 갑자기 화가 난 것처럼 눈을 부릅떴다.

"잘생기긴! 빚다 만 만두같이 못생겨서는 더럽게 뚱뚱했지. 거기에 센스도 없고, 눈치도 없고, 할 줄 아는 건 공부밖에 없어서 낄 데 안 낄 데 구분 못하고 다 끼어들고. 더 말하면 내 입만 아파."

진성의 눈에 윤희는 자신을 좋아했던 남학생을 떠올리고 추억하는 모습이 아니었다. 마치 앙금이 남아 있던 원수지간의 남학생을 신랄하게 공격하고 있는 느낌이었다.

"뚱뚱하고 못생겼었다고요? 최동석…… 그러니까 최똥돌 그분이요?"

"그렇다니까! 말하면 혈압 올라. 성격도 얼마나 더러운지. 오죽했으면 운동장에서 대놓고 싸움을 했겠니? 그것도 대 운영고 학생이."

"저번에 전교 1등에 되게 잘생겼다고 한 것 같은데……?"

윤희가 눈을 굴리며 그런 말을 한 적이 있나, 생각에 빠졌다. 하지만 이내 강한 부정을 했다.

"내가 언제? 내가 니들 욕 때문에 정신이 혼미해서 그렇게 말했나 보다. 똥 개는 진짜 못생기고 성질도 진짜 더럽고. 완전 찌질이었어."

"하긴, 수준에 맞지 않게 찌질한 것들이 따라다니면 기분 더 더럽기는 해요."

"야, 너는 누가 너를 좋아해 주면 감사한 줄 알아! 무슨 수준을 따져! 너야말로 수준에 맞는 상대 찾기 힘든 놈이잖아!"

"아 씨, 내 얘기 하지 말고요! 그 똥돌이 얘기나 해봐요."

"얘기하기 싫다고! 똥 그놈 얘기하려면 집에 가!"

진성이 입을 삐죽거리며 접수실로 몸을 돌리려다 확인하려는 듯 물었다.

"어쨌든 뚱뚱하고 못생겼었다…… 이거죠?"

윤희가 무섭게 인상을 쓰자 진성이 후다닥 자리로 돌아가 앉았다.

'뭐야, 그럼? 담탱이…… 성형수술 한 거야? 지금은 뚱뚱하지도 않고 연예인보다 더 잘생겼는데……. 그 최동석이 이 최동석이 아닌가? 헷갈리네.'

진성은 고개를 갸웃거리다 이내 큰 소리로 웃어댔다.

"야! 공부 안 할 거면 집에 가라고!"

등 뒤에서 앙칼진 윤희의 목소리에 바로 웃음을 삼켰지만 진성의 얼굴에는 미소가 떠나지 않았다.

‘우리 담탱한테 그런 흑역사가 있었단 말이지. <u>흐흐흐흐</u>.’

식곤증에 습격을 당한 아이들이 작렬하게 전사한 것과 같은 모습으로 책상 위에 엎어져 있었다. 5교시 쉬는 시간은 끝이 났고 6교시가 시작되어 교사가 들어왔음에도 학생들은 꿀 같은 꿈나라에서 헤어 나오지 못하고 있었다.

매일 보는 모습이라 이상할 것도 없지만 자신을 보고 있는 진성의 모습은 낯설었다. 예전과 다르게 수업 시간에 잠을 자는 일은 없었지만 수업을 시작하기도 전에 저토록 집중하는 모습을 보인 적이 없었다.

‘저것도 여신님 효과인가?’

동석은 피식 웃음을 흘리며 자고 있는 아이들을 깨우기 위해 교탁을 두드렸다.

“기상!”

몇몇 아이들이 꿈틀거리며 고개를 들었지만 아예 미동도 없이 그대로 엎드려 있는 녀석들도 있었다.

“쌤, 첫사랑 얘기해 주세요.”

뜬금없이 들려오는 진성의 목소리.

수업은 시작도 안 했는데 첫사랑 이야기라니.

“첫 사랑 얘기 듣고 싶다고?”

꿀 발린 것 같은 목소리로 나긋하게 묻자, 고함 소리에도 끄떡하지 않던 녀석들까지 일제히 몸을 바로 세웠다.

“네.”

“그럼 첫 중간고사 성적 우리 반 1등 하자. 첫사랑은 물론 첫 키스 사연까지 1:1로 풀어주마. 잠 달아난 것 같으니까 수업하자!”

동석이 고개를 숙여 교과서를 펴는데.

“정말 안 해주실 거예요?”

동석은 진성을 향해 야무지게 눈을 부라려 주고 몸을 돌려 분필을 집어 들었다.

“최똥돌 쌤! 정말 안 해주실 거냐고요?”

진성의 말에 머리털이 쭈뼛 서는 것 같은 느낌을 받은 동석이 천천히 몸을 돌렸다.

“최똥돌?”

“그게 뭐야?”

아이들이 술렁거렸고 놀리는 것 같은 진성의 시선이 동석을 향해 있었다. 마치 담임의 약점을 잡은 것 같은 여유 있는 미소까지 곁들여서.

‘저 녀석이 그 별명을 어떻게……?’

고등학교 내내 들어야 했던 별명 최똥돌. 아니, 그것도 길어서 모두가 그를 향해 ‘똥!’ 아니면 ‘돌!’ 이라고 했다.

기숙 생활과 함께 시작된 고등학교 시절, 룸메이트 녀석이 동석에게 중학교 때 친구와 이름이 같다며 잘 지내보자 했다. 그래서 녀석과 금세 친해졌다. 그런데 녀석이 중학교 때 '장동석'이라는 그 친구의 별명이 똥돌이라고 했다. 처음엔 '동'을 된발음화시켜 그냥 '똥석'이라고 불렀는데 어느 날 뒤의 '석'자가 '돌 석'자인 것을 알게 된 후부터는 '똥돌'이 되었다고.

그러더니 자연스럽게 그를 '똥돌'이라 부르기 시작했다.

녀석만 그렇게 부를 때는 그냥 무시하고 넘겼지만 어느새 반 아이들 전체가 그를 똥돌이라 불렀고 교사들 사이에도 그 별명이 퍼져 있었다.

들을 때마다 짜증이 나고 화가 났지만 일일이 그걸 가지고 시비를 걸 수도 없어 3년 내내 노이로제에 걸릴 만큼 그를 힘들게 했지만 그냥 참고 들어야만 했던 별명이다. 그래서 똥과 돌이라면 진저리부터 나온다.

대학을 들어가고부터 그 별명을 듣지 않아 살 것 같았고 세상이 즐거웠다. 그런데 그 악몽과도 같은 별명을 제자에게 들을 줄이야.

지금 수습하지 않으면 제자들에게서도 '똥'과 '돌'로 불릴 것 같은 두려움이 밀려들었다.

십대도 아닌 삼십대 교사가 제자들에게 그런 식으로 불리는 건 있을 수 없는 일이다. 차라리 흔한 학생주임들의 별명처럼 '미친

개’로 불리는 게 낫다.

믿거나 말거나 한 첫사랑 이야기를 들려줘서 진성의 입을 막아야겠다는 생각에 동석이 교과서를 내려놓았다.

“딱 10분만이다. 그리고 얘기가 끝난 10분 후부터 조는 녀석은 화장실 벌 청소, 한 달 내내 하는 거다.”

여기 저기 불만의 목소리가 터져 나왔지만 동석은 아랑곳하지 않고 이야기를 시작했다.

“내 첫사랑은 딱 너희만 한 고등학교 2학년 때였다.”

투덜거리던 아이들이 일제히 조용해지며 동석의 이야기에 집중하기 시작했다.

그 모습을 보며 동석은 자신의 열여덟 살이었던 때를 떠올렸다.

‘그래, 한창 공부하기 싫고 불안할 때이기도 하지.’

그러면서 동석은 자신이 그 시절을 생각하며 소설을 써 내려가듯 이야기를 만들어내기 시작했다.

“공부를 진짜 잘하는 여학생이었지.”

“쌤 운영고 나오지 않았어요? 거기는 다 공부 잘하는 애들만 있는 데 아닌가?”

“그중에서도 탑이었단 말이지. 게다가 얼굴은 또 얼마나 예쁜지. 김태희, 전지현은 비교도 안 될 만큼 예뻤고.”

“쯔위 정도는 돼야죠.”

“아니지, 손나은은 돼야지.”

“하여튼 당대 최고의 미모였다. 그 여학생 때문에 남자들끼리 싸움도 엄청 일어났고. 사실 나는 별로 마음에 없었어. 그런데 어느 날 이 여학생이 나한테 편지를 건네주더라고. 사귀자고.”

“오~!”

“니들도 보면 알다시피 내가 그때에도 이 뛰어난 외모로 학교를 주름잡고 있었기 때문에…….”

“풉.”

진성의 웃음에 동석이 날카롭게 쏘아보았다.

‘저 녀석 수상한데…….’

어쨌든 동석은 다음 이야기를 이어갔다.

“하지만 난 관심 없어서 그 편지와 여학생을 무시했더니 그 뒤로 나를 보는 시선이 무척 까칠하더라고. 그것도 별로 신경 안 쓰였는데 어느 날, 수많은 추종자들 중에서 남자친구를 하나 만들었는지 둘이 붙어 다니는 거야! 그 순간, 괜히 아까운 마음이 들더라.”

“에~!”

“그래서 잘해볼까 싶어서 그 앞에 알짱거려 봤는데 곁눈질도 안 하더라고. 냉정해지니까 더 매력적으로 보이는데…… 그날부터 내 짝사랑이 시작됐지. 그렇게 내 첫사랑은 팅기다가 짝사랑으로 끝나 버렸다.”

“에이, 그게 뭐야?”

아이들의 불만이 쏟아져 나왔지만 동석은 아랑곳하지 않고 할 말을 이어갔다.

"그러니까, 니들도 공부할 때 하라고. 기회는 지금뿐이라는 생각에 교과서와 문제집에 달려들어서 해라. 교과서가 니들을 거부할 때 후회하지 말고."

"에에에에!"

"아, 뭐야!"

"짱나!"

동석은 씩 웃으며 교과서에 나온 문장을 유창한 영어로 읽어갔다.

학생들의 원성에도 불구하고 그대로 수업을 진행했고 이내 교실은 조용해졌다.

하지만 동석은 수업하는 동안 자신을 뜨겁게 바라보고 있는 진성의 시선이 의식되었다. 수업에 열을 올리며 집중하는 시선이 아니었다. 잊고 있었던 그의 별명 똥돌을 알고 있는 진성의 눈빛은 음흉해 보일 정도였다.

'저 녀석 아무래도 뭔가 있는 것 같은데……'

수업을 끝내고 불러볼까 싶었지만 괜히 긁어 부스럼을 만드는 건 아니가 싶어 수업 후 그는 조용히 교무실로 들어왔다.

'그 별명을 어떻게 안 거지?'

이제는 고교 동창들도 부르지 않는 별명이다. 그런데 그 별명을 진성이 어떻게 알았을까?

풀지 못하는 수수께끼 같은 의문을 고민하고 있을 때, 진성이 교무실로 들어왔다.

"쌤."

"왜?"

사실 진성을 보자마자 그 별명을 어떻게 알았는지 묻고 싶었지만 자신의 약점을 드러내고 싶지 않아 시큰둥하게 반응했다. 그러나 진성의 눈빛은 여전히 수상쩍었다.

"저는 알고 있거든요."

"뭘?"

"뭐든요. 그래서 부탁드릴 게 있는데요. 우리 엄마한테 제가 요새 수업에 관심을 보이고 있으니 과외를 붙여주시면 성적이 쑥쑥 오를 거라고 전화 좀 해주세요."

"그건 네가 말씀드려도 될 것 같은데? 공부를 열심히 해보겠다는데 그걸 못 들어주시겠니?"

"제 말이 안 먹히니까 말씀드리는 거죠. 요새 저한테 쓰는 돈은 다 아깝다고…… 용돈도 안 주시는데……. 쌤, 한 번만 도와주세요."

동석이 눈을 가늘게 뜨고 진성을 심각하게 쳐다보았다.

수업에 관심을 보이는 건 사실이다. 그리고 바닥인 성적을 과외를 해서라도 올려보겠다는 생각 또한 기특하긴 하다. 하지만 과외

를 한다고 성적 오른다고는 장담할 수 없는 일일뿐더러 공교육 일
선에 있는 교사가 학부모를 부추겨 사교육을 권장할 수는 없는 일
이다. 그리고 무엇보다 진성에게 속셈이 있는 것 같아 섣불리 대
답해 줄 수 없었다.

"그렇게 못해주겠는데."

녀석이 계속 물고 늘어질 것 같아 동석이 교무실을 나왔다. 하
지만 진성도 끈질겼다. 그를 따라나오며 계속 졸라댔다.

"왜요? 그냥 해주세요!"

사제 사이로 볼 수 없을 만큼 서로를 향한 날카로운 시선들이
오갔지만 스승의 차갑고 단단한 카리스마를 제자가 이길 수는 없
었다.

"쌤…… 우리 도 원장…….."

진성이 당황한 듯 입을 다물었다.

'그래, 도 원장! 네 녀석이 여신님이라고 하는 도 원장을 만나고
부터 좀 수상해졌지.'

동석은 아무래도 도 원장이라는 진성의 여신에게 뭔가 있다는
생각이 들었다. 하지만 겉으로 자신의 의구심을 드러내지 않은 채
진성을 돌려보내려 했다.

"네가 어머니께 진정성을 가지고……."

"엄마한테 전화 안 해주시면 쌤 별명 똥돌이었다고 소문낼 거
예요."

“뭐?”

머리카락이 쭈뼛 서는 기분이었다.

“그리고 여학생 때문에 운동장에서 학교 짱하고 맞짱 떴다는 것도 소문낼 거고, 쌤 성형 미남이라는 것도 다 까발릴 거예요!”

하마터면 진성이 제자라는 사실을 잊고 녀석의 멱살을 잡을 뻔했다.

스승인 자신에게 눈을 부릅뜨고 덤빈다는 사실도 기가 막히고 어이없는데 녀석에게서 나오는 말들이 더 기가 막히고 어이가 없었다.

하지만 동석은 정색을 하고 차가운 목소리로 대꾸했다.

“마음대로 해. 그리고 안 되는 건 안 되는 거다.”

“쌤…….”

“가봐.”

어떡해도 동석이 넘어가지 않을 걸 알아챈 진성은 한숨을 내쉬며 교실이 아닌 다른 방향으로 걸어갔다.

그런 진성의 뒷모습을 보며 동석은 좋지 않은 예감으로 다가온 여인 ‘도 원장’에 대해 생각해 보았다.

‘도 원장…… 누구지? 나를 알고 있나? 별명을 알면 동창이란 건데? 도씨 성을 가진 여자 동창 중에 의대를 갈 만한…… 도윤희!’

머리에서 섬광이 번쩍인 것처럼 도윤희가 떠올랐다.

‘그래, 도윤희.’

인상이 구겨진 동석이 자리에서 벌떡 일어섰다. 6교시가 끝났으니 청소 시간이다. 동석은 사거리에 있다는 소아과로 가기 위해 교무실을 나섰다.

‘도대체 진성이에게 무슨 말을 어떻게 했길래, 말도 안 되는 성형 미남에……’

잊힌 별명 똥돌까지 들어야 하는지 참을 수가 없었다.

그렇게 본관을 나오는데 체육관으로 들어가는 계단 한구석에 윤일이와 쪼그려 앉아 있는 진성의 모습이 보였다.

윤일에게 자신의 별명을 이야기하는 것같이 느껴진 동석은 그들 모르게 뒤쪽으로 다가가 둘의 대화를 엿들었다.

그런데 그 내용이 너무도 놀랍고 기가 막혀 벌어진 입이 다물어지지 않았다.

“우리 도 원장 말이 맞았어. 우리 담탱 성격이 더러웠다는 것도 그렇고, 빚다 만 만두같이 생겼다는 것도 그렇고, 다 맞아! 다! 제자가 공부 좀 하겠다는데 그걸 못 도와주나? 어우, 저러니 우리 도 원장한테 까였지. 운영고에서 무식하게 싸움질이나 하고.”

정녕 지금 떠드는 진성의 말이 도윤희에게서 나온 말이 맞는 것인가.

‘도윤희 네가 세상 좁고 무서운 줄 모르는구나.’

2. 그때는 그랬지

오늘 오후, 병원으로 동석이 찾아왔던 일이 꿈같이 느껴졌다. 절대 일어날 수 없을 거라 생각했던 일이 일어나서인지 모르겠다. 그 녀석이 찾아올 줄 누가 알았으랴.

'내가 왜 그랬을까?'

뒤늦게 후회해 봐도 소용없는 일이지만 그래도 윤희의 머릿속에는 후회만 가득했다.

'나이 서른 넘어 괜히 거짓말을 해가지고 이 무슨 망신이야? 그것도 하필 똥돌한테!'

냉장고에서 꺼낸 쓴 소주를 한 잔 마셔보지만 그렇다고 시간을 되돌릴 수 없는 법. 괜히 속만 버릴 것 같아 윤희는 한 잔 마신 소주를 다시 냉장고로 넣었다. 오늘따라 재미있는 막장 드라마에 집중되지도 않았다.

멍하니 TV 화면만 바라보고 있던 윤희가 벌떡 일어났다.

"아니, 그래도 그렇지! 그때 그 시절 얘기를 좀 바꿔 말했기로서니 병원까지 쳐들어와서 그런 식으로 헤집어놓고 가는 건 무슨 경우야! 그래도 동창이고…… 한때는……."

그녀가 진성에게 털어놓았던 이야기는 거짓이었다.

사실은 그녀가 동석을 열렬히 짝사랑했었다. 열여덟 고등학교 시절에.

키 185센티미터에 날렵한 몸매, 배우나 아이돌을 했어도 됐을 법한 외모도 남들의 부러움을 사는데 성적마저 완벽해 전교 1등을 놓친 적이 없는 최동석. 집도 꽤나 잘산다는 소문으로 인해 그는 인기마저도 전교 1등이었다.

그에 비해 키 167센티미터에 덩치는 산만 한 거구, 이목구비는 모난 곳이 없는데 얼굴 살에 파묻혀 있어 좀 안타까운 외모를 지닌 전교 2등에 이과 1등을 놓친 적 없는 윤희. 공군 장교 아버지와 간호 장교 출신의 어머니 아래 두 명의 남동생을 거느린 그녀는 남학생만큼이나 성격이 뜨겁고 거침이 없어 인기는 바닥이었다.

그러나 윤희도 이성에 호기심이 있던 여고생인지라 눈에 띄는 동석을 마음에 담지 않을 수가 없었다. 보면 볼수록 멋있는 동석 곁을 맴돌다 보니 어쩌다 그를 따라다니는 꼴이 되어버렸다.

“야, 도윤희. 최동석은 내 거야. 넘보지 마.”

전교 외모 순위 1위라고 할 수 있는 지우의 말 한마디에 자존심을 건 싸움이 시작되었고 결국 운동장에서 머리채를 잡고 싸우는 대참사까지 발생했었다.

그로 인해 도윤희가 최동석을 좋아한다는 소문이 파다했지만 오히려 동석은 윤희를 무시하며 지우와 커플이 되어 보란 듯이 윤희 앞을 알짱거렸다. 윤희는 졸지에 ‘동석에게 차인 1등 소녀’라는 불명예 타이틀을 달고 다녀야만 했다.

자신의 고교 시절을 흑역사로 만들어 버린 동석에 대한 사랑은 단숨에 원망으로 변했다. 그때의 처절했던 심정이 아직도 상처로 남아 있다. 그런 상처로 인한 아픔을 달래보기 위해 진실을 역으로 말했기로서니 이를 갈며 찾아오다니.

‘찌질한 놈…… 설마 내일 진짜로 오는 건 아니겠지? 그런데 걔가 진성이하고 어떻게 알고 있는 사이일까?’

지난 과거 생각은 다시 떠올려 봐야 가슴만 아픈 일. 앞으로의 일을 걱정하며 오늘 만난 동석을 떠올렸다.

‘설마 진성이 학교 선생님? 만일 그렇다면……’

제자에게 자신을 우습게 만든 괘씸죄로 인해 윤희의 과거를 까발리는 건 아닌지 걱정이었다. 그가 가지고 있다던 고교 시절 사진이라도 공개하는 날에는 얼굴 들고 진성의 얼굴을 볼 수 없을 것 같다.

'세상 참 좁다지만…… 똥을 이렇게 만날 줄이야. 죄짓지 말고 살아야지.'

다음날, 윤희는 은실과 함께 매일 하는 고민을 똑같이 하고 있었다.

"오늘 점심은 뭘 먹어야 잘 먹었다고 소문이 날까요, 원장님?"

"알약 하나 먹고 끝내면 좋을 텐데."

"누가 도시락 싸다 줬으면 좋겠어요."

"아니면 이 건물에 급식소가 있던가."

소아과가 아닌 급식소를 차렸더라면 돈 걱정은 하지 않았을지도 모른다는 생각에 쓴웃음이 나왔다. 이번 달 임대료와 은실의 월급도 겨우 맞춘 상황에서 점심 한 끼 잘 먹어보겠다고 고민하는 자신이 불쌍하다는 생각이 들었다.

"그냥 짜장면이나 한 그릇 먹죠, 원장님."

"살찐다."

"저녁에 조금 먹고 운동하면 돼요."

"그럴까? 그럼 난 짬뽕."

"그럼 주문할게요."

은실이 주문하려고 전화기를 막 들 때였다. 출입문이 열리는 소리가 진료실에 들려왔다.

환자가 온 줄 알고 은실이 접수대로 나가려는데.

"도윤희! 어이, 도 원장!"

진료실 밖에서 들리는 목소리에 윤희가 자리에서 벌떡 일어났다.

"쟤가, 쟤가 진짜 왔네. 와서 뭘 어쩌려고……?"

"왜요, 원장님? 혹시 어제 그 훈남?"

은실이 윤희의 대답을 듣기도 전에 동석을 반기려는 듯 진료실 문을 활짝 열었다.

"문에 점심시간이라는 팻말이 붙어 있던데, 지금 점심시간?"

자주 만나오던 친구처럼 동석은 스스럼없이 진료실로 들어와 윤희에게 물었다.

나가라는 말을 할 수도 없고, 그렇다고 보고만 있자니 그의 입가에 띤 미소가 얄미워 그냥 둘 수가 없었다.

"점심시간 맞아. 우리 점심 먹어야 하거든 그러니까 할 말 있거나 진료를 받으려면……."

"나 점심 먹으러 왔어."

"네가 왜 여기서 점심을 먹어?"

"점심을 시켜 먹나요?"

윤희의 말에 대답을 하지 않고 동석이 오히려 은실에게 물었다.

답을 하지 말라는 눈짓을 보냈으나 빛나는 동석의 외모에 넋이 나간 것 같은 은실이 냉큼 대답하고 말았다.

"네. 저희 지금 짜장면하고 짬뽕 주문하려고 했는데."

"그래요? 그럼 전 잡채밥 주문해 주세요."

동석의 주문에 윤희의 눈동자가 불안하게 흔들렸다.

'설마 잡채밥값을 나보고 내라는 건 아니겠지?'

하지만 슬픈 예감은 틀린 법이 없다.

"계산은 원장님이 할 거니까 탕수육도 추가하죠?"

일그러지는 윤희의 표정을 봤음에도 불구하고 은실은 동석을 향해 고개를 끄덕였다.

"네."

접수실로 나간 은실이 중국집에 주문 전화를 하는 동안 윤희가 동석에게 따지고 들었다.

"너 백수야? 왜 이 시간에 여기 와서 비싼 잡채밥에 탕수육을 시키고, 그 값을 나보고 내라고 하는 거야? 진료받으러 온 거 아니면 돌아가."

하지만 동석은 그녀의 말이 들리지 않는 사람처럼 환자용 의자에 앉아 몸을 빙빙 돌리며 장난을 쳤다.

"야, 최동석 너 귀 먹었어?"

"너야말로 귀 먹었어? 간호사님 주문하는 소리 못 들었냐? 시킨 건 먹고 가야지."

"그럼 네 밥값 네가 내!"

바퀴 달린 환자 의자를 이리저리 끌고 다니던 동석이 일어서서 윤희에게 다가왔다.

마주 선 거리가 너무 좁다는 것보다 무표정의 그가 부담스럽고 겁이 나 윤희가 뒤로 물러섰다.

"겨우 잡채밥하고 탕수육에 이렇게 나오면 곤란하지? 난 이제 시작도 안 한 건데."

"뭘 시작할 건데?"

"응징. 구체적으로 뭘 어떻게 할 건지는 아직 생각 중이거든."

"뭐? 응징?"

"허위 사실 유포로 인한 명예훼손으로 고소해서 널 법적 처벌 받게 할 수 있어. 하지만 동창한테 그건 너무 가혹한 것 같아서 좋게 가려고 하는데, 이러면 곤란하다고. 나름 배려하고 생각한 건데."

훈훈하게 생긴 것과 다르게 말과 행동은 어쩜 저리 완벽하게 모질고 못됐을까? 나이 들어 서른이 넘었으면 철 좀 들고 인격에 품위를 더해 의젓한 멋이 있어야 하거늘.

동창끼리 생긴 해프닝으로 넘어갈 수 있는 일에 법과 처벌을 운운하는 동석의 속 좁은 태도에 헛웃음이 나오려 했다. 윤희는 동석 앞에서 기죽고 싶지 않았다. 그래서 당당하게 큰소리를 쳤다.

"그럼 법대로 해!"

"그건 동창끼리 가혹하잖아?"

"너의 이 말도 안 되는 횡포 자체가 가혹하다는 생각은 안 드니?"

"뭐 어쨌든. 그럼 눈에 눈, 이에는 이! 똑같이 갚는 걸로 끝낼까?"

"……?"

"진성이가 이걸 보면 그 당시 누가 누구 때문에 머리채를 잡고 싸웠는지 그 진실을 알게 되겠지?"

동석이 주머니에서 휴대폰을 꺼냈다.

화면을 부지런하게 터치하는 그의 손가락이 남자치고 무척이나 길고 섬세하다는 생각을 할 때, 그녀 앞으로 그가 휴대폰을 내밀었다.

호빵같이 동그랗고 하얀 얼굴, 까만 뿔테 안경, 두루뭉술한 어깨선, 어울리지 않는 긴 생머리. 남들에 비해 두꺼운 목, 남들에 비해 작아 보이는 교복 리본. 윤희의 흑역사가 생생하게 증명되는 고등학교 졸업 사진이었다.

그리고 보여주는 또 다른 사진.

깎아놓은 것 같은 날렵한 턱선에 또렷하고 흠잡을 곳이 없이 귀티가 좔좔 흐르는 이목구비, 꽃미남이 어떤 것인지 제대로 인증해주고 있는 18세의 최동석.

설마 사진을 가지고 와서 협박할까 싶었는데 그는 진짜 그렇게 행동하고 있었다.

"야, 똥돌!"

"계속 그렇게 불러. 나도 계속 네 과거를 파고, 파고 또 파서 여기저기 뿌려줄 테니까.”

서로를 향해 으르렁거리는 눈빛으로 무섭게 쏘아보던 그때, 동석의 휴대폰이 울렸다.

“네, 어머니.”

동석이 전화를 받으며 진료실 밖으로 나간 사이 윤희가 의자에 털썩 주저앉았다.

‘내가 무슨 큰 죄를 지었다고 저 난리야? 허위 사실 유포? ……그래, 내가 좀 허위 사실을 말했다. 하지만 유포는 무슨! 진성이한테만 말한 거 가지고.’

속에서 불이 나는 것처럼 뜨거웠지만 독을 품고 온 것 같은 동석이 그냥 물러설 것처럼 보이지는 않았다. 그렇다고 계속 이렇게 말싸움이나 눈싸움을 하고 있을 수도 없는 일.

‘밥 먹이고 살살 달래서 보내야지. 진료 시간에 나타나서 저 진상을 떨고 있으면 그땐 정말 답도 없는데…….’

통화를 마친 동석과 함께 중국집 배달부가 들어왔다.

“여기로 주세요.”

은실의 안내로 주사실 테이블에 주문한 음식들이 놓였다.

“얼마죠?”

“이만 팔천 원이요.”

결국 계산은 자신의 몫이 될 수밖에 없음을 안 윤희는 배달부에게 카드를 내밀었다. 아까운 마음에 카드를 건네는 손도 떨리고,

분함에 꽉 다문 입술도 떨려왔다.

"어서 드세요."

원장인 윤희의 마음도 모르는 은실은 동석에게 친히 나무젓가락을 건네주고 그릇의 비닐까지 벗겨주는 친절을 보였다.

"고맙습니다."

윤희는 본성을 숨긴 채 은실을 향해 샤방하게 웃는 동석의 뒤통수를 한 대 치고 싶어 손이 근질거렸다.

'딱 한 대만 쳤으면 속이 시원하겠네.'

"그런데 두 분 친구세요?"

"아니. 고교동창."

윤희가 까칠해진 표정과 말투로 대답하고는 거칠게 그릇의 비닐을 벗겼다.

"그러니까 친구잖아요?"

"식사나 하셔, 은실 씨."

은실은 윤희의 눈치를 살피며 짜장면 몇 젓가락을 먹은 후 궁금증을 참지 못하고 동석에게 물었다.

"어제도 오시고, 오늘도 오시고…… 이 근처에서 일하세요?"

"네. 명산고 교사입니다."

"어머! 진짜요? 학생들한테 인기 되게 많으시겠다."

당연한 거 아니겠냐는 듯 은실을 향해 웃어 보이는 동석의 미소에는 거만함이 가득했다.

예나 지금이나 그놈의 인기로 인해 겸손을 모르는 인간이 되었
으니 그것이 동석에게는 독이라는 생각이 들었다.

"자주 오세요."

"여기가 은실 씨 병원이야? 누구보고 자주 오래?"

이쯤 되면 원장과 동석의 관계는 물론이고 윤희의 불편한 심기
가 느껴져야 정상이다. 그러나 눈치가 없지 않음에도 불구하고 은
실은 동석에 대한 호의의 말들을 이어갔다.

"원장님 동창이시잖아요. 그리고 인기 많으시니까 학교 학생들
한테 우리 병원이 소문나서 환자가 늘어날 수도 있잖아요."

뭐지? 저 어쭙잖은 영업용 멘트는?

그로 인해 부끄러움은 윤희 몫이 되어버렸다.

소아과 환자 중에 고등학생 환자는 거의 없다. 한창 혈기 넘치
는 시기라 잔병치레가 없고 무엇보다 과중한 학업 스케줄로 인해
병원에 올 시간도 없다. 그걸 모르는 은실이 아닌데 도대체 무슨
의도로 그런 부끄러운 말을 하는 건지. 가뜩이나 앞 병원으로 환
자가 몰려 힘든 상황에.

"은실 씨, 병원이 가게야? 환자가 손님이야? 사람 아픈 게 뭐
좋은 일이라고 그런 말을 해? 내가 아무리 의사지만 아픈 애들 많
은 거 싫다. 그리고 오늘따라 왜 이렇게 말이 많아? 우리 조용히
밥이나 먹자고."

"면인데."

잘생긴 남자 앞에서 면박받은 게 심술이 났는지 은실이 입술을 삐죽거리며 한마디 내뱉고 말았다.

"도윤희 쟤가 학교 다닐 때부터 성격이 좀 꼬였어요. 밑에서 일하시기 힘드시죠? 그래도 도 원장보다 은실 씨가 더 예쁘고 어리고 성격도 좋으니까 좀 봐주세요."

아니라는 말은 하지 않은 채 은실이 동석을 보며 싱긋 웃었다.

윤희는 두 사람으로 인해 젓가락을 놓고 싶었다. 하지만 자신의 피 같은 돈으로 산 중국 음식을 얄미운 두 사람이 다 먹도록 내버려 두기는 싫었다. 이미 떨어진 식욕에도 불구하고 짬뽕 면과 국물 그리고 탕수육까지 꾸역꾸역 입속으로 집어넣었다.

"굶었냐?"

그 모습을 보고 동석이 물었다.

"그래. 어제 갑자기 찾아온 누군가를 보고 입맛을 잃어 굶었다."

"원래 죄를 지으면 입맛이 떨어지는 법이지."

"원래 못된 인간들이 남의 입맛을 잘 떨어뜨리지."

"입맛 떨어졌다고 하면서 또 잘 먹어요."

"남의 입맛 떨어뜨리는 인간이 제 입은 잘 채워요."

가시 돋친 말을 핑퐁거리며 던지던 두 사람을 보며 은실이 물었다.

"저기요, 두 분…… 고딩 때 사귀다가 맞바람 피우고 헤어진 사이세요?”

“내가 이런 개싸가지하고?”

“이런 왕만두하고요?”

“……아니면 말고요.”

“최동석, 빨리 먹고 가라.”

윤희가 인상을 쓰며 말하고 주사실을 나갔다.

“어유, 성질머리하고는.”

동석은 젓가락을 내려놓고 나와서 윤희에게로 갔다.

“잘 먹었다, 도 원장. 커피는 내일 얻어먹을게.”

“너 교사 맞아? 수업 없어? 할 일이 그렇게도 없냐? 애들 아파
서 오는 소아과에 괜히 왜 와?”

“너 보고 싶어서 오는 거 아니니까 부담 갖지 마.”

주먹이 운다는 말이 어떤 심정에서 나왔는지 알 수 있을 것 같
다. 동석의 얄미운 모습에 이가 절로 악물리고 꽉 쥔 주먹이 부들
거렸다.

“내가 뭘 그렇게 잘못했는데! 그냥 웃고 넘어갈 수 있는 걸 가지
고…… 하여튼 못됐어!”

가뜩이나 어둡고 칙칙한 현실에 부딪친 또 하나의 암울한 존재
가 인생에 걸려들다니.

개원 이후 잘 안 풀리는 것 같은 자신의 인생에 이제는 신이 원
망스러웠다.

'너무 가혹한 거 아닙니까? 돈줄을 열어주시던지, 남자와의 꽃길을 열어주시던지, 아니면…… 저 똥 녀석을 치워주시던지…….뭐 하나만 들어주세요.'

아무래도 올해 안으로 결혼을 할 것 같은 예감이 들었다. 얼굴도 직업도 모르는 손우식 군과.

그날 저녁 진성이 병원으로 찾아왔다.

"너, 가!"

동석으로 인한 짜증이 이 모든 사달의 원흉이라 할 수 있는 진성에게 향했다.

"왜요? 오늘은 그냥 인사만 하고 갈 거예요. 뭔가 계획대로 안 돼서."

"계획이고 뭐고 다시는 오지 마!"

"쌤…… 왜 이러세요? 오늘 내가 완전 핫한 얘기를 들려주려고 했는데. 쌤 이러시면 후회하실 거예요."

"이미 후회했다. 널 내가 왜…….”

"쌤, 진짜 무슨 일 있어요?"

덩치는 성인 남자 뺨치게 크고 좋으면서 아직 앳된 얼굴과 순진한 눈망울을 가진 진성이 그녀를 걱정스레 바라봤다. 그런 진성의 모습을 보며 윤희는 고민에 휩싸였다.

'사실대로 말해? 아니야, 이 어린애 앞에서 자존심을 버릴 수는 없어. 그냥 사실 최동석은 못생긴 게 아니라 잘생긴 놈이었다는 것만 바로 잡아줘? 이제 와서 그렇게 말하는 것도 우습고.'

한숨이 절로 나왔다.

"진성아, 앞으로 쌤이 바쁘다. 네 공부 봐줄 시간도 없으니 이젠 학교나 집에서 공부해라."

"갑자기 왜요?"

"의사들끼리 스터디하는 모임이 있어. 앞으로 거기에 가야 해서."

겨우 핑계를 댄다는 게 이거였다.

"스터디요? 그럼 공부하러 가는 거예요?"

"응."

"의사가 됐는데 또 공부해요?"

"응."

"쌤이 있어야 하는데, 그래야 자극도 되고 의지도 생기고 그러는데……."

"공부는 혼자서 해야 하는 거야."

"그러는 쌤은 왜 모임에 나가는데요?"

"난 의사고 넌 학생이잖아!"

진성이 시무룩한 얼굴로 고개를 떨어뜨렸다.

앞날이 걱정되던 욕쟁이 남학생이 갱생의 길로 들어서 변화하는 모습을 보는 뿌듯함이 제법 컸는데, 그걸 끝까지 지켜보지 못해 아쉬웠고 챙겨주지 못해 미안했다.

"진성아, 넌 잘할 수 있을 거야. 그리고 가끔은 찾아와도 돼."

"……그럼 오늘 맛있는 거 사주세요."

"응? 맛있는 거?"

스승과 제자가 그녀의 지갑을 털기로 작정한 것인지, 점심에는 동석이 털더니 저녁에는 진성이 저녁을 사달라고 졸랐다.

안되고 미안한 마음에 승낙을 한 윤희는 진성과 함께 가까운 파스타 집으로 향했다.

"저기요, 쌤. 그…… 최똥돌 씨 말이에요."

이름, 아니, 별명만 들어도 몸서리쳐지는 반응에 윤희가 정색을 했다.

"그 이름, 그 별명! 입에 올리지 마. 끔찍하니까."

"왜요? 그래도 동창이고 한때 쌤의 열렬한 팬이었는데 궁금하거나 만나고 싶지 않으세요?"

그러고 싶은데 이미 만났단다. 너 때문에!

"최똥돌 씨 내 담임쌤이에요. 완전 깜놀이죠?"

"그래? 그렇구나."

예상외로 너무나 시큰둥한 반응을 보이는 윤희가 이상했는지 진성이 그녀의 눈치를 살폈다.

"왜 안 놀라요? 진짜 개깜놀 아니에요?"

"그래, 놀라워. 세상이 진짜 좁아서 놀랍고, 하필 네 담임쌤이라는 게 놀랍고, 그 자식이……."

더 못되고 모질고 얄미워져서 놀랍다.

"그 자식이요?"

"아니다. 빨리 먹고 일어나자. 오늘 진짜 피곤한 날이어서 빨리 가서 쉬고 싶거든."

"왜 피곤해요? 오늘 환자 많았어요?"

"입 좀 다물면 안 되겠니?"

앙칼진 윤희의 목소리와 눈매에 놀란 진성이 입을 다물었다.

동석과 신경전을 벌이며 먹은 짬뽕이 소화도 안 된 상태에서 파스타 면을 먹고 있자니 속이 울렁거렸다.

컨디션이 좋지 않은 걸 감지했는지 진성이 파스타 한 그릇을 다 먹지 못한 채 포크를 내려놓고 일어섰다.

"가요, 쌤. 진짜 어디 아파 보여요. 집까지 데려다줄게요."

"됐어. 먹던 거나 다 먹어. 그리고 혼자 갈 수 있어."

하지만 진성은 그대로 가방을 들고 일어났다. 더 먹으라고 해서 먹을 것 같지 않은 진성과의 괜한 실랑이를 벌이고 싶지 않아 윤희도 일어섰다.

하지만 집으로 데려다주겠다는 진성과 괜찮다는 윤희의 고집이 맞붙어 시비가 벌어졌고 지나가는 사람들의 시선이 박힐 만큼 거칠어졌다.

어린 남학생하고 싸우는 자신이 너무 한심하고 창피한 윤희는 택시를 잡아탔다. 집까지 15분이면 되는 거리를.

'오냐오냐해줬더니 어린 게 까불고 있어.'

잠시나마 미안하고 아쉬웠던 마음이 싹 사라졌다.

'너를 만나고 똥돌을 만나고……'

악연도 이런 악연이 없다는 생각으로 바뀌었다. 그리고 더 모진 악연으로 이어지기 전에 두 사람 모두를 잘라내야겠다는 다짐이 섰다.

오늘로써 일주일. 동석은 휴원인 일요일을 빼고 매일을 찾아와 출근 도장을 찍었다. 어느 날은 점심시간에, 어느 날은 오전 진료 중에, 또 어느 날은 오후 진료 중에 나타나 그녀의 신경을 건드렸다.

오늘은 병원에 들어오자마자 괜한 트집을 잡기 시작했다. 진료실 책꽂이에 있는 먼지를 가리키며 쓴소리를 해댔다.

"병원에 이런 먼지가 있으면 어떡하냐? 더구나 면역력 약한 아이들이 다니는 소아과에! 너 청소 안 하지? 은실 씨한테 다 맡기고 넌 책상 한 번 안 닦지? 그렇게 청소까지 부려먹으면서 월급은 많이 주냐?"

"너야말로 학교하고 학생한테 신경 안 쓰고 여기 와서 이러고 있으면서 월급은 받아먹냐? 공무원이면 내가 낸 세금으로 너 월급 받는 건데 교사가 이러면 돼? 이거 완전 징계감이거든! 너네 학교

교장쌤한테 전화해서 이른다. 최동석 쌤 애들 수업에 신경 안 쓰고 매일 여기 와서 할 일 없이 죽치고 있다가 간다고."

나름 협박이라고 해봤다. 하지만 동석의 협박은 범위가 넓었고 윤희의 약점을 제대로 잡고 있었다.

"병원에서 청소하고 잔심부름하고 멀티로 일하는 은실 씨는 네 과거를 알고 있냐? 이런 모습으로 나를 따라다녔다는 걸."

진성과 은실은 물론이고 잘 알고 지내는 1층 약국의 약사와 그 직원에게까지 휴대폰 속 사진을 공개하는 것도 모자라 과거까지 밝히겠다고 했다.

"너 왜 그래? 도대체 갑자기 찾아와서 날 왜 이렇게 못살게 구는 거냐고!"

화가 폭발하기 직전에 환자가 찾아왔다. 장염 초기 증상으로 찾아온 아이에게 처방전을 내려주고 진료를 끝냈다.

"은실 씨, 우리 커피 한잔 마시자."

접수실을 향해 큰소리로 말하는데 가고 없을 줄 알았던 동석이 진료실로 들어왔다.

"이젠 커피 심부름까지!"

"야, 너!"

"대기실에 있는 책 좀 바꿔라. 찢어진 것도 여러 권인데다가 책 수준도 유치원이나 초등생 수준의 책밖에 없던데, 보호자나 청소년들이 읽을 만한 책도 있어야 하는 거 아니야? 원장이 이렇게 병원 관리에 신경을 안 쓰니…… 쯧쯧. 의사에 대한 신뢰가 생겨나 겠냐고.”

“똥돌, 너 오늘 죽고 싶지?”

“죽더라도 이건 공개하고 죽어야겠지?”

동석이 주머니에서 휴대폰을 꺼냈다.

더 이상 참을 수 없는 화가 머리끝까지 올라 찼다. 그를 향해 돌진해 가는데 이번에도 환자가 들어왔다.

“안녕하십니까?”

그런데 동석이 웃으며 아이와 어린아이를 맞이하는 것이 아닌가.

훈남의 인사가 좋았는지 아이 엄마의 표정이 밝아지며 답례를 했다.

“아, 네. 안녕하세요?”

“은실 씨, 접수받으세요. 도 원장님 그럼 내일 봐요.”

동석이 그렇게 병원 밖으로 나갔다.

머리끝까지 올라온 뜨거운 화를 가라앉히고 진료를 봐야 하는데 그게 쉽지 않아 환자를 기다리게 하는 사태까지 벌어졌다.

‘더 이상 이렇게 살 수는 없어! 내가 죽든지, 네가 죽든지 해보자!’

그 문제를 풀기 위해 의대 동기이자 절친인 서진을 만났다.

공부에 찌든 의대생으로 보기 힘들 만큼 패션 감각은 물론이고 몸매까지 훌륭해서 윤희가 늘 부러워하며 함께했던 친구다. 여성스러운 겉모습과 달리 성격은 또 와일드해서 남자 사람 친구가 많고, 그러면서 또 연애도 쉽게 하고 쉽게 끝내는, 현재 페이 닥터로 일하는 내과 전문의다.

서진이라면 그녀의 문제를 풀어줄 것 같았다.

"누군가 내 과거를 가지고 협박하고 있어. 어떡해야 할까?"

"네 과거가 뭐 있다고? 오로지 공부 하나에 매달려서 연애도 못 해본 너한테."

"과거라는 게 어디 남자만 말하는 거니?"

"그럼 남자 말고 협박당할 만큼의 과거 약점이 뭐 있는데?"

윤희의 고등학교 시절이 어땠는지 모르는 서진은 대수롭지 않게 받아들이며 안주로 나온 홍합탕에 집중했다.

"나 사실은…… 고등학교 때…… 돼지였어."

"풉."

서진이 뜨거운 국물을 입에 넣자마자 뿜고 말았다.

"네가 뭐였다고?"

"수능 끝나고 지옥의 다이어트에 돌입해서 입학 때까지 20킬로그램을 뺐어."

서진이 눈을 깜빡이며 대학 입학 당시의 윤희를 떠올렸다.

뽀얀 피부와 귀여운 이목구비 그리고 작지 않은 키에 다리가 유난히 길어 그녀는 입학과 동시에 공부만 팠던 의대생들 사이에 여신이라고 소문이 났었다. 더욱이 성형을 하지 않은 자연미인이라며 동기는 물론 선배들의 사랑과 관심을 독차지했던 도윤희가 돼지였다니. 상상하려 해도 상상이 가지 않았다.

"진짜?"

"나도 스무 살 그때 처음 알았어. 내 미모가…… 꽤나 괜찮았다는 걸. 그런 줄 알았으면 진즉에 살을 빼서 내가 아닌 최동석 그 인간의 흑역사를 만들었어야 했는데."

윤희는 진성을 만나고 그 어린 녀석을 위한 선의의 거짓말을 했다는 사실부터 동석이 찾아와 자신을 괴롭히고 협박하고 있다는 것까지 모두 털어놓았다.

"얼마나 돼지였기에 네가 꼼짝을 못하는 거야? 그때의 모습을 나도 볼 수 없을까?"

윤희가 강력하게 고개를 저었다.

"너한테도 공개할 수 없을 만큼 끔찍해. 나도 몰랐어, 그때가 그렇게 끔찍했는지. 그 인간이 그 사진을 내밀기 전까지는. 그런 걸 가지고 협박을 받고 있으니 내 심정이 어떻겠니?"

"확인이 되지 않아서 어떤지 모르겠는데."

옛 모습을 궁금해하는 마음을 윤희가 거절해서인지 서진은 시큰둥하게 반응하며 먹지 못하고 뿜었던 홍합탕 국물을 후루루 마셨다.

"캬, 좋다."

"서진아…… 나 어떡하냐고?"

"둘이 해결해야지! 나 보고 뭐 어쩌라고?"

"매정한 계집애."

"거하게 밥 한번 사주고 좋게 해결해. 미안하다고 사과도 하고."

"미안? 내가?"

"싫으면 계속 그 인간 봐야 하는데 눈 딱 감고 미안하다고 한마디하고 끝내는 게 낫지 않겠니?"

서진의 말이 틀린 건 아니었다. 쿨하게 잘못, 아니, 실수를 인정하고 화해를 청하면 간단하게 끝날 수 있는 문제다. 하지만 과연 그 녀석도 쿨하게 받아들이고 넘길 것인가가 문제다.

술맛도 나지 않고 마셔도 취하지 않으니 마음도 가벼워지지 않았다.

"만일 그렇게 했는데도 계속 그렇게 지저분하게 나오면 걔는 진짜…… 똥인 거지?"

"그럼! 그렇게 되면 주위 사람들한테 솔직하게 털어놓고 그 학교 운동장 한가운데 확성기 들고 서서 '최동석은 똥돌이다!' 라고 외쳐. 아니, 외친다고 너도 협박해."

"돼지였다고 솔직해지는 게 쉬울 것 같지 않지만…… 그놈 말대로 눈에는 눈, 이에는 이다! 나도 덤벼주겠어."

이제야 좀 알싸하게 넘어가는 소주 맛이 느껴졌다. 그리고 한 수저 떠먹은 홍합탕도 칼칼하고 시원한 맛에 감탄사가 나왔다.

"캬!"

동석과의 문제도 지금과 같은 감탄사가 나올 정도로 속 시원하게 해결되길 바라고 또 바랐다.

한동안 또랑또랑한 눈빛으로 수업 시간에 임하던 진성이 어느 날부터 넋이 나간 것처럼 멍해질 때가 많았다. 예전처럼 엎드려 자거나 수업 태도가 엉망으로 돌아온 건 아니지만 긴장과 결심이 해이해진 것만은 확실해 보였다.

'도윤희 효과가 떨어진 건가? 아니면 윤희가……?'

혹시 자신의 협박 아닌 협박에 못 이겨 사실을 털어놓은 게 아닌가 싶었다. 거기에 충격받은 진성이 저런 반응을 보이는 건 아닌지.

'아, 자식. 내가 진짜 그 사진을 여기저기 유포할 거라고 생각했나? 성질 좀 있는 줄 알았는데 의외로 물렀단 말이지.'

처음 그녀를 찾아갔을 때만 해도 마음 불편하게 만들고, 곤란한 상황을 만들어 그녀의 일상을 힘들게 만들 생각이었다. 자신에 대해 함부로 말한 대가로 제발 잘못했다는 말을 하며 싹싹 빌 때까지 그녀를 괴롭혀 주려고 작정했었다.

그런데 어느 순간부터 그를 향해 톡톡 쏘아붙이면서도 순간순간 곤란한 표정으로 쩔쩔매는 모습을 보는 게 재미있었다. 친구에게도 거침없이 육두문자를 날리며 일상을 거칠게 사는 열여덟 살의 제자들보다 순수해 보이는 그 모습이 자꾸 보고 싶어 더 짓궂게 굴기도 했다. 으르렁거리며 싸우면서도 서로에게 독하고 모질지 못해 칼로 물 베는 부부싸움 같아 우스울 때도 있었다.

그래서 이제는 응징이 아니라 그냥 고등학교 때 친구, 도윤희와 장난치기 위해 가는 기분이다.

물론 그녀는 아직도 열을 뿜으며 그를 귀찮아하고 보기 싫어한다. 그 화를 진성에게 풀어낸 건 아닌가 걱정이 되었다.

넘치는 혈기를 주체하지 못하고 싸움과 짓궂은 장난에 열을 올렸던 진성이 모범 학생으로 새로 태어날 수 있는 기회를 잃을 수는 없었다. 더구나 팔팔하던 제자가 풀 죽어 있는 모습을 보고 있자니 여간 안됐고 안쓰러워 보여 더는 두고 볼 수 없었다.

점심시간이 되자마자 윤희의 병원으로 가기 위해 동석이 교무실을 나설 때였다. 스스로를 ‘미세스 최’라고 칭하고 다니는, 동석의 광팬이자 문제아로 유명한 옆 반의 고혜진과 맞닥뜨렸다.

“안녕하세요?”

막돼먹은 혜진이 유일하게 인사를 하고 공손하게 대하는 상대는 동석이었다.

“어, 왜?”

“이거요.”

혜진이 홍삼 파우치 몇 개가 들어 있는 봉투를 동석에게 건넸다.

"됐다. 너나 먹고 공부 열심히 해."

"아잉, 쌤. 드세요."

혜진은 흔한 여학생들의 선생님 사랑으로 보아 넘기기에 도를 지나칠 때가 많았다. 동석에게 가져다주는 선물이나 애교랍시고 하는 행동들이 눈살을 찌푸리게 할 때가 있어 그때마다 단호하게 거절하며 핀잔을 주었다. 그럼에도 아랑곳하지 않고 혜진은 늘 한결같이 행동한다.

그나마 오늘은 받을 만하고 봐줄 만한 것을 들고 왔기에 그걸 받으며 동석이 타이르듯 좋게 이야기했다.

"녀석아, 이런 거 신경 쓰지 말고 수업에나 신경 써라, 좀. 화장도 연하게 하고. 담임쌤 속 좀 그만 썩이고."

"넹."

예쁘게 보이기 위한 영업용 대답조차 애교스럽게 한 혜진이 팔랑거리며 뛰어갔다.

고개를 절레절레 흔들며 동석은 바로 윤희의 소아과로 향했다.

학교와 병원의 점심시간이 다른 관계로 윤희는 진료 중이었다. 평일 오전에는 거의 환자가 없었는데 오늘은 대기실에 두 명의 어린아이와 보호자가 대기 중이었다.

그런데 그가 안으로 들어서자마자 아이의 엄마로 보이는 두 보호자가 그를 힐끗 보더니 서로 눈짓을 했다. 소아과에 어울리지 않는 성인 남자의 출현이 당황스러운 모양이었다.

동석은 뭔가 야릇한 기분이 들었지만 대수롭지 않게 넘겼다.

"오셨어요? 쌤."

까칠하게 자신을 대하는 윤희와 다르게 항상 상냥하게 먼저 인사를 건네는 은실이 미소와 함께 다정하게 인사를 했다.

"네."

"원장님 진료 중이세요."

"기다릴게요."

보호자와 아이들에게서 떨어져 한쪽 구석에 앉아 있는데 유치원생으로 보이는 여자아이가 동석에게 다가왔다.

"안녕."

동석이 웃으며 손을 흔들어주자 조그만 어린애가 수줍은 미소를 지으며 제 엄마의 품으로 달려들었다. 되바라지거나 공부에 찌들어 입시 로봇이 되어버린 것 같은 여고생들만 상대하다 천진난만한 어린아이의 순수한 모습을 보니 마음이 정화되는 기분이다.

'저 꼬마도 10년이 지난 후에는 제가 다 큰 줄 알고 몸도 마음도 어른처럼 꾸미고 다니겠지? 꼬마 숙녀, 그래도 너는 예쁘고 곱게 자랐으면 좋겠다.'

그런 마음으로 어린아이를 보고 있는데 엄마 품에서 나온 아이와 눈이 마주쳤다. 동석이 장난 삼아 윙크를 해주었다.

"히잇."

동석이 반응을 보이는 게 재미있는지 아이가 웃으며 또다시 품으로 얼굴을 숨겼다가 다시 고개를 그에게 돌렸다. 또다시 눈을 찡긋거리자 아이가 얼굴을 숨겼다. 그러다 보니 본의 아니게 아이와 놀이를 하고 있는 모양새가 되어버렸다.

옆에 앉아 있던 아이까지 가세하니 아이들이 까르르거리며 신나했다.

"지율이요! 진료실로 들어가세요."

진료실에 있던 아이가 나오자 함께 장난을 치던 아이가 진료실로 들어갔다.

어린아이와의 단순한 놀이가 나름 재미있었는데 그 아이가 진료실로 들어가자 심심해졌다. 또 다른 아이는 놀이에 흥미를 잃었는지 손에 쥔 책을 넘기고 있었다.

진료를 끝내고 나온 아이는 엄마가 계산을 하고 처방전을 받는 사이 동석에게로 다가왔다.

'아, 이놈의 인기는 학교에서나 밖에서나 감당이 안 되네.'

흐뭇한 미소가 절로 지어졌고 그걸 본 아이가 동석에게 먼저 말을 걸었다.

"아저씨도 아파요?"

"아니."

"그런데 왜 병원에 왔어요?"

"저기 안에 있는 의사 선생님이 친구라서 만나러 왔어."

"근데 왜 아저씨는 회사 안 갔어요? 우리 아빠는 회사 갔는데. 친구 만나려고 회사 안 갔어요?"

"회사는 갔는데 점심시간이라 친구 만나러 여기에 온 거야."

"어느 회사 다녀요? 우리 아빠는 되게 되게 큰 회사 다녀요. 팀장님이에요. 아저씨는요?"

이모를 소개시켜 줄 것도 아니면서 어느 회사 다니는지는 왜 묻는 것인가.

초등생도 아닌 유치원생이 제 아빠 자랑과 동시에 낯선 아저씨의 능력을 평가하려는 것 같은 잔망스러운 질문에 동석은 어떻게 반응을 해줘야 할지 몰라 머뭇거렸다.

"어머, 얘가!"

아이의 엄마가 당황하며 재빠르게 아이를 데리고 나갔다.

가끔 사람 복장을 뒤집어놓거나 가슴 아프게 속을 썩일 때도 있지만 그래도 잔망스러운 어린아이보다 자신의 제자가 더 사랑스럽다는 생각이 들었다.

방금 전까지 진료실로 들어간 아이를 볼 때 느꼈던 아이의 순수함에 대한 생각이 사라져 버렸다.

'어리다고 해서 다 똑같이 순진하고 순수한 건 아니구나. 저들의 세계도 고딩들처럼 부류가 나눠지는구나.'

동석은 씁쓸한 미소를 지으며 윤희의 진료가 끝나길 기다렸다.

하지만 기다리는 동안 두 명의 어린 환자들이 더 들어왔다.

또 아이들과 놀아줘야 할 것 같은 마음이 들 때, 은실이 그를 불렀다.

"최 선생님, 전구 갈아 끼우실 줄 아시죠?"

"전구요?"

"요 안에 전구가 나가서……. 키가 크셔서 갈아 끼우기 쉽지 않을까 해서 부탁드리는 거예요."

"그래요. 갈아줄게요."

동석이 접수실 안쪽으로 들어가 진료실과 연결된 통로에 섰다. 은실이 전구를 가져오겠다며 접수실 밖으로 나간 사이, 진료실에 있는 윤희의 모습이 보였다.

"우리 혁이 용감하고 씩씩해서 주사도 잘 맞을 수 있지요?"

어린아이에게 상냥한 미소를 지으며 그녀가 주사기를 집어 들었다.

금방이라도 울음보를 터뜨릴 것 같은 아이를 바라보며 윤희가 다시 한 번 용기를 주었다.

"야, 혁이는 진짜 씩씩하구나. 다른 애들은 막 울고 그러는데 혁이는 안 우네? 진짜 멋지다, 혁이. 자, 엄마 얼굴 한번 볼까? 엄마 얼굴에 뭐가 묻은 것 같네?"

그리고는 아이의 시선이 엄마의 얼굴로 향하는 사이 주삿바늘을 아이의 팔뚝에 찔렀다.

"끝났다! 잘했어요."

얼떨결에 주사를 맞은 아이가 늦은 울음을 터뜨렸다.

"자, 혁이 용감하다는 표시로 여기에 타요 스티커 붙여줄게. 이거 봐봐, 타요 스티커."

아이에게 캐릭터 반창고를 보여준 후 주사 맞은 자리에 붙여주었다.

"친구들 오면 선생님이 혁이가 제일 멋있고 용감하다고 자랑해줄게."

그때서야 아이가 울음을 그치며 그녀의 말이 만족스러운 듯 고개를 끄덕거렸다.

아이의 머리를 쓰다듬고 아이 엄마에게 주의사항을 말해주는 그녀의 모습을 동석이 넋 놓고 바라보았다.

그동안 그가 보아온 모습과는 또 다른 모습이었다. 쌈닭 같은 모습은 보이지 않았다. 아이를 사랑하고 아끼는 인간적인 소아과 의사로 보였다.

'돌팔이 아닐까 걱정했는데, 전문의 맞네. 자식. 의외로 멋있는데.'

그때 은실이 전구를 가지고 왔고 동석이 나간 전구를 갈아주었다.

"고마워요,"

"뭘요."

그런데 윤희의 진료가 계속 이어졌고 결국 그녀를 만나지 못한 채 동석은 학교로 돌아갈 시간이 되어버렸다. 5교시 수업이 없으면 함께 식사를 하고 가겠지만 오늘은 5교시 수업이 있는 날이다.

"7시 퇴근이지?"

"응."

"휴대폰 번호가 어떻게 돼?"

휴대폰을 들고 동석이 물었다. 머뭇거리던 윤희가 번호를 알려주었다. 그 번호로 동석이 전화를 걸면서 말했다.

"네 휴대폰에 뜬 게 내 번호. 7시에 맞춰서 병원으로 오든지, 전화를 하든지 할게. 퇴근 후에 보자. 시간 되지?"

"알았어."

눈에 쌍심지를 켜고 퇴근 후에도 괴롭힐 거냐고 화를 낼 줄 알았던 윤희가 고분고분했다. 그녀답지 않은 반응에 뭔가 허전하고 재미가 없었다.

"아, 그리고 이거."

동석이 혜진에게 받은 홍삼 파우치가 들어 있는 봉투를 건넸다.

"이게 뭔데? 웬 홍삼 엑기스?"

"오다 주웠어."

"너도 TV 좀 보는구나?"

TV가 아닌 제자들이 하는 말을 따라했을 뿐이었지만 동석은 저녁에 보자는 말을 남기고 학교로 향했다.

어르고 달래서 다시는 병원에 찾아오지 못하게 하려 했던 계획이 수월하게 풀리고 있었다.

퇴근 후에 만나자는 꿍꿍이를 알 수는 없었지만 동석에게서 먼저 만나자는 말이 나온 건 잘된 일이었다.

'먼저 만나자고 했으니 저녁밥값은 제가 내겠지?'

게다가 다른 날과 다르게 시비도 걸지 않고 홍삼 엑기스까지 몇 개 주었으니 일이 잘될 것 같은 예감이 들었다. 그동안 모래를 씹는 것 같았던 음식 맛이 제대로 느껴졌다.

"원장님."

"왜?"

"동석 쌤이요."

"걔 왜?"

"오늘 원장님을 왜 퇴근 후에 만나자고 한 걸까요?"

"그동안 병원에 와서 빈둥거리고 거슬리게 한 게 미안해서 사과하려나 보지."

"과연 그럴까요?"

"과연 그런 게 아니면 뭔데?"

"사귀자고…… 고백하시는 게 아닐까요?"

생글거리며 밥을 먹던 윤희의 눈매가 단번에 굳어졌다. 그걸 본 은실이 입을 다물고 먹는데 집중했다.

'그럴 리도 없겠지만 그 자식이 나한테 사귀자고 하면 그때하고 똑같이 갚아주고 말거야. 보란 듯이 다른 놈하고 다녀야지. 그럴 리는 없겠지만……'

3. 지금부터라도

동석이 데리고 온 루프탑의 예쁜 카페는 그 자체로도 좋은 분위기였다. 하지만 야외에서 내려다보는 야경의 운치는 겉으로 보는 분위기와 비교할 수 없이 아름다웠다. 윤희가 그동안 다녀본 곳 중에 최고라 할 수 있을 만큼.

'아이고, 저 얼굴로 여자 여럿 데리고 좋은 곳만 다녔나 보네.'

동석이 아니었다면 좋은 곳에 데리고 와준 상대에게 고마웠을 텐데, 사이가 그리 좋지 않다 보니 뭐든 좋게 생각할 게 없었다.

"여기 크렌베리 파니니도 괜찮고 리코타치즈 샐러드도 맛있어."

'뭐야? 찌개에 밥을 먹어야 하는 이 저녁 시간에 브런치 메뉴를

먹다니?'

그러나 카페가 예쁘고 야경이 좋아 윤희는 메뉴에 대한 불만은 접기로 했다.

"난 파니니 그리고 커피는 아메리카노. 원 샷이면 샷 추가해서."

"주문하고 올게."

동석이 주문을 한 후 진동벨을 받아 자리로 돌아가는데 야경을 내려다보는 윤희의 모습이 눈에 들어왔다.

'자식. 이런 곳에 처음 와봤나? 아주 넋이 나갔네.'

퇴근 후 윤희를 차에 태우고 이곳으로 오기까지 그녀는 툴툴거리거나 틱틱거리지 않고 얌전하게 따라왔다. 동석도 그런 윤희를 보며 오늘 일이 잘 풀릴 것 같은 예감이 들었다. 그래서인지 윤희에게 뭐든 너그럽게 행동했다.

"이 시간에 테라스 자리 잡기 힘든데. 오늘 운이 좋은 거야. 초에 불 켜줄까?"

테이블에 놓인 향초를 가리키며 동석이 물었다.

"도깨비 공유가 나타날 것도 아닌데, 안 켜도 돼."

"어린애냐? 드라마 캐릭터로 나온 남자 배우를 들먹이게."

그러면서 동석이 카운터로 가서 라이터를 가져다 초에 불을 붙였다.

별것 아닌 것 같은 촛불이 카페와는 또 다르게 테이블만의 분위기를 만들어주었다. 하지만 지금은 그런 분위기가 문제가 아니라 최동석이 문제였다.

퇴근 후에 보자는 이유는 몰랐지만 이런 분위기 좋은 카페에 데리고 와서 매너 있게 행동하리라고는 예상 못했다.

사람 신경을 살살 긁으며 약 올리고 협박하던 모습이 보이지 않아 불안하고 이유를 몰라 답답하기만 했다. 그래서 참지 못하고 물었다.

"야, 너 오늘 왜 이래?"

"내가 뭐?"

"시비도 안 걸고, 눈도 안 부라리고. 평소 하던 대로 해. 사람 불안하게 그러지 말고."

동석은 대답 없이 웃어준 후 울리는 진동벨을 들고 카운터로 갔다.

'쟤, 오늘 진짜 이상하네. 은실 씨 말대로 설마……?'

절대 그건 아닐 거라고 고개를 흔들어보지만 그것 말고 이렇게 행동할 이유도 따로 없지 않나 싶었다.

카운터에서 주문한 음식과 커피를 가지고 온 동석이 그녀 앞으로 놓아주었다.

"야, 똥돌."

부드럽다고 할 만큼 보기 좋은 미소를 띠고 있던 동석의 얼굴이 순식간에 변했다. 처음 그녀를 찾아왔을 때처럼 불구대천의 원수를 보듯 노려보았다. 드디어 본성이 드러났나 싶은데.

"도윤희."

그녀의 이름을 낮게 부르는 그의 목소리가 섬뜩할 만큼 차가웠
다.

"……왜?"

"너 한 번만 더 내 앞에서, 아니, 그 어디에서든지 똥이나 돌, 그
말이 네 입에서 나올 경우, 네 고딩 시절의 굴욕 사진이 만천하에
공개된다는 걸 명심해라. 마지막 경고다."

"……알았어."

그렇다고 그렇게까지 정색을 하고 사람 질리게 할 것까지는 없
잖은가.

"너도 그때 그 시절 네 모습이 이제 와서 공개되는 게 죽을 만큼
싫은 것처럼 나도 그래. 그 별명으로 불리는 거 죽기보다 싫어. 어
린 제자들에게 스승이 똥이나 돌로 불려야 되겠니?"

"스승한테 미친개라고도 하는데 그깟 돌은 애교……."

또다시 무섭게 굳어지는 동석의 표정에 윤희가 입을 다물었다.

"이젠 안 봐줘. 한 번만 더 네 입에서 그 말 나오는 거."

"알았다고! 대신 너도 다시는 내 과거를 까발린다는 협박하지
마!"

"너만 입 다물면, 하나 더해서 네가 나를 좋아했다는 말도 안 되
는 그 과거마저도 입 다물어줄게."

"진짜지? 한 입 가지고 두말하기 없기다!"

"당연하지. 최동석을 뭐로 보고."

굳이 서로에게 좋을 것 없는 과거 문제이기에 쉽게 양보하고 받아들여져 두 사람은 짧은 시간 안에 극적인 타결을 보았다.

마음이 편해진 두 사람은 이제야 오랜만에 만난 동창다워 보였다. 서로를 바라보는 눈빛과 오가는 대화가 편하고 평범해졌다.

"왜 소아과를 선택했어? 아이들이 좋아서? 요새는 성형외과나 피부과가 대세 아닌가?"

"아이들이 좋았으면 유치원 교사를 했겠지. 인턴 때 소아과가 내 갈 길이구나 운명처럼 느껴졌어. 아픈 아이들이 건강해져서 웃는 걸 볼 때마다 의사가 되었다는 게 보람찼다고 할까? 반대의 경우에는 두 배로 힘들었지만. 그러는 넌? 운영고 탑이었던 네가 교수가 아닌 교사가 되었다는 게 좀 의외야."

"공부에 지쳐서 그런지 대학 졸업 후에도 학문을 파고 싶지 않더라고."

"어? 나도! 나도 그래서 펠로우 과정 들어가지 않고 개원한 건데."

대단한 공통점을 발견한 것처럼 두 사람은 하이파이브까지 했다.

그렇게 이전의 안 좋은 감정들을 모두 버리고 화기애애한 분위기 속에 대화를 이어갔다.

"참, 진성이는 잘 지내?"

"진성이 얘기가 나와서 말인데, 걔가 너 때문에 달라진 거 알아?"

"처음 만났을 때하고 달라진 건 좀 느껴. 그런데 왜?"

동석은 진성에 대한 이야기를 해주었다.

늦은 사춘기를 심하게 앓던 녀석이 윤희로 인해 정신 차렸다고 했다.

"그런데 요새 다시 애가 넋이 나가는 것 같아. 도윤희 효과를 좀 더 강하게 발휘할 수 있는 방법은 없을까?"

그 말에 윤희는 뜨끔했다. 동석과의 만남에 원흉으로 작용한 그 녀석을 못 오게 만들었으니 혹시 그 이유 때문에 넋 나간 모습으로 학교에 다니는 건 아닌지.

사실을 털어놔야 하는지 잠시 고민하던 윤희는 동석에게 간단하게 대답했다.

"내가 진성이 잡고 얘기해 볼게."

"그래. 대학이 인생에 전부는 아니라지만 학생들뿐 아니라 그 부모와 교사들의 목표는 대학이거든. 일단 들어가고 봐야 하는 거니까."

"알았어."

그 후로는 일상에 대한 대화가 이루어졌고 30분 정도 지난 후 자리에서 일어섰다.

동석은 자신의 차로 윤희를 집까지 데려다주었다.

"저녁 잘 먹었어."

"그 말 듣기에 먹인 게 너무 부실해서 미안하다. 나중에 진짜 맛있는 저녁 한번 먹자."

"그래."

"들어가라."

"응. 너도 조심해서 가."

동석이 출발하고 윤희는 집으로 들어왔다.

'철이 안 들 줄 알았더니…… 자식 좀 괜찮은데.'

윤희의 입가에 미소가 머물렀다.

집, 병원, 집을 벗어나지 않는 그녀의 일상은 늘 지루했다. 그런 그녀에게 오늘 다녀온 예쁜 카페와 브런치 메뉴 그리고 동석과 함께한 시간이 특별하게 다가왔다.

'연애를 하면 매일 이러겠지? 좋은 데 가서 저녁 먹고 차 마시고 집까지 데려다주고.'

하지만 그녀에게는 한가한 연애보다 병원을 흑자로 돌려야 하는 문제를 안고 있다. 한마디로 마음의 여유는 물론이고 금전적 여유도 없다.

'때려치우고 페이닥(봉직의)으로 들어가? 그럼…… 강제 정략결혼을 해야 하는데…….'

내일부터 또다시 지루하고 별것 없는 일상을 시작해야 한다는 생각에 입가에 잠시 머물렀던 미소가 사라졌다. 동시에 공부만 하던 예전을 그리워하며 한숨을 내쉬었다.

집으로 돌아오는 동석의 입가에도 미소가 스몄다.

"자식, 다이어트 성형이라더니 예뻐졌네. 이런 걸 두고 애들이 긁지 않은 복권이라고 하던데……. 3등 당첨 정도는 되는 복권이라고 인정한다. 크크크."

돌이켜 생각해 보니 그때 자신이 윤희에게 너무 모질게 굴었다는 생각이 들었다.

공부만 하는 새침데기들과 다르게 윤희는 털털했었다. 같은 반이 되거나 친구가 되어 대화를 나눠본 일이 없지만 그녀는 남학생들과 잘 어울렸고 여학생이라는 느낌조차 나지 않을 정도로 행동은 늘 거침이 없었다. 그런데 자신을 두고 운영고 최고의 여신 지우와 운동장에서 싸움을 벌이는 사건을 터뜨렸다.

18세. 그때는 그게 너무 창피한 일이었다. 지우와 같은 여신 두 명이 싸웠다면 모를까, 아무도 여자로 봐주지 않는 윤희에게 찍힘을 당했다는 사실이 굴욕이었다.

그러기에 앞에서 알짱거리는 윤희를 무시했다. 그것도 모자라 일부러 지우와 사귀었다. 그 뒤로 눈앞에서 그녀가 사라졌다. 편할 줄 알았는데 졸업할 때까지 괜한 미안함으로 윤희를 피해 다녔다.

대학에 들어가 새로운 친구들을 만나고 좀 더 세상을 즐길 줄 알면서 윤희에 대한 감정은 물론, 그녀에 대한 기억과 존재조차도 잊어갔다.

이렇게 다시 만날 줄 알았다면, 아니, 그때 철이 좀 들었었더라면 좋은 기억을 남긴 친구로 남지 않았을까 싶었다.

'지금부터라도 좋은 친구로 지내면 되는 거지.'

골칫거리였던 동석의 문제가 해결되고 나니 출근길이 가볍기만 했다.

병원 문을 열자마자 찾아온 감기 환자를 진료하고 처방을 내리려는데 아이의 엄마가 물었다.

"그분은 오늘 안 계시네요?"

"네? 그분이라니요?"

"여기…… 그 키 크고 안경 쓰고 잘생기신 남자 선생님 계셨잖아요."

"아! 그분이요? 그분은 왜……?"

"그냥…… 요."

뭐라고 대답을 해줘야 하나? 친구인데 할 일 없이 놀러 왔었다고 해야 하나?

하지만 아이 엄마는 윤희의 대답에 관심이 없는지 자리에서 일어나 인사를 하고 진료실을 나갔다.

'며칠 와 있었다고 팬이 생긴 건가?'

윤희는 대수롭지 않게 넘겼다. 하지만 그 아이와 보호자가 처방전을 받아 들고 병원을 나간 후 은실에게서 조금은 충격적인 말을 들었다.

"원장님, 아까 그분이 뭐라는 줄 아세요?"

"뭐라는데?"

"그 아이 유치원에 도 소아과가 유명해졌대요."

"왜?"

내심 진료를 잘 본다거나, 원장이 괜찮다는 걸로 유명하다는 말이 나오기를 바랐다. 그런데.

"도 소아과에 가면 잘생긴 남자 쌤이 있다고. 그래서 일부러 온 자모도 있대요."

"뭐? 그럼 그 잘생긴 남자 쌤은 똥, 아니, 동석이를 말하는 건가?"

"그렇죠. 최동석 쌤이요."

웃어야 하는 건지. 울어야 하는 건지. 소아과가 유명해졌다면 응당 원장의 진료 실력이나 인격 뭐 이런 거여야 하거늘, 이 무슨 우스운 꼴인가.

병원과 아무 상관 없는 최동석 때문이라니.

"그래서 요 며칠 환자가 많았던 이유가 그것 때문이었나 보더라고요."

은실의 말대로 요 며칠 좀 바빴다. 윤희는 그 이유가 진료도 봐야 하고 밖에 있는 동석도 상대해야 하는 이유 때문이었다고 생각했다. 그런데 돌이켜 보니 환자가 많아 바빴던 것이었다.

성심껏 어린아이를 진료하고 처방을 내려 환자가 늘어난 게 아니라 잘난 남자 한 명이 병원에 있었다는 이유로 환자가 늘어나다니.

'아무리 의료도 서비스로 승부해야 한다지만 동네 소아과에서 젊은 남자 하나 있었다고 이러는 건 너무한 거 아니야? 내가 그동안 얼마나 아이들을 정성으로 진료했는데!'

뭔가 자꾸 허무해져만 갔다. 그런데 그런 윤희의 마음을 모르는 은실이 엉뚱한 말을 해왔다.

"원장님, 동석 쌤하고 매일 점심을 함께하세요. 그럼 예전처럼 형편이 좀 나아지지 않을까요?"

"됐어. 그렇게까지 하지 않아도 먹고살 만해. 그리고 보호자들이 소아과 의사로서 아이들을 대하는 내 진심과 정성을 알아주는 날이 올 거야. 그게 진짜 병원을 살리는 길이고."

말은 그렇게 멋있게 하고 진료실로 들어왔지만 마음은 그게 아니었다.

'더 무너지기 전에 은실 씨 말대로 점심시간마다 동석을 병원에 붙박이처럼 박아놓을까? 최저 시급 준다고 생각하고 점심 한 끼 사주면 되는 건데……'

하지만 마지막 남아 있는 자존심이 허락지 않았다.

'됐어. 굶어 죽는 것도 아닌데. 최동석 앞에서 체면을 구길 수는 없다고!'

점심시간에 호출을 받아 온 진성의 표정은 좋지 않았다. 급식과 자유를 누릴 수 있는 소중한 시간을 빼앗겨서라기보다는 그냥 다 귀찮은 그런 얼굴이었다.

"진성, 너 요새 왜 그래? 무슨 일 있어?"

"……."

동석은 대답 없이 장승처럼 서 있는 진성에게 더 이상의 말을 걸지 않고 외출증을 내밀었다.

"……?"

"도 원장이 너 보고 싶다더라."

그 한마디에 진성의 얼굴이 금세 달라졌다. 다 말라비틀어진 풀 잎이 단비를 맞아 생기를 찾아 싱싱해지듯 표정이 살아났다.

"지금이요?"

"가봐."

손이 보이지 않을 만큼 빠르게 외출증을 채간 진성은 순식간에 교무실을 빠져나갔다.

"자식. 깡패 기질 있는 도윤희 그 녀석이 뭐가 좋다고……."

저때 아니면 느낄 수 없는 감정이나 경험들 중에 하나라는 생각이 들었다. 동석은 부디 진성이 이런 경험으로 인해 더욱 성숙해 지길 바라는 순간, 진성이 다시 뛰어들어 왔다.

"왜?"

"쌤, 도 원장 만났어요?"

"응."

"도 원장은 안 돼요."

"뭐?"

"도 원장은 내 거예요."

"야, 이 녀석아!"

"친구 이상의 감정으로 만나는 거 불허합니다."

기가 차서 말도 못하고 있는 동석을 야무지게 째려본 후 진성이 다시 뛰어나갔다.

철없는 어린 제자의 깜직한 도발에 헛웃음이 나올 뿐이었다. 하지만 시간이 지날수록 이상하게 기분이 언짢아져갔다.

아무리 연상연하가 대세이고, 교권이 땅에 떨어졌다지만 스승을 향해 저런 어이없는 말을 던지다니!

마음에 담고 있는 연상의 여인을 향한 기본적인 예의도 없이 윤희를 제 친구처럼 여기는 것 같은 건방짐이 거슬렸다.

'아무리 어린 녀석의 짝사랑이라지만 스승님의 친구에게 도 원장? 내 거? 적당히 하자, 진성아.'

넋이 나가고 기가 죽어 보기 안쓰러울 정도라고 하더니 병원을 찾아온 진성의 모습은 예전과 다를 게 없어 보였다. 여전히 좋은 넉살과 천진하고 해맑은 미소 그대로 진성이 물었다.

"쌤! 그럴 줄 알았어요. 나 없으니까 살맛이 안 나죠?"

오히려 더 에너지가 넘쳐 보였다. 목소리도 우렁찼다.

그런 진성의 모습을 본 윤희가 인상을 찌푸렸다.

"네가 뭐라고? 없으니까 편하고 좋더만."

"에이, 최똥돌 쌤……."

"이진성!"

윤희가 정색을 하고 낮은 목소리로 진성의 이름을 불렀다. 그러자 건들거리며 싱글벙글하던 진성도 몸과 표정이 얼었다.

"최동석 쌤이 네 친구야?"

"아, 아닌데요."

"네 담임쌤이지?"

"네."

"존경은 못하더라도 쌤하고 맞먹으려 하거나 함부로 호칭해서는 안 되는 거지! 그래? 안 그래?"

"그, 그렇죠. 그치만 쌤도 우리 담탱……."

"경고하는데 네 입에서 한 번만 더 내 동창, 내 친구, 그리고 네 담임쌤인 동석이에 대한 별명이나 막말이나 맞먹는 호칭 같은 게 나왔다거나, 나왔다는 얘기가 들리면 넌 나한테 죽는다!"

윤희의 말에 진성이 멍하니 서 있다가 코웃음을 쳤다. 그리고 자세도 삐딱하게 바꾸더니 조금은 불량한 목소리로 물었다.

"쌤, 둘이 만났다더니…… 혹시…… 잤어요?"

진성의 어이없는 질문에 윤희는 곧바로 뒤통수를 후려쳤다.

"어린놈의 쉬키가 못하는 말이 없어! 어디서 배워먹은 말버릇이야?"

뒤통수 한 대로는 성에 안 찼는지 윤희가 진성의 조인트를 깠다.

"악! 아, 쌤! 아파요!"

"아프라고 때렸는데 그럼 아파야지! 내가 왕년 레지던트 시절에 야구 배트 가지고 후배를 두드려 패서 군기 잡은 여자야! 너같이 위아래 구분 못하고 할 말 못할 말 분별 못하는 것들은 처맞아야 해!"

단단히 화가 난 것 같은 윤희의 살벌한 분위기에 진성이 그녀의 눈치를 보며 차렷 자세로 바르게 섰다.

"죄송합니다! 시정하겠습니다!"

농담기 뺀 어조로 진성이 외쳤다.

씩씩거리며 진성을 노려보던 윤희가 나가라는 손짓을 했다.

"쌤, 잘못했어요. 진짜 잘못했어요."

진성은 손으로 싹싹 빌며 윤희에게 용서를 구했다.

"이 군, 너 잘 들어. 내가 할 일 없어서 너 상대하고 있는 거 아니야. 아직 덜 성숙하고 세상을 모르는 네가 좀 더 좋은 생각을 하고 좀 더 나은 시간을 보낼 수 있게 도와주려는 거지. 나를 위해서가 아니라, 너를 위해서! 넌 앞으로 잘될 가능성이 있으니까! 그런데 그 마음을 모르고 네 멋대로 생각하고 네 멋대로 행동할 거면 다시는 오지 마. 너 같은 거 안 봐도 내 인생은 지장 없으니까.”

“한 번만 봐줘요, 쌤.”

용서를 구하고 있는 진성을 오래 쳐다보던 윤희가 따끔하게 꾸짖었다.

“용서는 한 번뿐이야. 다음부터 말조심해.”

“네.”

“그럼 오늘 가서 반성문 써와.”

“반성문이요?”

“깜지라고 하지? 지금 배우고 있는 영어 단원의 단어로 5장. 물론 채우기만 하는 게 아니라 외워오는 거야.”

진성의 눈살을 찌푸렸다.

“차라리 그냥 잘못했다는 반성문을…….”

“싫으면 관둬. 반성문 안 써오면 출입 금지야.”

진성에게서 한숨이 새어 나왔다.

“알았어요.”

불만 가득한 얼굴이지만 진성의 대답은 시원했다.

“가봐.”

"보고 싶다고 해놓고 혼만 내고……."

"혼날 짓을 했잖아!"

"수업 끝나고 올게요."

"올 때 반성문 잊지 말고."

"네!"

진성이 신난 발걸음으로 병원을 나갔다.

"얻어맞고도 좋을까?"

진성의 심성이 나쁘지 않다는 걸 느꼈다. 아무리 잘못했다고 해도 머리를 맞고 조인트를 까이는 건 자존심 상하고 불쾌한 일이다. 더구나 부모님이나 선생님도 아닌 그저 알고 지내는 누나뻘 되는 여자에게 맞았으니 맞서서 화를 낼 만한 일이다. 그런데 바로 잘못을 시인하고 용서를 구하는 걸 보면 겉만 거칠지 속은 더 없이 선하다는 걸 알 수 있었다.

그렇게 진성을 보내고 나니 괜히 미안하고 마음이 안 좋았다.

'저녁에 오면 좀 잘해줘야겠네.'

윤희는 동석에게 문자를 보냈다.

「진성이 갔다. 마음잡을 수 있도록 내가 잘해보마.」

동석에게서 답이 안 들어왔다. 수업 중이라 생각했지만 오후 진료가 끝나가고 진성이 올 시간이 가까워져도 그에게서는 답이 없었다.

'우쒸, 내 제자도 아니고 자기 제자를 봐주는 건데, 맡기고 입

닦기야? 쳇.'

동석이 문자를 씹는 것 같은 기분이 들었고 묘하게 짜증이 났다.

뭔가 뾰로통해진 표정으로 앉아 있는데 은실이 퇴근을 알렸다.

"원장님, 저 퇴근할게요."

"퇴근 전에 김떡순 어때?"

"약속 있어요."

"헬스 트레이너?"

"네."

"좋겠다. 데이트 잘해."

은실이 급한 걸음으로 나갔고 얼마 지나지 않아 병원 문 열리는 소리가 들렸다. 당연히 진성인 줄 알고 느긋하게 원장실 문을 열던 윤희가 얼음이 된 것처럼 굳어버렸다.

"아, 아, 아빠. 여기 웬일이세요?"

"딸 병원이자 내 투자 병원에 온 게 뭐 잘못된 건가?"

"아니요. 연락도 없이 갑자기 오셔서……."

"원래 감사는 불시에 나오는 법이지."

"감사요?"

"장부 가지고 와봐라."

딸이 병원을 잘 운영하고 있는지 걱정하는 마음에서 보려는 장부가 아니다. 그렇다고 병원 개원 시에 투자한 돈이 잘못될까 하는 걱정에서 운영 상태를 확인해 보려는 것도 아니다. 항공 회사의 기장인 도인수가 병원의 회계 장부를 보는 이유는 단 하나! 사위를 보기 위함이다.

적자 운영을 발견하는 즉시, 미리 찜해놓은 사윗감을 들이밀어 딸과 결혼시키기 위한 방법이 바로 병원 장부를 확인하는 것.

이미 각서까지 써놓았기 때문에 윤희는 거부할 권리가 없었다. 그래서 은실이 꼬박꼬박 정리해 놓은 장부를 인수에게 건넸다. 그나마 다행인 것은 아직까지 적자가 발생하지 않았다는 사실. 그리고 불행한 것은 그 적자의 날이 얼마 남지 않았다는 현실이다.

그것만으로 마음이 불편하고 불안한데 곧 있다가 진성이 온다. 그 이유에 대해 인수에게 설명해도 쉽게 넘어가지 않는다는 것을 알기에 어떻게든 진성을 못 오게 막아야 했다.

급한 마음에 화장실을 핑계로 나와 동석에게 먼저 전화를 걸었다.

"야, 최…… 동석, 진성이 전화번호 좀 알려줘. 급해, 빨리!"

하마터면 '최똥'이라 할 뻔했다. 자칫 일을 크게 키울 뻔했지만 그 와중에 이성은 살아 있었는지 실수를 면했다.

[찾아봐야 하는데. 기다려 봐.]

"급해, 급해!"

[왜?]

"묻지 말고 빨리!"

그러는 사이 엘리베이터에서 내리는 진성이 보였다.

"진성이 왔어. 끊어."

통화를 끝낸 윤희는 진성을 다시 엘리베이터 안으로 밀어 넣었다.

"설명은 나중에 할게. 집으로 가라, 진성아."

"에?"

"너에 대한 존재가 알려지면 아주 골치 아파지거든. 그러니까 빨리 가! 설명은 나중에."

어리둥절해하는 진성을 엘리베이터에 밀어 넣고 윤희는 병원으로 들어왔다.

"저녁 먹었니?"

검사를 다 끝냈는지 인수가 장부를 덮으며 물었다.

"아니요."

"저녁 먹으러 가자."

"네."

"그런데 그 옷차림이 뭐냐? 단정치 못하고 가볍게 청바지라니. 조신하고 점잖게 입고 있어야 의사한테 신뢰도 생기지."

"가운 입고 있으면……."

"내일부터 옷차림도 신경 써."

"네."

"나가자."

병원의 운영이나 그녀의 재정 상태에 대해 한마디 할 줄 알았던 인수에게서 엉뚱한 말이 나와서 당황스러웠다. 하지만 장부를 보고 결혼할 날이 얼마 남지 않았다는 말을 하거나, 투자금은 건질 수 있느냐는 말을 서슴없이 던지며 상처를 주는 것보다 나았다.

그러나 오히려 인수와 어울리지 않는 그런 다정함이 더 그녀를 긴장시키고 마음을 무겁게 했다.

병원 문을 닫고 인수의 차에 올랐다. 집이나 병원 근처에서 저녁을 해결할 줄 알았는데 인수는 집이 아닌 다른 방향으로 차를 몰았다.

"어디로 가시는 거예요?"

하지만 인수는 대답이 아닌 질문을 던졌다.

"아까 교복 입은 학생은 누구냐? 환자 아니야? 왜 그냥 돌려보낸 거야?"

진성을 엘리베이터에 억지로 밀어 넣는 걸 본 모양이다.

"환자는 아니고요……. 의사가 되겠다고 가끔 찾아와서 이것저것 물어보는 아이예요."

겨우 둘러대기는 했지만 그녀 자신이 생각해도 신빙성 없는 변명으로 들렸다. 하지만 다행히 인수는 더 이상 진성의 존재에 대해 묻지 않았다. 그리고 윤희의 질문에 답을 해주었다.

"밥 먹으러 간다."

“네.”

묻고 답함에 간결한 걸 좋아하는 도 기장에게 더 이상의 질문은 화를 자초하는 일일 것 같아 윤희는 입을 다물었다. 도 기장이 데리고 온 고급 한정식집에 도착해서도 윤희는 어떤 말도 꺼내지 못하고 안으로 들어갔다.

‘뭔가 좀 이상한데…….’

하지만 이렇다 할 말도 하지 못하고 인수를 따라 룸에 들어가고 나서야 왜 이곳으로 온 것인지 알 수 있었다.

“어서 오십시오.”

“오래 기다렸나?”

“아닙니다. 저도 방금 왔습니다.”

단정하고 반듯한 이미지의 남자가 인수를 맞이하며 예의 바르게 인사를 해왔다.

‘저 남자가…… 아빠의 총애를 받고 있는 손우식? 딱 아빠가 좋아하게 생겼네.’

짧은 머리, 건장한 체격, 쌍꺼풀 없이 큰 눈, 전체적으로 씩씩하고 늠름한 느낌이 물씬 풍기는 남자다. 그녀가 아닌 인수의 이상형으로 딱 맞는 남자.

문제는 부녀의 이상형이 다르다는 사실이다. 장교 출신으로 무뚝뚝하고 권위적인 인수 아래서 자란 윤희는 따뜻하고 자상하고 친구같이 편안한 남자가 이상형이다. 그런데 앞에 있는 남자는 인수와 같은 과로 보였다.

'아빠 앞에서 싫다고 티 낼 수도 없고.'

꼼짝없이 얌전하게 앉아 밥을 먹어야 하는 상황에 한숨이 새어 나오려 했다.

도망치고 싶다는 생각을 하던 그때, 그녀의 휴대폰이 울렸다.

'응급 환자였으면 좋겠다.'

하지만 그녀의 소아과는 응급 환자를 받을 수 없는 의원이다. 그럼에도 그녀를 급하게 찾는 환자이기를 바라며 가방에서 휴대폰을 꺼내는데 발신인에 최동석이 떴다.

"전화 좀 받고 올게요."

"급한 거 아니면 나중에 하라고 해."

"급한 전화 같아요. 이 시간에 전화할 친구가 아니거든요."

"편하게 통화하고 오세요."

배려해 주는 것 같은 상대에게 묵례를 하고 윤희가 휴대폰을 들고 룸을 나왔다. 마치 지옥을 나온 것 같은 기분이 들었다.

"여보세요?"

[너 무슨 일 있어? 진성이가 되게 걱정하던데?]

"아빠가 병원으로 찾아오셨어."

[아버님이? 진성이 말로는 무슨 사채업자가 찾아온 것처럼 네가 하얗게 겁에 질린 모습이었다고……. 게다가 나한테 전화했을 때도 뭔가 되게 다급한 것 같았고.]

"우리 아빠가 사채업자만큼이나 무섭고 집요한 분이시거든. 지금도 아빠한테 끌려와서 예정에도 없던 선보게 생겼어. 진짜 짜증나!"

[선?]

"응."

[너 솔로였어?]

"……그래! 솔로였다, 왜?"

[잘해봐. 남자는 괜찮아?]

"우리 아빠가 안 괜찮은 남자를 소개시켜 줬을 리는 없겠지만 문제는 나의 이상형이 아닌 아빠의 이상형이라는 거."

[너 더 늦으면 그때는 정말 결혼하기 힘들어진다. 부모님이 좋은 짝 맺어줄 때 얼른 결혼해. 그게 효도야, 인마.]

"너나 잘해! 끊어!"

일방적으로 먼저 통화를 끝냈지만 윤희는 곧바로 후회했다. 통화가 끝났으니 다시 룸으로 들어가야 하고 그 지옥에서 보고 싶지 않은 남자를 소개받아야 한다는 생각에 동석과의 통화마저도 아쉬웠다. 하지만 늦게 들어갔다가는 그 화가 어떻게 미칠지 몰라 윤희는 심호흡과 함께 표정 관리를 하고 다시 룸으로 들어갔다.

"인사해라, 아빠가 얘기했던 손우식 군. 그리고 이 아이가 우리 윤희."

윤희가 들어오자 인수가 두 사람을 소개시켰고 우식이 먼저 윤희에게 인사했다.

"안녕하십니까? 말씀 많이 들었습니다. 손우식입니다."

"안녕하세요?"

"말씀대로 정말 미인이십니다."

인수와 조금 다른 면이 있었다. 어떠한 경우에도 인수는 저런 자본주의식 멘트와 미소는 나오지 않는다.

그 말 한마디에 이번에는 안도의 한숨을 내쉴 뻔했다.

인사를 나누고는 별말 없이 어색해하고 있는 그때, 바로 음식이 들어왔다.

고급 한정식집인 만큼 들어오는 음식의 종류와 가짓수에 윤희의 입이 딱 벌어졌다.

'둘이 만나게 해주던가, 아니면 그냥 커피숍에서 만나서 아빠는 빠지시던가 하지. 이게 뭐야? 먹다 체하겠네.'

하지만 그런 마음은 윤희뿐이었는지 인수와 우식은 편한 얼굴로 식사를 시작했다.

인수가 식사 중에 말하는 것을 좋아하지 않는다는 걸 잘 아는지, 아니면 그도 식사 중에 대화를 하지 않는 사람인지 룸 안에는 밥 먹는 소음만이 들릴 뿐이었다.

'맛도 모르겠고…… 그냥 집에 가서 라면이나 끓여 먹고 싶다.'

관심을 가지고 봐야 할 손우식보다 최종회를 코앞에 둔 일일 드라마가 더 궁금하기만 했다.

'이 불편하고 어려운 식사가 끝난 후에 저 남자하고 난 또 차라도 마시러 가야 하는 것인가? 아, 진심으로 격렬하게 집에 가고 싶다.'

먹고 싶지 않은 음식을 꾸역꾸역 먹고 있는 고역을 당하고 있는 그 순간 식사를 빠르게 마친 인수가 일어섰다.

"나 먼저 일어날 테니, 둘이 시간 보내고 들어가."

"아빠……."

"네. 그럼 조심해서 들어가십시오."

인수가 나가고 룸 안에 우식과 단둘만이 남자, 윤희는 더 버티고 있을 수 없어 수저를 내려놓았다.

"음식이 입맛에 안 맞습니까?"

"아니요. 여기 올 줄 모르고 간식을 좀 먹었더니 더 먹기 힘들어서요."

"그러시구나. 그럼 우리도 일어날까요?"

식사가 아직 남아 있음에도 그가 일어나기를 제안했다.

"안 드신 것 같은데……."

"다 먹었습니다. 저녁을 많이 먹는 편이 아니라서. 가까운 커피숍에 가서 차 한잔하실까요?"

"그러죠."

한정식의 주차장으로 나오니 브랜드를 알 수 없는 외제차 앞에 그가 섰다.

'와! 아버지가 대전에서 유명한 병원장이라고 하더니…… 부가 아주 그냥……'

차를 본 순간 윤희의 눈이 번쩍 뜨였다.

'저 남자를 잡으면 깡통 차고 사는 이 생활을 접을 수 있겠구나.'

하지만 그녀의 시선이 차가 아닌 우식을 향했을 때 생각이 달라졌다.

'아빠하고 30년을 살다가 이제 독립했는데, 아빠 같은 남자하고 또 30년을 살고 싶지는 않다, 진심.'

커피숍으로 이동해서 마주 앉고 나니 바른 자세로 앉아 있는 모습이 딱 인수와 같아 보였다.

"윤희 씨 서른두 살이라고 들었습니다. 동안이시네요. 그렇게 안 보입니다."

식당에서 잠깐 봤던 것처럼 그는 영업용 멘트를 아무렇지 않게 날렸다. 생긴 이미지와 달라 그가 던지는 말들이 어색하고 거북했다.

"우리 시대에 이런 만남 좀 부담스럽죠? 아버님들끼리 정해놓은 결혼 상대를 만나는 거."

많이 부담스럽고 정말 싫다는 대답을 하려는 순간, 그가 생각지도 못한 말을 꺼냈다.

"단도직입적으로 말씀드리겠습니다. 저는 이 자리 부모님 강압에 못 이겨 나온 겁니다. 그리고 이미 만나는 여자가 있습니다."

"네?"

남자와 그녀가 같은 처지, 같은 마음이다. 더구나 남자에게는 사귀는 여자까지 있다. 마음에도 없는 결혼을 하지 않아도 되는 상황이라 기뻐해야 하는데 이상하게 기분이 나빴다.

'굳이 만나는 여자가 있다는 말을 할 필요는 없잖아!'

의문의 1패를 당한 기분이 들었다.

"하지만 윤희 씨를 만나보고 서로가 아니라는 결정을 내리기 전까지 제가 집에 할 수 있는 게 아무것도 없습니다. 저희 아버지 독재가 만만치 않으셔서."

고집 있어 보이는 저 남자도 당하지 못할 만큼의 독재라니.

인수가 다스리는 지옥을 나와 불지옥으로 들어갈 뻔했다는 생각에 눈앞이 아찔했다.

"윤희 씨. 염치 불고하고 부탁드릴 게 있습니다. 한 달만 만나고 서로 맞지 않아 결혼을 엎는 걸로 해주십시오."

"그 말은 지금…… 한 달 동안 가짜 연애라도 한 후, 양쪽 집안에 결혼 못하겠다고 선언하자는 건가요?"

"맞습니다."

염치 불고한 부탁이 맞다. 만일 윤희가 효녀였거나, 정말로 이 만남에 관심과 기대가 있었더라면 이 남자는 뺨따귀 한 대 맞아도 할 말 없을 만큼의 무례한 부탁을 하고 있는 것이었다.

하지만 윤희의 처지가 이 남자와 다를 게 없다. 사귀는 연인이 없다는 사실 빼고. 그러니 그의 사정과 심정을 다 이해하고도 남는다.

게다가 그의 부탁을 들어준다면 인수의 결혼 압박에서 벗어날 수 있다. 어디 그뿐인가. 우식과의 합의하에 결혼할 수 없음을 선언하면 틀어진 이 만남에 대한 책임을 혼자 감수하지 않아도 된다.

이보다 더 좋을 수 없지만 그녀에게 의문의 1패를 안겨준 그의 부탁을 쉽게 들어주고 싶지 않았다.

"지금 하신 부탁, 좀 무례하고 쉬운 게 아니라는 건 아시죠?"

"물론입니다."

"하지만…… 생각은 해볼게요."

"감사합니다. 대답 기다리고 있겠습니다."

그가 자신의 명함을 꺼내 건네주었다.

'H&H Service 대표 손우식'이라고 되어 있는 명함을 보고 가방 안에 넣었다.

더 앉아 있어봐야 시간 낭비라는 생각에 윤희가 먼저 일어섰다.

"용건 다 끝났으니 일어나죠."

"모셔다 드리겠습니다."

"아니에요. 혼자 가는 게 편해요. 안녕히 가세요."

원하지 않은 맞선이었음에도 불구하고 혼자 집으로 돌아가는 기분은 썩 좋지 않았다. 차인 게 아닌데도 차인 기분 때문인지 발걸음이 무겁기만 했다.

소주 반병이라도 마셔야겠다는 생각으로 아파트 입구에 있는 슈퍼로 가려는 때에 윤희의 휴대폰 벨이 울렸다. 발신인은 동석이었다.

"여보세요?"

[아직도 맞선남과 있는 중? 통화 괜찮아?]

"끝났어. 왜?"

[동지 된 기념으로 술 한잔할래?]

"동지? 내가 왜 네 동지야?"

[나도 예정에도 없던 선보고 지금 막 헤어졌거든.]

"진짜? 야, 너야말로 솔로였어?

[난 선택형 솔로야. 싱글지상주의자라고. 그런 투로 말하지 마라.]

"엎어치나 매치나. 그래, 일단 보자."

중간 지점에서 만나기로 약속을 하고 전화를 끊었다.

"뭐? 선택형 솔로? 싱글지상주의자? 표현만 그럴듯하게 했지, 이거, 이거…… 영원한 싱글로 아무나하고 닥치는 대로 연애를 하려는 자유연애주의자 아니야?"

하지만 그가 싱글이든 자유연애자이든 상관없다. 그런데 그럼에도 불구하고 이상하게 그가 싱글이라는 게 다행이라는 생각이 들었다. 윤희는 그걸 동석이 말했던 '동지' 사이에서 느껴지는 흔한 감정이라 생각했다.

4. 같은 처지끼리

진성의 목표가 언젠가는 윤희가 아닌 녀석의 미래와 꿈이 될 날이 올 거라 믿었다. 그래서 윤희를 향해 뛰어가는 녀석의 뒷모습을 보며 윤희가 그 꿈과 미래를 단기간 내에 심어주길 바랐다.

하지만 만개한 얼굴로 뛰어나간 진성이 심각한 얼굴로 돌아왔을 때는 자신의 생각이 틀린 줄 알았다. 그런데 왜 다시 왔냐고 묻기도 전에 진성이 먼저 물었다.

"쌤, 도 원장님 아무래도 수상해요."

"수상해? 뭐가?"

"제가 들어가기도 전에 얼굴이 하얗게 질려서 엘리베이터 앞에 나와 있더라고요."

“그런데?”

“설명은 나중에 한다면서 나를 막 엘리베이터 안으로 집어넣는 거예요. 진짜 수상하고 궁금해서 다시 들어갈까 고민하다가 쌤한테 온 거거든요. 그런데 학교에 오면서 곰곰이 생각해 봤는데…… 도 원장의 그 겁에 쩔은 표정하며 버벅거리는 거하며…… 아무래도 누구한테 협박이나 이런 거 받는 거 같다는 예감이 빡! 쌤, 어떡하죠? 도 원장한테 전화 한번 해보세요. 아니, 저한테 도 원장 전화번호 좀 알려주세요.”

어린 녀석이 제법 단단한 표정을 하며 말하는 내용이 좀 황당했지만 동석은 그냥 넘길 수 없었다. 진성의 전화번호를 알려달라며 전화했을 때 들었던 윤희의 다급함이 진성의 말을 농담으로 흘릴 수 없게 만들었다.

“기다려 봐. 내가 전화할게. 그리고 이진성! 너 아무리 윤희가 네 여신이라고 해도 쌤 친구다. 또 다른 네 사부라고. 그러니 ‘도 원장님!’ 이라고 ‘님!’을 꼭 붙여라. 알았나?”

“알았으니까 전화부터 빨리 해보세요!”

별것 아니길 바라며 동석이 윤희에게 전화를 걸었다.

[여보세요?]

다행히도 전화를 받는 그녀의 목소리는 평탄했다.

“너 무슨 일 있어? 진성이가 되게 걱정하던데?”

[아빠가 병원으로 찾아오셨어.]

"아버님이? 진성이 말로는 무슨 사채업자가 찾아온 것처럼 네가 하얗게 겁에 질린 모습이었다고……. 게다가 나한테 전화했을 때도 뭔가 되게 급해 보였고."

[우리 아빠가 사채업자만큼이나 무섭고 집요한 분이시거든. 지금도 아빠한테 끌려와서 예정에도 없던 선보게 생겼어, 야. 진짜 짜증나!]

"선?"

[응.]

"너 솔로였어?"

[……그래! 솔로였다, 왜?]

"잘해봐. 남자는 괜찮아?"

[우리 아빠가 안 괜찮은 남자를 소개시켜 줬을 리는 없겠지만 문제는 나의 이상형이 아닌 아빠의 이상형이라는 거.]

"너 더 늦으면 그때는 정말 결혼하기 힘들어진다. 부모님이 좋은 짝 맺어줄 때 얼른 결혼해. 그게 효도야, 인마."

[너나 잘해! 끊어!]

통화를 끝낸 동석에게서 짓궂은 미소가 흘러나왔다. 괜한 우려로 인해 전화를 걸었다는 사실이 낯 뜨거울 정도로 윤희가 당하고 있는 현실과 선보면서 내숭을 떨고 있을 그녀의 모습이 그려져 우스웠다.

"쌤, 지금 웃음이 나와요? 지금 도 원장이…… 아니, 도 원장님이 선을 보는 게 웃을 일이냐고요?"

"그럼 그게 울 일이냐? 자식, 다 컸다고 할 건 다 하네."

"뭐 하는 남자래요? 지금 선보는 남자가."

콧김을 내뿜으며 인상을 잔뜩 구기고 있는 진성은 누가 보면 윤희와 사귀는 사이로 오해할 만큼 진지해 보였다. 윤희가 자신의 동창이 아닌, 20대 초반의 여대생만 되었어도 진성의 감정을 인정해 주고 이해해 주었을 것이다. 하지만 서른두 살, 띠동갑도 넘어서 이모뻘 되는 여자에게 내보이는 열여덟 살 소년의 감정은 단순한 치기에 불과해 보였다.

그렇다고 그런 감정을 대놓고 무시하면 괜한 반항심만 불러일으킬 게 뻔해 동석은 진성에게 반응해 주었다.

"지금 만나는 남자가 뭐 하는지보다 더 중요한 게 있다, 진성아."

"에? 그게 무슨 말이에요?"

"윤희 아버님이 사채업자보다 더 무섭다는 사실과 지금 만나고 있는 남자가 아버님의 이상형이라는 사실. 윤희는 빼도 박도 못하게 올해 안으로 결혼하게 생긴 것 같다."

"안 돼!"

절규에 가까운 진성의 비명에 동석이 녀석의 입을 막았다.

"조용히 해! 독서실에 애들 남아 있으니까!"

"그렇게 시집보낼 수 없어요. 지금 세상이 어떤 세상인데, 아버지 강요에 못 이겨 결혼을 해요? 안 그래요?”

“그렇기는 하지만 아버지 강요에 못 이겨 결혼하는 사람이 아주 없지는 않지.”

“쌤, 그렇게 말하지 말고요! 그래도 한때 도 원장님의 광팬이었잖아요.”

왜곡된 진실이지만 윤희의 말을 철썩같이 믿고 있는 진성에게 동석은 고개를 끄덕거려 주었다.

“그런데 그게 뭐? 그리고 난 이제 아니야.”

“쌤, 우리 연합 동맹 맺어요.”

“도윤희를 결혼 못하게, 너하고 나하고 연합해서 방해하자는 말을 하는 거냐?”

“그겁니다, 바로!”

“그건 택도 없는 소리인 거 알지? 일단 난 윤희의 친구로서 그 녀석이 좋은 남자를 만나 결혼하길 바라. 그리고 집안에서 맺어준 남자니까 나쁜 남자는 아닐 거라는 생각에 너하고 연합이나 동맹할 생각은 전혀 없다.”

“쌤, 이러기예요?”

“네가 윤희 생각하는 마음은 알겠는데 넌 너무 안 되는 조건을 가지고 있어. 아직 고딩에다가 전교에서 날고 기는 성적으로 미래가 밝은 것도 아니고 겨우 끄트머리 탈출을 앞두고 있는 열여덟 고2를 누가 인정해 주겠니? 사채업자보다 더 무섭다는 윤희 아버지한테 혼나지 말고 가만히 두고 봐라.”

너무도 냉정한 현실을 콕 집어주어서인지 녀석의 표정이 시무룩해졌다.

“당당하게 일류 대학에 입학하고 나면 좀 달라지지 않을까요?”

“좀…… 달라지기는 하겠지. 하지만 지금처럼 남들 공부할 때 이러고 있다가는 일류 대학에 못 갈 텐데.”

“2년만 기다리라고 할 거예요. 아니, 1년 반만. 그동안 진짜 죽을 각오로 공부해서 인서울로 4년제, 그것도 손가락 안에 꼽히는 학교에 입학해서 당당해질 때까지 기다려 달라고 할 거예요.”

“진성아, 그런 말은 윤희한테 하지 않는 게 나을 것 같다.”

“왜요?”

“그럼 둘 사이가 원조교제가 되는데 그걸 윤희가 감당해 내려고 할 것 같아? 의사가 뭐가 아쉬워서. 그러니까 조용히 차근차근 준비했다가 나중에 내가 어른이 되었을 때, 윤희가 너를 어른으로 인정해 줄 때, 그때 말해!”

일리가 있는 말이라고 생각했는지 진성이 한참을 생각 후 고개를 끄덕였다.

“쌤 말이 맞는 것 같아요. 그런데 말 없이 기다려야 하는 1년 반의 세월은 너무 길단 말이죠.”

“음…… 내가 고이 지켜줄게.”

“쌤이요?”

“윤희는 내가 지켜줄 터이니, 넌 학업에 정진하여라. 무슨 말인지 알아들었느냐?”

머리가 둔한 녀석이 아니라 그의 말이 어떤 뜻인지 알아차리고서는 이내 다시 만개의 얼굴을 하고 히죽거렸다.

“알아들었으면 빨리 집에 가서 공부해.”

“넵! 쌤!”

발걸음마저도 가벼운 느낌으로 빠르게 나가던 녀석이 더 빠른 걸음으로 동석에게 다시 왔다.

“왜?”

“혹시나 쌤, 옛 감정 떠올려서 빼앗아가기 없기예요. 남자 대 남자로 약속하세요.”

“아, 자식 거! 그럴 확률은 1도 없으니까, 걱정 말고 공부나 해!”

“믿을 수가 없는데요?”

“믿어!”

동석이 정색을 하고 눈을 부릅뜨자 농담의 정도가 더 이상 넘어가게 되면 위험하다는 것을 감지했는지 알았다는 말을 하고 교무실을 벗어났다.

‘자식. 뭔 사춘기를 저렇게 요란하게 하는 거야? 1년 반이라는 세월을 보내고 대학생이 되어봐라…… 윤희 같은 노처녀가 눈에 들어오는지.’

피식 웃음을 흘린 동석은 윤희의 맞선이 어떻게 되어가는지 궁금해졌다. 놀릴 거리가 생겨 재미있겠다는 생각이 들었다. 오랜만에 만난 윤희로 인해 18세 어린 소년과 같아진 것 같아 즐겁기만 하다.

어느 순간부터 교사로서 가졌던 이상과 달리 현실에 아이들을 끼워 맞춰야 하는 교육을 하고 있음에 안타까움과 자괴감이 느껴졌다. 입시 로봇이 되어가는 아이들과 똑같이 자신도 로봇이 되어가는 걸 느끼면서도 거대한 입시의 파도 앞에서 순응하는 모습에 교사가 된 걸 후회한 적도 있었다.

그런데 요새 윤희로 인해 어두운 현실에서 조금 벗어나 여유를 찾은 기분이다. 꿈과 열정이 가득했던 고등학교 시절을 떠올리며 다시 한 번 아이들을 대하는 자신의 마음을 다잡기도 하고 제자들을 더 많이 이해하는 마음으로 바라보게 만들었다.

그 시절에 둘 사이가 어떠했든지 간에 오랜만에 만난 친구 윤희로 인해 새록새록 떠오르는 학창 시절 추억이 그를 새롭게 해주고 있어 그녀에게 고맙기도 했다.

그리고 동료 교사나 대학 동기들과 달리 10대 시절 친구와 함께하는 시간이 그에게 산소 같은 편안함을 주고 있어 요새 들어 자꾸 윤희가 떠올랐다.

'도윤희 얘 연애 시작하면 내가 재미없을 것 같은데…….'

조금은 이기적이고 짓궂은 마음으로 그녀의 맞선 결과를 궁금해했다.

‘밤에 전화해 봐야겠는데.’

궁금증을 잠시 접고 퇴근을 서둘러 학교를 나와 오피스텔 근처에 거의 도착했을 즈음 휴대폰 벨이 울렸다.

“네, 어머니.”

[퇴근 안 해?]

“했어요.”

[어딘데?]

“오피스텔 근처요. 무슨 일 있습니까?”

[네가 사는 오피스텔 1층에 커피숍 있잖니? 거기로 얼른 가 봐라.]

“어머니, 혹시……?”

[엄마, 아버지 얼굴에 먹칠하지 않으리라 믿는다, 아들.]

일방적으로 전화가 끊겼다.

‘오늘 무슨 날이야? 싱글 자식을 가진 전국의 부모님들 강제로 선 자리 내보내기 단합하셨나?’

방금 전 예정에도 없던 선 자리에 끌려 나왔다는 윤희의 전화를 받으며 남의 일이라고 효도하라는 말을 했었다. 그런데 남의 일이 아닌 곧바로 제 일이 되어버리니 큰 실언을 했다는 생각이 들었다.

‘이런 기분이었겠구나, 도윤희. 미안하다, 그 마음도 모르고.’

동석이 차에서 내려 얼굴도 모르고 이름도 모르는 맞선녀가 기다리는 커피숍으로 향했다. 문을 열고 들어갔을 때, 둘러보고 할 것도 없었다. 옷차림이 단아하고 갓 미용실에서 나온 것 같은 차분하고 단정한 헤어스타일로 긴장한 듯 앉아 있는 여자가 눈에 들어왔다. 그동안 수없이 봐온 맞선 경험에 의하면 창가에 앉아 있는 여자는 자신의 맞선녀가 틀림없다.

"안녕하십니까?"

"아, 네. 최동석 선생님?"

역시나 맞선녀가 맞았다.

동석이 그녀 맞은편에 앉았다.

"제가 갑자기 연락을 받았습니다. 그래서 죄송하게도 성함을 모릅니다. 성함이……?"

"서신영입니다."

"아, 신영 씨."

동석은 부모님 얼굴에 먹칠을 하지 않을 만큼 그녀에게 맞선남으로서의 예의를 갖추었다. 직업, 나이, 취미 등등을 묻고 그녀가 묻는 질문에 성의를 다해 대답해 주었다.

"저희 커피숍은 1인 1잔 주문하셔야 하거든요."

커피를 주문하여 마시는 신영과 달리 동석이 주문을 하지 않자 직원이 테이블로 다가와 주문해 주길 바랐다.

"1인 1잔이 아니라 1테이블 1잔이면 되는 거 아닙니까?"

"네? 죄송합니다. 저희 매장은 1인 1잔을 원칙으로 하고 있어서……."

"동네 장사 이렇게 하면 안 되죠! 그리고 법에도 없는 원칙을 꼭 지켜야 하는 겁니까? 만일 그렇지 않으면, 나가라고 내쫓기라도 할 겁니까?"

동석이 불쾌한 듯 따지고 들자 신영이 끼어들며 자신이 주문을 하겠다고 나섰다. 하지만 동석이 그런 신영을 막았다.

"주문하지 마십시오, 신영 씨. 그냥 나갑시다! 커피에 4천 원을 쓰는 건 낭비이고 과소비입니다."

동석이 벌떡 일어났다.

"원가 천 원도 안 될 것 같은 커피를 4천 원에 팔면서 1인 1잔은 너무한 거 아닙니까?"

동석이 직원에게 따지고 들자 신영이 오히려 동석에게 빨리 나가기를 재촉했다.

"빨리 나가죠? 동석 씨."

신영에게서 창피해 죽겠다는 표정이 고스란히 보이자 동석이 할 수 없는 듯 그녀와 함께 커피숍을 나섰다.

"날씨도 좋은데 여기 앉아서 얘기하죠."

동석이 조경이 잘 꾸며진 오피스텔 입구로 신영을 데리고 와서 먼저 벤치에 앉았다. 옆에 앉는 신영의 표정이 좋지 않았다.

"저녁 식사 했습니까?"

"아니요."

"돈가스 좋아하십니까? 저녁으로 돈가스 어떻습니까?"

"······좋아요."

스테이크가 아닌 돈가스라서 실망하는 눈치다. 그러면서도 그녀의 입에서는 좋다는 대답이 나왔다.

"돈가스 도시락 진짜 맛있는 집 아는데 가서 사올까요? 아니면 가서 먹을까요? 소풍 온 것처럼 여기에서 먹는 것도 괜찮을 것 같은데. 어떡할까요? 갈까요? 말까요?"

신영이 놀란 얼굴로 대답도 하지 못한 채 동석을 쳐다보았다. 하지만 그는 신영의 시선에 아랑곳하지 않고 더 능청스럽게 행동했다.

"가만있자, 쿠폰 도장이 거의 찍혔을 텐데······."

동석이 지갑을 꺼내 쿠폰을 찾았다.

"저기요, 최동석 선생님. 어······ 제가······ 맘에 안 드시나요? 아니면 이 선 자리 자체가 맘에 안 드시는 건가요?"

"아니요! 왜 그런 말씀을 하십니까? 신영 씨 딱 제 스타일이신데."

"그런데 왜······ 도시락으로 저녁을 먹으려고 하시는지······?"

"도시락이 뭐가 어때서요? 분위기 좋은 곳에서 먹는 비싼 돈가스하고 맛의 차이가 없는데 뭐 하러 헛돈 씁니까? 그거 다 낭비고 과소비고 그렇습니다. 저는 굉장히 합리적인 소비를 하는 편입니다."

동석은 그가 실천하는 합리적인 소비는 무엇인지에 관해 신영에게 설명을 했다.

웬만한 거리는 도보로, 학교 급식 후 남은 반찬은 포장해서 집으로, 커피는 학교에 비치된 믹스커피로, 물론 몇 개 슬쩍 집으로 가지고 오는 건 기본.

"괜히 제 말만 많이 했습니다. 저녁 드셔야죠? 어떡할까요? 사 올까요? 아니면……."

"아니에요. 저녁 생각 없어요. 그냥 집에 가서 쉬고 싶네요."

"그래요? 저는 좀 더 얘기를 많이 했으면 좋겠는데."

동석이 '아싸!'를 외친 속마음과 달리 안타까운 표정으로 그녀를 잡으려 했다.

하지만 신영은 부리나케 택시를 잡아타고 사라졌고 동석은 선 환호성, 후 한숨을 내쉬었다.

'오늘 너무 과했나? 내가 생각해도 재수 더럽게 없는 찌질남이었는데.'

작정하고 한 행동이었으니 과했다고 해도 어쩔 수 없는 일이다. 자칫 어설펐다가는 결혼에 코 꿰일 수 있으니. 이런 진상 짓은 좀 과한 게 차라리 낫다.

그러나 차이기 위해 일부러 진상 짓을 해놓고 난 후에는 꼭 자괴감이 밀려든다. 이유가 어찌 되었든 스스로를 일부러 망가뜨린 것에 대한 우울한 감정이 드는 건 어쩔 수 없는 일이다.

‘결혼이 뭐라고?’

또다시 한숨을 내쉬며 오피스텔로 들어가려다 문득 같은 처지에 있는 윤희가 떠올랐다.

다른 사람은 몰라도 윤희만큼은 그의 심정을 알아주고 위로해 주지 않을까.

동석은 빠르게 휴대폰을 꺼내 그녀에게 전화를 걸었다.

[여보세요?]

전화를 받는 그녀의 목소리 유난히 반가웠다.

“아직도 맞선남과 있는 중? 통화 괜찮아?”

[끝났어. 왜?]

“동지 된 기념으로 술 한잔할래?”

[동지? 내가 왜 네 동지야?]

“나도 지금 예정에도 없던 선보고 지금 막 헤어졌거든.”

[진짜? 야, 너야말로 솔로였어?]

“난 선택형 솔로야. 싱글지상주의자라고. 그런 투로 말하지 마라.”

[엎어치나 매치나. 그래, 일단 보자.]

약속을 정하고 통화를 끝냈다.

집안의 강요에 못 이겨 맞선을 보는 것만큼 괴롭고, 피하고 싶은 상황도 없다. 과부 심정 홀아비가 안다고 사정이 같은 친구끼리 서로 위로하고. 위로받으면 오늘의 이 답답함과 우울함이 다

날아가지 않을까.

약속 장소로 가는 동석의 발걸음이 가벼웠다.

격식 갖출 필요 없이 편한 퓨전 포장마차에 동석이 먼저 도착했다.

왁자지껄 떠드는 사람들과 5, 6년 전에 유행했던 음악, 맛있는 안주 냄새가 무척이나 인간적으로 느껴지는 곳이었다. 마음에도 없는 맞선을 봐야 했던 오늘의 스트레스를 다 풀어줄 것 같은 그곳에 앉아 윤희를 기다렸다.

'이 녀석하고 이렇게까지 가까워질 줄 몰랐는데. 진성이한테 별명을 알려줬을 때만 하더라도 진짜 죽이고 싶었는데 이제 이 녀석이 즐거움이네.'

그런 마음은 윤희를 보면서 더했다. 씩씩거리며 들어오는 모습에서 친근함과 함께 연애 감정에서는 느낄 수 없는, 모든 걸 내려놓고 대할 수 있는 편안함이 느껴졌다.

"너 그 차림으로 지금 맞선을 보고 온 거야?"

심플한 그레이 니트는 봐줄 만했지만 청바지에 운동화는 맞선남을 대하기에 예의 없고 성의 없는 옷차림이었다.

그동안 그가 봐온 맞선녀들과 차원이 다른 차림에 웃음이 나오려 했다.

"예정에도 없던 거였다니까. 아빠가 예고도 없이 오셨고, 저녁 먹으러 가자고 해서 따라나섰다가 당한 일이라고."

거칠게 메뉴판을 넘기는 윤희의 행동만으로 그녀의 속이 어떤지 짐작하는 건 어렵지 않았다. 오늘 그도 당했던 일이기에 지금의 분한 마음이 어떤 것인지 이해가 갔다.

동석은 그런 윤희의 마음을 시원하게 달래주고 자신의 마음도 뻥 뚫어줄 맥주를 주문하려 했다. 하지만 윤희는 독한 알코올이 필요할 정도로 속이 엉망인지 소주를 선택했다.

"난 소주 마실래. 안주는 뭐 먹을까? 국물이 좋겠지? 어묵탕 어때?"

"속 탈 텐데 소주 마셔도 괜찮겠어, 도윤희? 차라리 시원한 맥주가 낫지 않겠니?"

"맥주는 배불러 싫어. 동석이 넌 맥주?"

"아니. 나도 그럼 소주하지, 뭐."

윤희가 소주와 어묵탕을 주문했다.

"그런데 너 술 좀 해? 괜히 나중에 꽐라 돼서 주접떠는 거 아니야?"

"이게 교사가 돼서 고운 말 못 써? 꽐라가 뭐야? 그리고 걱정하지 마. 의대 시절부터 인턴, 레지던트 과정 동안 의술만 익힌 게 아니라 주술도 익혀서 웬만큼 마셔도 끄떡없으니까."

"그래? 하여튼 난 남자든 여자든 술 먹이고 속 썩이면 가차 없이 버리고 가버리니까 알아서 주량 조절해라."

"오호, 그건 나하고 똑같네. 나도 그렇게 하는데. 자 그런 뜻에서 건배. 한잔하자.”

미리 나온 소주를 사이좋게 한 잔씩 채우고 두 사람은 건배를 했다. 동석은 안주도 없이 소주를 마신 윤희의 표정을 살폈다. 혹시라도 그녀가 속상한 마음에 허세를 부린 건 아닐지 걱정되었기 때문이다. 하지만 주술을 배웠다는 말이 맞는지 인상 한 번 찡그리지 않고 원샷을 하는 그녀를 보고 일단 안심할 때, 그녀의 휴대폰이 울렸다.

“어떡해? 우리 아빠야!”

윤희가 잔뜩 긴장한 표정으로 휴대폰을 들고 안절부절못하더니 이내 심호흡을 하고 전화를 받았다.

“네, 아빠.”

[잘 만나고 헤어졌니?]

“네.”

[사람 괜찮지?]

“…… 그런 것 같아요.”

[우식 군도 네가 싫지 않은 모양이더구나. 더 만나보고 싶다고 했다니 둘이 잘 만나봐.]

“……네.”

[쉬어라.]

“네. 아빠도…….”

인수는 윤희의 인사가 다 끝나기도 전에 전화를 끊었다.

윤희가 또 한 잔 자작 후 단숨에 마셨다.

부녀 관계라는 것이 딱딱하고 어색한 아들과 달리 살갑고 다정할 것 같은데 윤희의 부녀 관계는 그런 것 같지 않았다.

아버지가 사채업자보다 무섭다고 한 윤희의 말이 농담이 아니었다는 생각을 할 때, 그녀가 심각한 얼굴로 물었다.

"넌 어떻게 됐어?"

"곧 차일 거야."

"차여? 네가? 왜? 인물 그만하면 됐고, 직업도 교사에다가……성격에 좀 문제가 있기는 하지만 그걸 단번에 알아챌 수는 없었을 거고."

"성격에 문제는 네가 있지!"

"뭣이?"

"동병상련의 아픔을 가진 사람들끼리 이러지 말자."

살벌해지려는 분위기를 바꾸기 위해 동석이 그녀를 달래듯 부드럽게 말하자 윤희도 고개를 끄덕였다.

"곧 차인다는……."

윤희의 질문이 다 끝나기도 전에 이번에는 동석의 휴대폰 벨이 울렸다.

"우리 어머니 불을 뿜으시겠군. 잠깐만. 네, 어머니."

동석이 전화를 받더니 인상을 확 구겼다.

"저 짠돌이인 거 모르셨어요? 여자 앞에만 가면 돈 쓰는 게 아까워지는 걸 어떡합니까? 그리고 남자가 허투루 돈 안 쓰는 건 좋은 거지, 그걸 가지고 짠돌이라고 하고 딱지 놓는 건 그 여자가 소비 습관을…… 아, 알았어요. 그만 열 내리시고 쉬세요. 네.”

통화를 끝내자 윤희가 고약한 시선으로 그를 보고 있었다.

“왜? 왜 그렇게 봐?”

“너 그렇게 안 봤는데……. 여자 앞에 가면 돈 쓰기가 아까워? 와! 그럼 이거 다 내가 계산해야 되는 거야? 저번에 카페에 가서 나한테 돈 쓴 거, 그거 아까워서 너 어떻게 견뎠니?”

자신이 실제로 쪼잔한 남자였으면 지금 이 상황을 어떻게 견디었을까.

동석은 생각만으로 끔찍했다. 쏘아붙이는 칼날 같은 말투는 그렇다 쳐도 그를 바라보는 윤희의 눈빛은 조롱, 혐오, 야유, 이런 것들이 가득했다.

오해받아 억울하고 기가 막혀 자리를 박차고 나가고픈 마음이 굴뚝같았지만 이대로 그녀를 오해하게 놔둘 수도 없었다.

“하나의 스킬이야, 인마.”

“뭔 스킬?”

“어른들한테 잔소리 듣지 않게 맞선녀에게 차이는 스킬이라고. 일종의 잔꾀라고 할 수 있지.”

눈을 깜빡거리던 그녀가 그의 말을 이해했는지 깜짝 놀라는 얼굴을 하고 진지하게 물었다.

"효과 있어?"

"당연하지. 지금도 봐. 여자가 나보고 너무 심한 짠돌이라고 결혼은커녕 연애하기도 힘든 남자라고 했다잖아."

"좋겠다. 넌 그런 스킬이라도 써서 차일 수 있으니."

말끝에 윤희에게서 한숨이 새어 나왔다.

"넌 왜?"

윤희는 우식에게 이미 만나는 사람이 있으며 독재에서 평화롭게 벗어나기 위한 그의 황당한 부탁에 대해 털어놓았다.

"남자가 좀 비겁한 거 아니야? 만나고 있다는 여자를 위해서 뚫고 들어가야지. 그 어떤 시련의 장벽이라도. 그런데 그걸 너하고 공조해서 뚫겠다고?"

"내가 그런 아빠 아래서 자라서 그 남자가 어떤 마음인지 반은 이해해."

"그래서? 그 부탁을 들어주려고?"

"솔직히 나도 손해 볼 건 없으니까. 나만 싫다고 해서 엎어질 결혼이 아니야. 둘이 공조해야 서로 윈윈할 수 있는 상황이거든."

"그럼 오늘 서로 싫다고 했으면……."

"만나보지도 않고 첫 빠에 그런 소리 하면 안 먹히거든! 그랬다가는 더 강압적으로 결혼을 밀어붙일걸? 우리 아빠 보통 분 아니신데 그 집도 만만치 않은 거 같으니까. 일단 만나봐야 하는 건 맞아."

"도대체 아버님이 어떤 분이신데 그런 황당한 가짜 연애를 하겠다는 거야?"

소주 한 잔을 또다시 단숨에 털어 넣은 윤희가 도인수, 자신의 아버지에 관해 풀어놓기 시작했다.

공군사관학교 장교로 전투기 조종사 출신이다. 깐깐하기로는 이루 말할 수 없고 관용이란 건 없으며 권위적이고 냉철한 철학만이 존재하는 현직 항공기 조종사. 그 덕에 두 명의 남동생들도 각각 육사와 공사를 졸업했으며 현재 나라를 지키는 장교로 있다.

"하나밖에 없는 딸한테도 얼마나 엄격했는지. 내가 애교가 없는 이유가 다 있다니까. 엄마는 그나마 아버지가 아닌 아빠라고 부르게 한 게 아빠가 보여준 최대한의 애정이었다고 하는데…… 어쨌든 우리 아빠를 이길 자는 아무도 없어. 하다못해 우리 엄마까지도. 그러니 괜히 머리 잘못 썼다가는 폭망이라고."

쉽지 않은 집안이라는 생각이 들었다. 저 집 사위, 누가 될지 모르지만 장인의 사랑받으며 처가 식구들과 알콩달콩 지내기 틀렸구나 싶은데 갑자기 진성이 떠올랐다. 꼬마 사위를 대하는 엄한 장인의 모습이 상상되면서 웃음이 터져 버렸다.

"너 왜 웃어? 내 얘기가 웃겨?"

"아니, 그게 아니라…… 너희 아버님한테 얼차려 받는 사위의 모습이 그려져서."

"그게 상상이 아닌 현실로도 이어질 수 있다는 게 함정이지."

"자, 오늘 너하고 나 참으로 수고 많았다. 어쨌든 억지 결혼을 해야 하는 위기는 넘긴 것 같으니 다시 한 번 건배하자."

다음부터 화기애애하게 술을 마시기 시작했다.

고등학교 시절을 추억하며 서로 으르렁거렸다가 사회 나와서는 그 시절이 그리웠다는 말에 공감했다.

솔로의 삶에 대한 예찬과 만족감까지 허심탄회하게 털어놓고 나니 소주는 4병이나 비워져 있었고 마음은 서로를 향해 열려 있었다.

"주술 좀 배웠다더니 너 진짜 술 세다."

2병을 마시고도 취기 하나 느껴지지 않는 윤희가 신기했다. 그의 주변을 통틀어 이런 여자 주당은 처음이었다. 술까지 잘 마시고 다른 여자들과 달리 내숭 없이 털털한 윤희가 제일 편한 친구로 여겨졌다. 그건 윤희도 마찬가지였는지 앞으로 편하게 보자는 말을 먼저 꺼냈다.

"동석아 남사친이 주는 묘한 편안함이 있다? 매일 여자친구하고만 술 마시다가 너하고 술 마시니까 불편하지 않고 편하면서, 신선하게 즐거운데? 굳이 이유가 없더라도 가끔 만나서 술 마시고 그러자."

"좋지."

편한 이성 친구를 새로 얻은 기쁨을 두 사람이 똑같이 느끼는 순간이었다.

윤희는 이른 아침 쓰린 속을 달래기 위해 라면을 끓이려 주방으로 들어갔다. 술은 쉽게 취하지 않지만 음주 후에 오는 속 쓰림이나 두통은 피할 수 없었다.

출근 준비보다 해장이 더 급했던 윤희가 라면 물을 올려놓고 라면 봉지를 뜯었다. 식탁을 차리기 위해 냉장고를 열어보던 윤희는 집에 김치가 떨어졌다는 사실을 알았다.

"김치 없이 라면 먹는 건 고문인데."

할 수 없이 가스레인지를 잠그고 라면 끓일 냄비를 내려놓았다.

"동석이한테 해장국 먹으러 가자고 할까? 걔도 숙취로 속 좀 쓰릴 텐데……."

학교와 병원이 도보 거리인데다 그도 독립해서 산다고 하니 해장국을 차려 먹을 수 있는 상황은 아닐 터, 밑져야 본전이라는 생각으로 동석에게 문자를 보냈다.

「속 괜찮아? 해장국 먹으러 갈래?」

곧바로 답이 들어왔다.

「점심때 하는 건 어때? 지금 나가기가 좀 곤란해서.」

「알았어. 그럼 점심때 병원으로 와.」

「OK. ^^」

혼자보다 어제의 음주 파트너와 함께 해장하는 것도 나쁘지 않다는 생각에 페퍼민트 차 한 잔을 들고 출근길에 올랐다.

어제의 음주로 인한 두통이 동석을 괴롭혔다. 하지만 두통보다 더 괴로운 것이 있었으니 아침부터 울리는 초인종 소리.

"누구십니까?"

"엄마다."

덜 깬 잠은 물론이고 숙취까지 싹 달아날 만큼 차갑고 앙칼진 목소리였다.

"어머니가 왜…… 이 아침에……?"

문을 열자마자 안으로 급하고 거칠게 들어오는 임 여사의 모습은 마치 남편의 불륜 현장을 잡기 위해 독 품은 여인과도 같았다. 그리고 실제로 곧바로 침실로 향해 침대 시트를 들추고 욕실까지 샅샅이 훑고 다녔다.

"왜 이러세요, 어머니?"

"너 솔직하게 말해. 숨겨놓은 여자 있지?"

"네?"

"안 그러면 네가 매번 이럴 수 없어. 솔직하게 털어놔. 그럼 선자리 다시는 안 내밀게."

임 여사에게서 아들과 담판을 짓겠다는 의지가 보였다.

하지만 없는 여자를 있다고 할 수도 없는 일, 없다고 말하려고 하는 순간.

"정말 솔직하게 털어놓으면 선볼 일 없는 겁니까?"

“그래.”

다시는 그 괴로운 선을 안 봐도 되는데 없는 여자도 있어야 할 상황이다. 동석은 앞뒤 재지 않고 대답부터 했다.

“있어요.”

“그럴 줄 알았어. 어디 내놔도 아깝지 않을 네가 요래조래 여자들 눈 속이며 뺑뺑 차일 때부터 수상했어.”

“원하는 대답 들으셨죠? 저 빨리 씻고 학교 가야 합니다. 가보세요.”

“이번 주말에 집으로 데리고 와.”

“네?”

“확인시켜 주지 않으면 인정 못해.”

임 여사를 너무 쉽게 봤다. 아니면 술이 덜 깨서 이런 사태가 날 거라고 예상하지 못했거나.

“갑자기 데리고 오라고 하면……”

“결혼하라고 서두르는 거 아니야. 그냥 얼굴만 보려고 하는 거야. 진짜 너한테 여자가 있는지, 없는지. 주말에 안 오면 선이고 뭐고 그런 절차 다 무시하고 결혼식장으로 끌고 들어갈 거야. 농담 아니고 진짜로 조선시대처럼 첫날밤에 신부 얼굴 보게 만들어 줄 거라고. 알았니?”

동석의 대답이나 인사는 듣지도 받지도 않은 채 임 여사가 가버렸다.

“하, 우리 어머니 아들 잡기로 작정하고 오셨네. 술김에 너무 쉽게 대답을 했어. 제정신이었으면 딜을 제안했을 텐데…….”

술도 덜 깨고, 잠도 덜 깬 상태에서 임 여사에게 당했다는 생각에 머리를 쥐어뜯을 때, 윤희에게 문자가 들어왔다.

「속 괜찮아? 해장국 먹으러 갈래?」

지금의 마음 상태로 해장국 생각은 없었다. 부모도 못 알아본다는 해장술 한잔하고 집에 가서 행패를 부릴 수 있는 술 한잔이면 모를까.

몸도 마음도 활기찬 아침이 아니기에 바쁘게 움직여 나가고 싶지 않았다. 동석이 답을 보냈다.

「점심때 하는 건 어때? 지금 나가기가 좀 곤란해서.」

「알았어. 그럼 점심때 병원으로 와.」

그러겠다는 문자를 찍고 있는데 갑자기 떠오르는 생각 하나.

‘딜을 윤희하고 할까?’

입가에 미소가 떠올랐다.

“윤희도 여자잖아. 내가 여자가 있다고 했지, 사귀는 여자라고 못을 박지는 않았단 말이지. 캬, 최동석 머리 좋다.”

방긋방긋 웃으며 동석이 윤희에게 문자를 보냈다.

「OK. ^^」

한가한 오전, 의학 저널을 읽고 있는데 6살짜리 소아환자가 장

염으로 진료를 받으러 왔다. 보호자와 소아 환자가 나간 후 포리
부틴드라이시럽과 그 외 약들을 처방하는데 접수실에서 보호자와
은실이 나누는 대화가 들려왔다.

"저 앞에 소아과에 갔다가 대기 시간이 너무 길어서 왔어요. 요
새 장염이 유행이라서 유치원도 애들 반이 결석이더니 병원에 대
기하는 애들도 거의 장염 때문에 왔더라고요."

안 해도 될 말을 쓸데없이 하는구나. 굳이 앞에 있는 소아과에
다녀왔다는 말을 왜 하는 건지. 윤희의 마음이 안 좋았다.

처방전을 받고 계산을 끝낸 보호자가 병원을 나가고 은실이 진
료실로 들어왔다.

"동석 쌤이 안 오니까 환자가 슬슬 줄어들고 있어요."

은실마저도 윤희의 자존심을 상하게 만들었다.

원장의 표정이 좋지 않음을 느낀 은실이 다시 진료실 밖으로 나
갔다.

'경력이 쌓이면 좀 나아지려나?'

아무리 정성을 다해 소아환자를 진료한다고 해도 의사의 경력
을 무시할 수는 없는 법이다. 보호자에게 있어 귀한 자식들이니,
대학병원의 과장을 지낸 의사들이 개원한 소아과로 가는 게 당연
지사일 수 있다. 그럼에도 윤희의 속은 쓰리기만 했다.

'공부만 할 때가 좋았지.'

학창 시절을 떠올리며 그리워할 때, 출입문 풍경이 울렸다.

“안녕하세요, 은실 씨?”

환자인 줄 알고 자세를 고쳐 앉았는데 동석이었다.

“들어가 보세요.”

은실의 말이 끝나기가 무섭게 동석이 진료실 안으로 성큼 들어왔다.

“해장국 먹으러 가자, 윤희야!”

생글생글 웃는 동석의 모습이 여느 아이돌 못지않아 보였지만 왠지 그 웃음이 수상쩍었다.

“뭐 좋은 일 있나 보다? 되게 신나 보인다?”

“좋은 일은 좀 두고 봐야 아는 거고. 끝내주는 콩나물 국밥집 있어. 사줄게 가자.”

그녀를 향해 자꾸 묘한 미소를 보이는 게 거슬렸지만 웃는 사람에게 괜히 시비를 걸 수도 없는 일이었다. 그 미소가 조소가 아닌 이상.

“콩나물국 말고 짬뽕 먹자.”

“해장을 짬뽕으로 하면 속을 더 버리는 거라고. 해장하면 콩나물국이지.”

“얼큰한 게 들어가야 속이 풀리지! 콩나물국은 별로야. 뜨겁기만 하고. 짬뽕이 진리야!”

해장은 콩나물국으로 해야 한다는 동석과 얼큰한 짬뽕이 해장의 진리라는 윤희가 맞서려고 한 그 순간 동석이 꼬리를 내렸다.

"그래, 그럼 짬뽕 먹자."

"나가는 거 귀찮으니까 시켜 먹자."

"그래."

"최동석, 왜 이렇게 말을 잘 듣지? 수상해?"

"수상하긴. 얼른 주문이나 해."

두 사람의 대화를 옆에서 듣고 있던 은실이 끼어들어 많지도 않은 메뉴에 대해 정리를 했다.

"자, 그럼 확인 들어갈게요. 두 분은 짬뽕 둘, 저는 짜장 하나. 오케이?"

"오케이."

윤희와 동석에게서 같은 대답이 나왔다.

은실이 주문을 하는 사이 동석이 윤희에게 넌지시 말했다.

"커피는 나가서 마시자."

"나가서? 네가 사는 거면."

"살게."

"좋아."

자신을 바라보는 눈빛과 말투가 평소와 많이 다른 느낌이다. 야릇하게 나긋나긋한 느낌? 서로의 묵은 감정은 풀었다고 해도 이렇게 살랑거리며 다가올 이유는 없다. 동석이 갑자기 왜 이러는지 수상하기만 했다.

신속 배달이 생명인 짬뽕과 짜장이 도착하자 동석이 계산을 했다. 그가 이 병원을 들락거린 이후 밥값을 낸 건 처음이다.

'정말 동지애가 생긴 것인가? 아니면 여자 앞에서 돈 쓰는 게 아깝지 않다는 것을 증명하기 위함인가?'

게다가 그릇의 비닐까지 친히 뜯어 그녀 앞으로 놓아주었다.

"최동석이 오늘 왜 이러지?"

"내가 뭐?"

"왜 이렇게 친절해?"

"나 원래 친절해."

"그렇다고 해줄게. 오늘 점심 샀으니까."

짬뽕으로 해장을 하고 나니 윤희는 시원한 아이스커피가 간절해졌다.

커피까지 산다고 한 동석이 윤희를 데리고 근처 커피 전문점으로 데리고 갔다.

동석이 주문하는 사이 윤희의 눈에 커피 전문점 길 건너 대형 소아과가 눈에 들어왔다. 들락날락거리는 꼬마 환자들과 보호자들이 윤희의 병원에 비해 많았다.

윤희가 한숨을 내쉬었다.

달달한 아이스 모카라테를 윤희 앞으로 놓아주며 음료보다 더 달달한 목소리로 동석이 물었다.

"웬 한숨? 무슨 고민 있어?"

'쟤가 어제 나하고 술 한잔하더니…… 나한테 딴 맘 생겼나?'

“고민 있으면 말해봐. 도움 줄 수 있으면 도와줄게.”

‘환자가 없어 고민이다! 그걸 네가 어떻게 도와주…….’

아니다. 최동석이 도와줄 수 있다. 시간 나는 대로 그녀의 병원에 붙박이처럼 있어준다면.

하지만 자존심상 차마 그 말을 꺼낼 수는 없었다.

“고민 있구나? 말해보라니까. 친구 사이에 말 못할 게 뭐 있어?”

자신을 똘망똘망 바라보고 있는 동석을 윤희도 뚫어지게 쳐다보았다.

‘자식, 진짜 잘생겼네.’

쌍꺼풀 없는 큰 눈에 남자의 자존심이라 할 수 있는 기가 막힌 콧날, 성형을 해도 나오기 어려울 것 같은 턱선.

‘내가 보는 눈은 있다니까.’

뜬금없는 생각을 하고 있는데 동석이 그녀 눈앞에서 손가락을 튕겼다.

“도윤희, 정신 차리고 편하게 말해보라고.”

동석의 외모에 감탄을 했다는 게 부끄러워 윤희는 괜히 큰소리를 냈다.

“뭘 자꾸 말하래? 없다고!”

“난 있는데.”

문득 윤희의 머리에 그가 그녀에게 고백하는 장면이 스쳤다.

'어머, 이 타이밍에 고백하면 어쩌지? 받아들여? 말아? 한 번이 자식한테 차였는데 그냥 받아들이는 건 자존심 상하는데……. 한 번쯤 튕길까?'

혼자만의 상상에 빠져 김칫국을 마시고 있는데.

"너 내 가짜 애인 돼줄래?"

가짜…… 애인? 가짜? 가짜!

진짜 애인이 되어달라고 말할 줄 알았는데 가짜 애인이라니.

얼굴이 화끈거리는 만큼 속에서도 뜨거운 것이 부글거렸다.

"너 어차피 어제 선본 남자하고 쇼윈도 연애할 거 아니야? 그거 나하고도 하자고."

"미쳤어, 너? 이 무슨 말도 안 되는…… 닥쳐!"

"도와줘, 동지. 제발 거절하지 말고."

그가 애절하게 사정을 했다.

다시 한 번 되지도 않는 소리 집어치우라고 하는데 그가 가짜 애인이 있어야 하는 자신의 사정을 차분하게 설명했다.

"다른 사람은 몰라도 너는 내 심정 잘 알잖아. 그래서 너한테 부탁하는 거야."

동석의 심정 충분이 이해한다. 오죽했으면 가짜 애인을 만들어 부모 앞으로 데리고 갈 생각을 했을까.

"가서 인사만 드리고 저녁 챙겨주면 밥만 먹고 오면 될 거야. 우리 부모님은 너희 아버지하고 달라서 긴장하거나 어려울 것도 없어. 그냥 오랜만에 만난 동창 집에 놀러 간다 생각하고 가면 돼. 난 딱 한 번이면 돼. 두 번 다시 부탁 안 해. 그러니까, 윤희야……."

그의 말처럼 친구 집에 놀러 가는 거라고 생각하면 어려울 것도 없어 보였다.

잘 알지도 못하는 손우식과도 쇼윈도 연애를 생각하고 있는데, 하루 가서 동창의 애인인 척 밥 한 끼 먹는 게 뭐가 어려울까?

하지만 이대로 들어주고 싶지 않았다.

고교 시절 당한 굴욕, 얼마 전 병원으로 찾아와 사람 가슴을 졸이게 한 죄, 방금 전 부끄러운 상상을 하도록 마음에도 없이 다정하게 행동한 그에게 쉽게 오케이를 할 수는 없는 법.

그에게 어떤 요구 조건을 내세울까 고민하는 사이 또다시 그녀의 눈에 들어온 길 건너편 소아과 병원.

"대신 조건 있어."

"어, 말해."

"너 시간날 때마다, 그러니까 점심시간이나 퇴근 후 우리 병원에 와서 잔심부름 해줘."

"그거면 되는 거야?"

"응."

"당연히 잔심부름 해야지."

"난 한 번 가지고 안 돼. 한 달 동안. 결근하면 하루 연장."

한 달이라는 기간이 맘에 안 들었는지 동석의 표정이 살짝 어두워졌지만 이내 흔쾌히 받아들였다.

"콜!"

두 사람 사이에 구두 계약이 이루어졌다.

이번 주말 윤희가 동석의 집에 애인 자격으로 함께 가주는 조건으로 동석이 그녀의 병원에서 한 달 동안 잔심부름을 해주는 것으로.

서로가 원하는 것을 얻었으니 학교로 돌아가는 동석과 병원으로 들어가는 윤희의 발걸음이 가벼웠다.

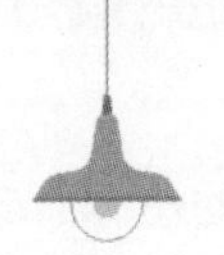

5. 쇼윈도 연애

퇴근 시간을 앞두고 은실은 오늘도 어김없이 꽃단장 중이었다. 그런 은실을 멍하니 바라보던 윤희가 물었다.

"남친 만나면 뭐 해?"

"괜찮은 맛집이나 카페 검색해서 가보기도 하고요, 방 탈출 카페에서 놀기도 하고. 영화도 보고. 특별하고 색다른 걸 하지는 않아요. 그냥 같이 있는 게 좋은 거죠."

"그렇구나."

빡센 의대 공부에 치어 제대로 된 연애를 해본 적 없는 윤희는 맛집이나 카페를 찾아가는 평범한 데이트도 부러웠다.

'개원하면 꽃길을 걸을 줄 알았는데……. 개뿔!'

대학에 합격하면 당연히 남자친구가 생길 것이라 생각했고, 인턴이 되면 누군가의 애인이 될 줄 알았다. 레지던트 시절에는 결혼을 할 수 있을지도 모른다고 여겼다. 거의 모든 선배들이 그 시기에 연애를 하고 결혼을 하는 경우가 많았기 때문에. 하지만 그녀에게 그런 달달한 기회는 오지 않았다.

어쩌다 기회라는 것이 생기긴 했다. 바람둥이 선배와 썸을 타기는 했지만 바람기 때문에 본격적인 시작도 전에 끝이 난 게 다다.

개원하고 진짜 여유라는 것이 생기면 여기저기 소개팅이 이어질 줄 알았는데 모두가 먹고살기 바빠서인지 누구 하나 소개팅해주겠다는 사람도 없다.

'외롭다. 남들은 연애도 쉽게 하는데 나는……'

가짜 연애, 즉 연애는 아니면서 연애로 보여야 하는 쇼윈도 연애라는 것을 해야 하는 기구한 현실이다. 그것도 두 건씩이다.

은실이 퇴근을 하고 딱히 할 것 없는 윤희도 일어나서 가운을 벗는데 출입문의 풍경 소리가 들렸다.

밖으로 나가보니 그녀의 모친, 서진주 여사가 들어왔다.

"엄마! 연락도 없이 어쩐 일이야?"

"내가 못 올 데 왔어?"

"아빠하고 싸웠어?"

"네 아빠가 싸움이 되는 양반이니? 진료 시간 끝났지? 백화점으로 쇼핑하러 가자."

서진주 여사에게 쇼핑이란 영양가 없는 정신적, 육체적 노동이
다.

쇼핑할 시간에 차라리 운동을 하는 것이 더 질 좋은 삶을 위한
것이라는 분이 백화점으로 쇼핑이라니? 부부 싸움을 크게 하지 않
은 이유라면 일어날 수 없는 일인데, 무슨 일일까?

"뭐 해? 빨리 문 닫고 나가자."

서두르는 서 여사로 인해 얼떨결에 병운 문을 닫고 백화점으로
향했다.

"우리 엄마 뭘 사려고 백화점까지 가시는 걸까?"

운전 중인 서 여사를 보며 윤희가 물었다.

"네 옷."

"내 옷?"

"네 아빠가 카드 줬어. 너 옷 사주라고. 서른 넘어 청바지에 티
셔츠 조각 입고 다니는 거 못 봐주겠다고. 이제 연애도 시작했는
데 우식 군 보기 창피하니까 제대로 된 옷 몇 벌 사주라고. 너, 아
빠가 엄마한테 카드 맡기는 거 평생에 있을까, 말까 한 일이라는
거 알지?"

윤희는 인수에게 카드가 나왔다는 사실보다 손우식이라는 남자
가 인수의 지갑을 열게 만들 만큼 대단한 남자인지가 더 궁금하고
놀라웠다.

"아빠가 결혼 비용까지 다 대주실 건가? 난 벌어놓은 돈 없어서

쉽고 빠르게 결혼할 수 있는 상황이 아닌데.”

“병원은 돈 있어서 개원했니? 우식 군하고 언제쯤 할지만 결정하면 돼.”

“그런데 엄마, 이 대목에서 내가 손우식 그 남자를 거절하면…….”

“말도 안 되는 소리 하고 있어! 아빠 앞에서 행여나 그런 소리 꺼내지도 마. 우식 군이 거절하지 않는 이상, 네 신랑감을 바꿀 수는 없어.”

“답정너네.”

“답정, 뭐?”

“아니야.”

인수에게 사윗감이 정해져 있듯, 우식에게 해줘야 할 윤희의 대답도 정해졌다.

‘데이트 알바생도 아니고, 이게 뭐니? 내 연애운이 구린 것인지, 두 남자의 연애운이 구린 것인지.’

우울한 생각으로 인해 그녀의 손에 갖가지 유행 신상품이 든 쇼핑백이 주렁주렁 들려도 기쁘지 않았다. 오히려 쇼핑백의 무게만큼 마음만 더 무거워졌다. 인수에게 진 빚이 늘어나는 기분이었고 그건 사채 빚이 늘어나는 만큼 위험한 일이기에 두렵기까지 했다.

저녁도 먹지 못한 채 서 여사에게 끌려 다녀야 했던 윤희는 집으로 들어오자마자 침대에 그대로 널브러졌다.

‘병원만 잘 굴러가도 아빠한테 큰소리를 칠 수 있었을 텐데……’

일생의 중대사라고 할 수 있는 결혼 문제에 그녀 자신이 나서서 할 수 있는 게 아무것도 없어 서글프고 서러웠다. 거기에 허기까지 겹치니 짜증이 폭발할 것 같았다.

“내가 얼른 병원을 살려놔야지. 이대로 아빠한테 찍소리 못하고 살 수는 없어. 병원 제대로 돌아가게 만들어서 아빠 돈 갚아서 떳떳하고 당당하게 큰소리치면서 살아야지.”

전투력이 상승한 듯 벌떡 일어난 윤희가 컵라면으로 배를 채웠다. 그리고 우식에게서 받은 명함을 찾아 그에게 전화를 걸었다.

[손우식입니다.]

“도윤희예요.”

[네. 전화기다리고 있었습니다. 결정은 하셨습니까?]

“손우식 씨가 제안한 그 방법이 더 이상의 강요나 뒤탈 없이 끝낼 수 있는 방법 맞는 거죠?”

[맞습니다.]

“그렇지 않으면 손우식 씨가 책임져요. 나도 어른들한테 이끌려 하는 이 결혼 절대 하고 싶지 않으니까.”

[그러죠. 서로 상처받지 않기 위해 선택한 최선의 수가 먹히지 않으면 그때는 제가 최후의 선택을 할 겁니다.]

지금 그 최후의 선택을 하면 안 되는 건가? 하는 의문이 들었다. 하지만 휴대폰으로 들려오는 그의 목소리가 무척이나 단단하게 느껴져 뭐라고 토를 달 수 없었다. 하지만 모두를 위해 최선의 선택을 하고 그게 안 될 때, 최후의 선택을 하겠다는 그 말에 믿음이 갔다.

"좋아요. 그럼 뭘 어떻게 시작해야 하는 거죠?"

[만나서 서로가 맞지 않는 부분을 찾아내야겠죠. 시간 언제 괜찮으십니까? 주말과 휴일 중에서.]

윤희는 생각 없이 두 날 모두 괜찮다는 대답을 하려다 동석과의 약속이 떠올랐다.

'아, 그날은 동석의 쇼윈도 여친으로 걔네 집에 가야 하는구나.'

주말이 아닌 휴일에 만나기로 하고 통화를 끝냈다.

'도윤희 다른 건 생각하지 말자. 오로지 병원을 살려 아빠의 독재에 반항을 하고 경제적 손아귀에서 벗어나자. 아자!'

핑크와 블랙 레이스로 되어 있는 원피스는 세련되면서도 품위 있었지만 윤희의 눈에는 자신에게 어울리지 않는 옷이라는 생각이 들었다. 하지만 남자친구 집에 인사 갈 때 입을 만한 옷은 이 원피스밖에 없었다. 우식과의 데이트를 위해 인수가 준 카드로 산 것이지만 아무렴 어떠랴. 별로 의미도 없는 옷인걸.

옷뿐 아니었다. 그날 산 화장품으로 메이크업을 하고 원피스에 맞춰 산 토트백과 구두까지, 손우식이 아닌 동석의 집으로 인사 가기 위해 쇼핑한 모양새가 되었다.

평소 즐겨 입던 캐주얼과 다르게 걸음걸이부터 불편하고 조심스럽게 만드는 원피스와 구두가 몹시 불편했다.

'어른들 앞에 있으면 이보다 더 불편하겠지. 괜히 승낙했나?'

하지만 그녀를 위해, 병원을 위해 최동석의 활약을 생각하면 이깟 불편쯤이야 거뜬히 감수할 수 있는 것이었다.

어제부터 시작해서 윤희를 데리러 병원으로 가기 직전까지 임 여사에게 온 전화는 수십 통이다.

'내일 오는 거 맞지? 내일 갑자기 취소하거나 핑계 대고 안 오면 알아서 해!'

'그 아가씨는 뭐 좋아하니? 어떤 음식 해놓을까?'

'혹시나 싶어서 하는 말인데 올 때 빈손으로 오게 해. 순수하게 밥 먹자고 초대하는 거니까.'

한 번만 더 전화하면 가지 않겠다는 으름장을 놓고 나서야 동석은 임 여사의 전화에서 해방되었다.

오늘까지 끈질기게 괴롭힌 임 여사로 인해 몸서리를 친 동석은 윤희에게 20분 후에 병원 앞으로 내려오라는 메시지를 보내고 병원으로 출발했다.

하지만 병원 앞에 도착했을 때, 윤희의 모습은 보이지 않았다. 휴대폰을 들어 그녀에게 전화를 하려는데, 조수석 문이 열리고 낯선 여인이 올라탔다.

당연히 남의 차를 착각해서 잘못 탄 여자라 생각하고 힐끔 쳐다보는데.

"너! ……윤희, 너…….”

"나 뭐?”

예쁘다는 말을 차마 꺼낼 수가 없었다.

청바지에 티셔츠만 입고 다니던 그녀에게 레이스 원피스는 물론이고 힐과 메이크업은 상상할 수 없을 만큼 어울리지 않는 것들이었다. 하지만 그녀는 섹시하고 우아한 레이스 원피스를 잘 소화했고 상상할 수도 없던 여성스러운 분위기를 뿜어내고 있었다.

"나, 뭐? 왜? 좀 오버냐, 이건?”

"그런 차림은 상견례…… 아니다. 그 정도는 차려입어 줘야 우리 엄마가 믿을 것 같다. 괜찮아.”

말을 끝내자 갑자기 어지럼증이 나는 것 같았다. 그리고 계속 이상한 증상들이 느껴졌다. 어질어질, 콩닥콩닥, 설렘설렘, 간질간질. 처음 느끼는 알 수 없는 이 감각과 감정이 혼란스러웠다.

'예상치 못한 변신에 충격이 너무 컸나?'

동석이 다시 한 번 윤희를 쳐다보았다.

"앞으로도 이러고 다닐 건 아니지?"

"돈 주면 모를까, 형벌 받는 느낌이다. 온몸에 밧줄을 꽁꽁 묶고 움직이는 기분? 뭐든 조심조심, 살금살금. 어떤 느낌인지 이해가?"

"고생이 많다, 나 때문에. 내일 맛있는 거 사줄게."

"내일 약속 있어. 나 그 맞선남 제안 받아들일 수밖에 없어서 내일 만나기로 했어."

"내일도 이렇게 입고 갈 거야?"

"미쳤니? 네 말대로 상견례 하러 나가는 것도 아니고 서로에 대해 맞지 않는 부분을 찾으러 가는 마당에. 그런데 왜 출발 안 해?"

그때서야 동석은 자신이 출발하지도 않은 채 윤희에게만 신경 쓰고 있었다는 걸 깨달았다. 정신을 차린 후 동석은 차를 출발시켰다. 그리고 그녀 대해 알아야 할 것들을 차분하게 질문했다. 더 정확히 말하면 윤희의 남자친구로서 알아야 할 것들에 대하여.

구체적인 가족 관계와 가족들의 직업, 친구 관계 등등.

윤희는 그의 질문에 찬찬하게 대답해 주었다. 그런데 이상했다. 동석은 그녀에게 질문만 던질 뿐 정작 자신의 이야기는 하지 않는 것이 아닌가.

그에 대해 전혀 모르지 않지만 동석이 물었던 가족 관계나 친구 관계 등에 대해서 그녀도 동석의 여자친구로서 알아야 하는데 그걸 이야기해 주지 않는 것이 이상했다.

"최동석, 그런데 너는 왜 네 얘기를 안 해? 나도 너에 대해 구체적으로 알아야 할 거 아니야."

"가보면 알아. 그리고 난 외동이야."

"가보면 뭘 아는데?"

"아버지."

이 무슨 요상한 답인가. 최동석의 아버지를 그녀가 어떻게 알 수 있단 말인가.

"설마…… 한국대 병원 교수는 아니신 거지?"

그녀가 알 만한 분이라면 의대 교수나 인턴과 레지던트를 수료한 한국대학 병원의 교수가 아닌가 싶었다. 상상만으로도 온몸에 소름이 돋는 느낌이었다.

제발 아니라는 대답이 동석에게 나오기 바랐지만 그는 그냥 웃기만할 뿐이었다.

그녀의 예상이 맞는다면 차를 돌려야 하는 상황이다. 지금도 가끔 연락하고 찾아뵙는 교수에게 아들의 가짜 여자친구로 인사를 할 수 없는 노릇이다.

하지만 어느새 집 앞에 도착했다.

"동석아, 너 솔직하게 대답해. 너희 아버지……."

"걱정 마. 의사는 절대 아니시니까."

"진짜지?"

"그랬다면 내가 너를 집으로 데리고 왔겠니?"

생각해 보니 그의 말이 맞았다. 그녀만 곤란한 게 아니라 동석
역시 불편하고 힘든 상황이 될 게 빤하니, 아니라는 동석의 말을
믿을 수 있었다.

"다 왔다. 내리자."

동석이 시동을 끄고 내리려는데 윤희가 급하게 쇼핑백을 챙기
는 모습이 보였다. 그녀가 차에 오를 때, 너무 놀랐던 나머지 보지
못한 것이었나 보다.

"그게 뭐야?"

"빈손으로 올 수는 없어서 아주 작은 인사 선물을 준비했는
데……."

윤희는 눈앞에 있는 집을 보는 순간, 차라리 작은 선물을 준비
하지 않았을 게 나을 뻔했는지 모른다는 생각이 들었다.

육중하고 거대해 보이는 철문과 집 안을 볼 수 없을 만큼 높은
담장, 계단을 올라가야 잔디밭과 함께 살림채가 나오는, 부의 클
래스가 남다른 저택이었다.

"너 혹시 재벌 3세니? 어디 MJ나 송정, 대왕, 이런 그룹사 회장
님이 네 아버지 아니시냐고?"

"그럼 내가 그 회사에서 경영 수업을 받고 있지, 학교에서 애들
가리키고 있을까?"

그것도 맞는 말이다. 하지만 윤희는 너무 쉽게 생각하고 받아들
였다는 후회가 몰려왔다. 진짜 남자친구도 아닌데 대단한 집안의

자식으로 보이는 동석이 부담스러워졌다.

"동석아. 지금 내가 못 들어가겠다고 하면……."

그녀의 말이 끝나기도 전에 동석이 벨을 눌렀다.

"못 들어가겠다고 하면 못 들어가지 못하게 만들면 되는 거지."

인터폰에서 누군가의 목소리가 들렸고 곧바로 커다란 대문이 철컹 소리를 내며 열렸다.

동석에게 등 떠밀려 대문 안으로 한 발자국 내딛는 순간, 윤희의 머릿속으로 별의별 상상들이 떠올랐다.

어울리지도 않는 집안의 출신으로 감히 동석이를 넘보느냐는, 막장 드라마에서 봤던 무섭고 깐깐한 어머니, 그녀에게 눈길도 주지 않은 채 무시하는 그의 아버지. 저녁을 먹으러 왔지만 주방커녕 거실 소파에 앉지도 못하고 쫓겨나는 모습까지.

황당한 상상임에도 불구하고 윤희는 동석이 진짜 남자친구가 아닌 사실에 가슴을 쓸어내렸다.

몸과 마음 모두 힘들게, 돌계단을 다 올라오고 넓고 푸른 잔디 마당을 다 지나기도 전이었다. 살림채에서 고운 중년의 여성과 중년 신사라는 표현이 딱 맞는 부부가 나왔다.

"우리 부모님."

동석의 말에 그 자리에 얼어붙어 있는데 부부가 직접 마당을 걸어 나오며 그녀를 맞아주었다.

"어서 와요. 반가워요."

"환영해요."

다정하고 따뜻하게 웃으며 다가오는 부부의 모습에 윤희는 놀라고 말았다. 자신의 상상과 너무 다른 모습도 놀라웠지만 그보다 더 놀라운 건 자신의 부모님과 너무 다른 분위기였다. 냉정하다 못해 딱딱하고 무겁고 어려운 인수와 달리 동석의 아버지는 신사의 품위는 물론 너그러움까지 엿보였다.

"내가 동석이 엄마예요."

"나는 아버지고요."

이유는 알 수 없지만 그녀의 가슴이 뭉클했다. 어쩌면 그녀가 동경해 오던 부모라는 모습을 완벽하게 갖춘 것에 감동이 밀려왔는지 모른다.

"안녕하세요? 도윤희입니다."

정신을 차리고 배꼽 인사를 꾸벅했다.

"잘 왔어요. 들어가요."

잘 가꿔진 정원을 지나 모던하게 잘 지어진 살림채로 들어왔다.

바깥에서 보는 것보다 훨씬 더 넓었으며 인테리어 역시 잡지나 영화에나 나올 법하게 환상적으로 꾸며졌다.

"앉아요."

통유리로 정원이 보이는 거실 소파에 앉기 전 윤희가 손에 든 쇼핑백을 임 여사에게 내밀었다. 그녀가 준비한 수제쿠키와 선물용 홍차가 너무 서민적이어서 대문을 넘을 때만 해도 다시 가지고 가야겠다는 생각이었다. 하지만 너그럽고 넉넉해 보이는 인품으로 인해 윤희는 과감하게 자신의 마음과 정성으로 준비한 선물을 내놓았다.

"이거…… 약소하지만 받아주세요."

"내가 빈손으로 오라고 동석이한테 일렀는데."

윤희를 보고 웃어주던 임 여사가 못마땅한 시선으로 동석을 쏘아보았다.

"미리 준비를 했더라고요."

"별거 아니에요. 쿠키하고 차예요."

"어머, 센스 있어라. 고마워요. 잘 마시고 잘 먹을게요. 앉아요."

모두가 소파에 앉고 윤희의 긴장이 좀 풀리려 할 때였다.

"저 녀석이 티를 내지 않아서 우리는 여태껏 사귀는 여자친구가 있는 줄도 몰랐고, 있다고 했을 때도 반신반의했는데. 이렇게 보고 나니 이제야 믿음이 가네요."

"말 편하게 하세요, 아버님."

"그래도 될까?"

"그럼요."

그런데 허허거리며 기분 좋은 웃음을 보이는 동석의 부친이 낯설지 않다. 분명 아는 얼굴인데 어떻게 아는 것인지 떠오르지 않았다.

‘혹시 TV에서 봤나?’

윤희가 동석의 부친인 창준에 대해 궁금해할 때, 이번에는 임 여사가 물었다.

“둘이 어떻게 만났어요? 동석이 녀석이 말해준 게 하나도 없어 서. 우리 궁금한 게 너무 많아.”

“고등학교 동창이에요.”

“진짜?”

부부가 동시에 놀라며 서로를 바라보았다.

동창이라는 게 놀랄 만한 일인지, 동창이면 안 되는 이유가 있 는 것인지.

윤희가 마음 불편하게 부부의 눈치를 보는데 창준이 그녀를 살 피듯 뚫어져라 보며 물었다.

“이름이 도윤희라고 했나?”

“……네.”

“이과 1등으로 졸업하고 한국의대에 입학한 도윤희?”

“……네. 그걸 어떻게……? 아! 이사장님……!”

윤희는 동석의 부친이 누구인지 떠올랐다. 운영 재단의 이사장 이었다. 고등학교 다니는 동안 보아왔던 얼굴.

그런데 왜 이렇게 그녀에 대하여 잘 알고 있는 것인지.

‘혹시, 동석이를 두고 지우하고 운동장에서 벌였던 난투극 사 건을 알고 계시는 거 아니야?’

하지만 창준이 기억하는 건 그 사건이 아닌 거구의 윤희 모습을 기억하고 있나 보다.

"예전하고 많이 달라져서 내가 못 알아봤네. 내가 알기로는 그 때 윤희는……."

성형을 한 것도 아니고 지방 흡입을 한 것도 아니다. 그냥 다이어트로 예뻐졌을 뿐인데도 그녀의 고개가 저절로 아래로 꺾였다.

"그럼 지금…… 의사?"

임 여사의 질문에 윤희가 기어들어 가는 목소리로 대답했다.

"……네."

"소아과 의사예요. 병원은 우리 학교 근처에 있어요."

"이렇게 완벽한 여자친구를 두고서 너는 왜 말을 안 하고 괜히 시간 낭비하고, 엄마 아버지 얼굴에 먹칠을……."

동석을 향해 쓴소리를 퍼부으려던 임 여사가 윤희의 눈치를 살피며 입을 다물었다.

"그만하시고, 뭐 맛있는 거 준비하셨을 텐데 식사나 해요. 윤희도 여기 오래 앉아 있는 거 불편한데. 빨리 먹고 나가서 우리끼리 놀게."

"알았다, 이 녀석아. 윤희 양이 뭘 좋아할지 몰라서 이것저것 준비해 봤는데 어떨지 모르겠네."

임 여사를 따라 일어나 모두가 주방으로 향했다. 그녀의 아파트 크기만 한 주방 한가운데에 놓인 식탁에는 첩 수를 따질 수 없을 만큼의 진수성찬이 차려져 있었다.

아들의 여자친구를 위해 정성을 다해 차렸을 임 여사의 마음을 기만하는 것 같은 마음에 윤희는 죄스러운 마음이 들었다.

하지만 그런 융숭한 대접은 식사와 티타임 그리고 마지막 배웅의 순간까지 계속되었고 그럴수록 마음의 불편함이 커져 얼굴 들기가 힘들었다.

"자주 놀러 와. 언제든 환영이니까."

"네. 저녁 맛있게 잘 먹고 갑니다. 감사합니다."

환하게 웃으며 인사를 하고 나왔지만 윤희의 마음은 심란하고 괴로웠다. 좋은 분들에게 못된 짓을 한 것 같아 마음이 좋지 않았다.

"동석아, 너 분명 오늘 딱 한 번이라고 했다? 다음에 네 부모님 뵐 일 또 없는 거다?"

"왜? 오늘 많이 불편했어?"

"불편하기보다는 죄송했지. 너무 좋으신 분들인데 이 무슨 못된 짓인가 하고."

그렇기에 동석에게 부모님께 이실직고하자는 말을 하고 싶었다. 사실은 사귀는 사이가 아닌 여자 사람 친구요, 남자 사람 친구인 동창일 뿐이라고.

하지만 그렇게 말을 꺼낼 수 없는 자신의 처지 때문에 서글퍼졌다. 양심에 찔려 이실직고하면 동석과의 계약은 물거품이 된다.

문제는 인수와의 채무 관계를 정리하고 인격적, 경제적 독립을 꿈꾸는 그녀의 야심찬 계획도 물거품이 된다는 거다.

물론 동석으로 인해 병원의 사정이 나아진다는 보장은 없다. 그래도 마지막 희망을 버리고 싶지는 않았다.

"편하게 생각해. 여자친구나 여자 사람 친구나 한 끗 차이야. 그리고 나도 이번으로 끝내고 싶어. 나도 솔직히 좀 불편했어."

"얼른 인연 만나라. 저렇게 좋은 부모님께 이건 불효다, 불효."

윤희는 진심으로 동석이 좋은 인연을 만나길 바랐다. 그리고 동시에 윤희는 병원과 자신의 사정이 지금보다 나아지길 바라고 바랐다.

일요일 아침부터 휴대폰의 요란한 벨 소리가 동석의 단잠을 깨웠다. 인상을 잔뜩 구긴 동석이 침대에서 손을 뻗어 더듬거리며 휴대폰을 잡았다.

"여보세요?"

[얘, 윤희 걔 성형한 거니?]

설마, 이 황당한 질문을 위해 휴일 아침 이른 시간에 전화하신 건 아니겠지?

"어머니, 하실 말씀만 빨리 하세요."

[윤희 성형했냐고? 네 졸업 앨범을 찾아봤는데, 어머 윤희가 지금 얼굴이 아니더라. 앨범에 있는 도윤희가 네가 어제 데리고 온 윤희 맞는 거지?]

잠이 확 달아난 동석이 벌떡 일어나 앉았다. 너무 놀란 나머지 '엄마'라는 말이 튀어나왔다.

"엄마, 앨범 봤어요?"

[응. 네 아버지가 윤희를 기억하는데 어제 그 얼굴이 아니라는 거야. 그래서 앨범을 찾아봤지.]

그녀에게 있어 죽기보다 싫은 그때의 사진을 부모님이 보셨으니 이 사실을 윤희에게 들켰다가는 자신의 목숨이 어찌 될지 모를 일이다. 그런데 임 여사가 더 무시무시한 사실을 이야기했다.

[그리고 널 두고 운동장에서 다른 여학생하고 머리채 잡고 싸웠다며? 호호호호. 왜 이렇게 귀엽니?]

아이고, 두야!

"엄마! 잊으세요. 못 들은 걸로 하세요! 그 사실을 엄마, 아버지가 아셨다는 걸 윤희가 알면 앞으로 나의 역사가 흑역사가 된다고요!"

[왜? 난 그 얘기 들으니까 윤희가 더 맘에 들던데. 멋져. 그리고 성형한 거야? 아니면 살이 빠져서 그렇게 예뻐진 거야? 네 아버지하고 내기했어. 아버지는 성형에 한 표. 난 아니다에 한 표.]

"성형 안 했고요! 그리고 윤희가 무슨 놀이 상대입니까? 그런 거 가지고 두 분이서 내기나 하시고. 그리고 윤희한테 아버지께 들은 말씀과 졸업 앨범 얘기, 절대! 하시면 안 돼요!”

[알았어. 살집이 좀 있어서 그렇지, 그때도 지금처럼 귀엽고 예쁘던데. 싸운 것도 그렇고.]

“어머니!”

동석이 장난기 빠진 목소리로 큰소리를 내자 임 여사가 알았다며 전화를 끊었다.

그에게서 긴 한숨이 새어 나왔다.

창준이 그때 일을 기억하고 있을 줄 몰랐다. 운영고의 전설이라고는 하지만 진짜로 전설이 되어 재단 이사장의 기억에까지 박혔을 줄이야. 아무리 아들과 관련되었던 사건이어서 잊을 수 없다고 쳐도 그 전설의 주인공이었던 도윤희라는 이름까지 기억하고 있으리라고는 상상도 하지 못했다.

“앞으로 절대 부모님 만나는 일은 만들지 말아야지. 어우, 무서워.”

동석 자신의 의지와는 상관없이 부모님이 그녀의 흑역사 사진을 보고 그 유명한 운영대첩까지 알게 되었지만, 이유 여하를 막론하고 윤희가 가만있지 않을 거라는 건 자명하다.

그에게 어떤 보복 조치를 해올지 빤하다. 그녀는 그의 별명을 만천하에 알리고도 남는다.

생각만으로도 벌써부터 머리가 지끈거리고 온몸이 오싹해졌다.

"최대한 마음을 얻어놔야지. 뭘 해도 용서를 해주게끔."

침대에서 빠져나온 동석은 시간을 확인했다. 아침 7시 25분.

"아침을 좀 사줄까?"

동석은 혹시라도 그녀의 늦잠을 방해할까 걱정이 되어 전화가 아닌 문자를 보냈다.

「랑데부에서 함께 조식 어떰?」

자고 있을 줄 알았던 윤희에게서 바로 답이 들어왔다.

「네가 사는 거?」

「그럼!」

「콜!」

랑데부는 아침 조식이 유명한 프랜차이즈 레스토랑이다. 호텔 못지않은 질로 직장인들과 싱글들 사이에서 인기 있는 곳이었다.

동석의 오피스텔 상가층에 있었지만 그는 윤희를 데리러 그녀의 집으로 향했다. 차로 10분 거리에 있는 윤희의 아파트에 도착하자 미리 나와 있던 그녀가 차에 올랐다.

여성스럽고 분위기 있던 어제와 달리 그녀는 편한 티셔츠와 진바지 차림에 모자까지 눌러쓰고 나왔다.

눈에 익숙하고 친숙한 그녀의 모습에 어제와 같은 심쿵한 현상은 일어나지 않았지만 어려 보이는 지금의 모습이 귀여워 자꾸 시선이 갔다.

"네가 산다고 해서 따라가기는 하는데 왜 갑자기 조식 서비스를 제공하는 거야?"

"우리 이제 한배를 탄 운명 공동체이니까."

"그 말 무섭다. 그 말은 나중에 결혼한 네 와이프한테 하고 난 그냥 상생 공동체라고 해줘."

"도윤희 이즈 뭔들. 날 구해준 은인인데."

"아침부터 얘가 왜 이럴까? 너 나한테 왜 이렇게 잘해? 수상하게."

"은인이라고 했잖아."

동석이 다른 말 없이 차를 출발시켰고 그녀에게 다른 말을 건네지 않았다.

윤희도 그가 운전하고 오는 내내 말을 건네지 않았다. 하지만 레스토랑에 들어와 막 식사를 시작하려 할 때 심각한 표정으로 물었다.

"부모님이 뭐라고 하셔?"

"귀엽다고 하셔."

"내가 귀여운 타입은 아닌데……. 또 뭐 다른 말씀은 안 하시고?"

다른 말씀하셨지. 하지만 그걸 전했다가는 이 자리에서 무슨 일이 일어날지 모르는 일.

"…… 잘 만나보라고……."

얼떨결에 없는 소리를 했다. 하지만 집안에서 반대를 하는 것이 아니니 아주 없는 사실을 말하는 건 아니었다.

"아버님이 날 기억하시는 것 같던데……. 진짜 다른 말씀은 없었어?"

"없어."

윤희가 그의 말을 믿지 못하겠다는 강한 눈빛을 쏘아댔지만 동석은 모르는 척, 먹는데 집중했다.

"혹시 졸업 앨범이라도 보시면……."

"못 보셔! 그거 거기에 없고 내가 사는 오피스텔에 있어서."

"그래? 다행이다. 나 어제 밤새 그거 신경 쓰였는데. 절대 오픈하지 마라. 졸업 앨범 잃어버렸다고 해. 알았지? 네 진짜 여자친구가 생겨도 보여 드리지 마! 그랬다간 네가 가는 학교마다 네 별명 소문낼 거니까!"

등 뒤로 소름이 돋는 기분이었지만 동석은 웃어주며 고개를 끄덕거렸다.

"걱정 말고 먹기나 해. 이게 여자들 피부하고 다이어트에 좋대."

그가 접시에 담아온 샐러드를 그녀의 접시로 옮겨주었다.

별것도 없는 사소한 행동 하나에 동석이 순간적으로 남자로 보였다.

윤희는 찰나의 느낀 자신의 감정에 흠칫 놀라고 말았다. 극심한 스트레스로 인한 일시적 감정적 장애라 생각하고 동석을 쳐다보았다.

"절대 공개하지 않을 테니까, 염려 붙들어 매고 먹어."

그녀의 시선을 앨범에 관한 확고한 대답을 듣기 위한 것이라 생각했는지 동석이 안심시키듯 따뜻하게 말을 건넸다.

그런 동석과 눈이 마주쳤을 때, 방금 전 남자로 보였던 느낌은 없었다. 하지만 그녀의 마음 어딘가에서 아주 미세한 균열이 일어나고 있다는 건 알아챘다. 그래서인지 그녀에게서 간결한 대답이 나왔다.

"알았어."

"그 남자는 언제 만나기로 했어?"

"2시에 강남역에 있는 커피숍에서."

"데려다줄게."

동석이 놓아준 샐러드를 먹던 윤희가 입에 포크를 문 채 동석을 빤히 쳐다보았다.

"왜?"

"최동석, 너 왜 이러니? 너 이렇게 친절한 애 아니잖아?"

"나 원래 친절해. 매너 있고."

"어련하시겠어."

"그 비꼬는 표정과 말투는 뭐지? 인정할 수 없다는 거야?"

대답 대신 어깨를 으쓱해 보인 윤희는 샐러드를 입에 넣고 오물오물 씹었다.

"그래서 데려다줘? 말아?"

"됐어. 혼자 갈 거야."

"그러던지."

아침 식사는 물론 모닝커피까지 해결한 후 동석은 윤희를 아파트 앞까지 태워다 주었다.

"혼자 가기 심심할 것 같으면 전화해."

그녀가 내리기 전, 동석이 다시 한 번 약속 장소까지 데려다줄 수 있음을 알렸다.

"그럴 일 없고. 아침 잘 먹었어. 조심해서 가."

"간다."

윤희가 내리자 동석이 차를 몰아 그녀에게서 멀어졌다.

그의 차가 보이지 않을 때까지 서 있던 윤희는 집으로 올라와 자신의 감정과 마음을 차분하게 정리했다.

식사하는 동안, 더 정확하게 말하면 샐러드를 그녀의 접시에 놓아준 순간부터 헤어지는 순간까지 어제 대했을 때만큼 편하지 않았다. 그렇다고 딱히 불편한 건 아니었지만 야릇한 부자연스러움이 있었다.

'설마 고딩 때 감정이 다시 살아나는 거야? 아니야, 그럴 리 없어. 징그럽게 미워하면서 잘라냈던 감정인데.'

하지만 그럴 리 없다고 단정하고 확신하기에는 불안하고 위험한 요소가 있다.

객관적으로 동석은 그때보다 더 멋있어졌다. 남자다워졌고 그의 말처럼 친절하고 매너도 있다. 진성으로 인해 다시 만났을 때와 같은 녀석이라고 볼 수 없을 만큼. 그리고 고딩 시절 때처럼 그녀를 무시하거나 하찮게 여기지 않는다.

하나하나 위험 요소를 되짚어보니 흔들리지 않으면 이상할 정도로 남자친구로서 완벽했다.

'그래도 안 돼! 저 녀석이 나한테 마음 있는 것도 아니고 그저 상생을 위해 필요한 존재일 뿐이라고. 넘어가면 안 돼. 다시 저 녀석한테 상처받으면 안 돼!'

윤희는 더 이상 그에게 휘둘리거나 흔들리지 않기 위해 마음을 다잡았다.

감각적인 인테리어와 향 좋은 커피, 그리고 분위기에 맞는 음악이 흔한 커피전문점과는 차원이 다른 고급스러움을 보여주었다. 그에 비해 앉아 있는 의자는 불편하기 짝이 없었다. 인체공학을 전혀 고려하지 않고 만든 의자를 가져다 놓은 이유는 차 마시고 빨리 일어나라는 뜻으로 여겨졌다.

앞에 앉은 우식도 의자만큼이나 불편했고 빨리 일어나고 싶은 간절한 마음이 묘하게 맞아떨어지는 것 같았다.

그러나 우식은 빨리 일어날 마음이 없는지 간단한 안부 인사를 끝내자마자 비닐 파일 하나를 그녀에게 내밀었다.

"저에 대한 프로필입니다. 기본적으로 알 건 알아야 할 것 같아서요. 어설프게 말씀드렸다가 일이 더 커지는 것보다 만전을 기하는 게 낫지 않겠습니까?"

"그렇죠."

윤희는 우식이 내민 파일을 들어 안에 있는 여러 장의 A4용지를 보았다. 무슨 프로필을 썼기에 이렇게 내용이 많은지 궁금해하며 파일에서 용지를 꺼내 첫 장을 살펴보았다.

다 알고 있는 이름부터 시작해서 현재 하고 있는 직업과 근무지와 소재지에 대한 것들이 적혀 있었다.

그녀가 그걸 다 훑어보는 동안 우식은 차를 마시며 수시로 휴대폰 메시지를 확인했다.

그가 작성해 온 프로필을 확인한 윤희는 당사자 앞에서 혀를 내두를 뻔했다. 그가 대단한 스펙을 가지고 있거나 그녀보다 우월한 것들이 많아서가 아니었다.

'헐, 뭐야? 손우식을 해부하고 연구하라고 주는 자료지, 이게 무슨 프로필이야?'

프로필이라는 게, 더구나 쇼윈도 연애를 해야 하는 지금의 상황에서 나이, 학벌, 취미 등등 딱 필요한 것들만 알면 되는 것이 아닌가. 하지만 그가 건네준 프로필이라는 것에는 태어난 생시와 장

소부터 시작해서 출신 학교와 출신 부대, 그동안 그가 타고 다녔
던 자동차 명단까지 적혀 있었다.

만전을 기하자고 하더니 이 수준이면 완전범죄가 되고도 남을
법했다.

"혹시 저도 이와 똑같이 작성해서 우식 씨에게 드려야 하는 건
가요?"

"네."

하고 싶지 않은 숙제를 받은 기분이었다. 그렇다고 하지 않으면
나중에 큰 낭패를 볼 수 있으니 울며 겨자 먹는 기분으로 우식을
향해 고개를 끄덕거렸다.

"작성해서…… 명함에 적혀 있는 메일로 보내 드리면 되죠?"

"네. 그 메일 주소로 보내주시면 됩니다."

"그런데 왜 우식 씨하고 나는 부모님에 의해 결혼이 약속된 건
지 아세요?"

"네. 윤희 씨는 몰랐습니까?"

몰랐다. 그걸 궁금해할 만큼 관심이 없었다. 그리고 결혼만 하
지 않으면 된다는 목표에 초점이 맞추어져 있어서 궁금하지도 않
았다.

사실 지금도 그 이유가 궁금해서 물어본 건 아니었다. 그냥 할
말이 없어 던진 질문이었을 뿐.

그 질문에 대한 첫 마디는 그럴듯하게 시작되었다.

"도 기장님께서 저희 할아버지 후원으로 공부를 하셨어요."

은혜 갚은 까치처럼 딸을 며느리로 보내 그 보답을 하시려는 것인가.

하지만 다음으로 이어지는 황당한 한마디에 차라리 묻지 말았어야 했다는 후회가 밀려왔다.

"그리고 저희 어머님께서는 미신을 신봉하십니다."

설마, 용하다는 무당이나 보살의 한마디에 두 사람의 미래를 결정한 건 아니겠지? 그렇다면 차라리 은혜를 갚기 위해 며느리로 들어가야 하는 사연이 설득력 있을 텐데.

하지만 슬프거나 찜찜한 예감은 틀린 법이 없다. 윤희의 예상대로 용한 점쟁이가 점지해 준 대로 각자의 자식을 이어주기로 했다는 것이다.

더 황당한 것은 그 점쟁이 앞에 서진주 여사가 있었고 그 말을 인수가 두말없이 받아들였다는 사실이다.

"말도 안 돼. 어떻게 그럴 수가 있죠? 우리 아빠는 절대 그런 걸 믿을 분이 아닌데."

"그런데 그게 말입니다. 그 점쟁이가 말한 대로 일이 풀려갔기 때문에 양쪽 부모님이 신뢰를 할 수밖에 없었던 것 같습니다. 이를테면 내가 의사가 안 되고 사업을 한다고 했고, 할아버지가 암으로 돌아가신 것부터 어머니가 부동산으로 큰 재산을 이룰 것이라는 것까지요."

"그건 우식 씨네 얘기잖아요."

"도 기장님은 더 큰 사건이 있었어요."

"뭐죠?"

"휴가를 내고 비행을 가지 말라는 점쟁이 말을 듣고 어머님이 도 기장님께 전했어요. 처음엔 듣지 않으시다가 아버지까지 나서서 설득하셨고 어쩔 수 없이 기장님이 휴가를 내셨는데……. 만일 그때 휴가가 아니었다면 7년 전에 난 괌에서의 불시착 사고, 원래는 기장님이 맡은 비행이었습니다."

그 사고에 대해서 윤희도 알고 있다. 휴가를 받아 천만다행이라 생각하고 가슴을 쓸어내렸던 그 사건에 이런 사연이 숨어 있을 줄이야.

하지만 윤희는 그 모든 게 신기하지 않았다. 어쩌다 우연으로 맞췄을 거라는 생각이 들었고 그런 미신에 의지해 자식의 인생을 결정하려고 했다는 걸 이해할 수 없었다.

더욱이 도인수 기장이 어떤 성격인가. 바늘로 찔러도 피 한 방울 나오지 않을 것처럼 냉정한 양반이 미신이라니.

"윤희 씨 생각은 어떻습니까? 이게 다 하늘이 정해준 운명이라고 생각합니까?"

"하늘이 정해준 운명이었으면 우리 마음도 부모님들과 같아야 하는 거 아닌가요? 우리가 그걸 인정하지 않고 거부하는데 운명은 무슨 운명이에요?"

“그렇죠? 다행입니다. 윤희 씨는 미신에 매달리지 않아서.”

“마찬가지로 손우식 씨도 그 미신을 믿지 않아 다행이고요.”

윤희의 그 말을 끝으로 잠시 침묵이 흘렀다.

“일어날까요? 딱히 앉아 있어야 할 이유도 없잖아요.”

의자만큼이나 우식과 마주 앉아 침묵을 지키는 것이 불편한 윤
희가 먼저 제안했다. 그 역시 그녀와 같은 마음이었는지 그러자며
자리에서 일어섰다.

“프로필은 내일 보내 드릴게요.”

“아, 예. 그리고 오늘 우리는 점심때 만나 스파게티를 먹고 이곳
에서 차를 마시고 헤어진 걸로 하죠.”

“네.”

비즈니스로 만난 사이처럼 형식적인 인사를 나누고 헤어졌다.

그대로 집으로 돌아오는 게 아쉬워 윤희는 서진에게 전화를 걸
었다.

[아이고, 살아 계셨네? 난 또 그 동창하고 피 터지는 전쟁을 벌
이다 전사한 줄 알았는데.]

“피 터지는 전쟁은 앞으로 아빠하고 할지도 모르고 그 동창하
고는 평화 협정 맺었어.”

[그래? 그런데 아빠하고는 왜?]

“선봤다, 드디어.”

[아버님이 찍어놓은 네 낭군님하고?]

"낭군님은 개뿔! 나올래? 나 지금 강남역인데. 그 짧은 동안 파란만장하다 못해 반전 있는 내 사연 얘기해 줄게."

[그래, 어디 얼마나 파란만장한 반전인지 들어보자. 기다려.]

전화를 끊고 윤희가 중얼거렸다.

"그 원수 같던 최동석에게 마음이 흔들리고 있는데, 이보다 더한 반전이 뭐 있겠니?"

끝내 윤희에게서 데려다 달라는 연락은 오지 않았다.

"일요일이라 차도 밀리는데, 차라리 잘된 거지. 휴일에 귀찮게 강남까지 가는 게 뭐 좋은 일이라고."

말은 그렇게 내뱉었지만 동석의 마음은 그렇지 않았다. 뭔가 허전하고 아쉬웠다.

어제 원피스 차림으로 있는 윤희를 본 순간부터 지금까지 그의 의식이 윤희에게 가 있었다. 처음엔 예상치 못한 그녀의 여성스러운 모습으로 인한 충격 때문이라 여겼다. 하지만 왜 지금까지 그녀가 그의 머릿속에서 오락가락하는지 모를 일이다. 게다가 그 맞선남을 만나 무엇을 하고 있는지 궁금하기까지 하다.

'그 녀석을 무의식중에 진짜 여자친구라고 착각하는 걸까? 내가 너무 몰입하는 건가?'

윤희를 향한 감정을 정리해 보면 여자친구를 향한 남자들의 흔한 걱정과 감정이었다. 다른 게 있다면 윤희가 사랑하는 여자친구가 아니고 그냥 여자 사람 친구라는 것.

'그래, 걱정이라는 게 상대에 따라 크게 달라지는 건 아니니까. 인간적으로 걱정하는 거지. 인간적인 정. 친구로서의 우정으로도 얼마든지 걱정할 수 있는 부분인 거지, 암.'

동석은 자신의 감정을 그렇게 정리했다.

하지만 그 인간적인 걱정은 하루 종일 이어졌고 결국 그녀의 행방이 궁금해진 동석은 휴대폰을 들고 말았다. 벨이 한참 울려도 받지를 않더니 걱정이 커져 왠지 모를 불안감이 들 때서야 전화가 연결되었다.

그러나 휴대폰 넘어 들려오는 목소리는 윤희의 것이 아니었다. 술에 취한 것처럼 나른하게 풀어진 낯선 여자였다.

[도윤희 휴대폰입니다. 말씀하세요.]

"윤희 친구인데, 윤희는 어디 갔습니까?"

[취해서 쓰러졌어요. 그래서 하는 말인데 와서 데리고 가주실래요?]

동석의 입에서 곧바로 한숨이 나왔다.

때를 잘못 맞춰 전화해서 독박 쓰는 기분이 들었다. 그럼에도 그는 망설이지 않고 대답했다.

"어디로 가면 됩니까?"

[가만있자, 여기가…….]

불러주는 대로 메모를 한 동석이 집을 나와 강남으로 향했다.

"술 센 녀석이 도대체 얼마나 마셨길래 정신을 놓은 거야?"

구시렁거리며 가면서도 그 길이 그렇게 귀찮지만은 않았다.

친구가 알려준 술집에 도착했을 때, 정말로 윤희는 만취 상태로 테이블에 엎어져 있었고 그녀의 친구는 멀쩡했다.

"안녕하세요? 윤희 대학 동기 윤서진이에요."

"안녕하십니까? 윤희 고교 동창 최동석입니다. 그런데 윤희 혼자 마신 겁니까? 왜 혼자 취해서 이러고 있는 겁니까?"

서진에게 핀잔을 주려고 한 말은 아니었다. 그냥 술 센 윤희가 잔뜩 취해 엎어져 있는 모습이 안쓰러워 생각 없이 한 말이었다.

그런데 그걸 핀잔으로 들었는지 서진이 날카롭게 대답했다.

"혼자 마시고 취할 만하죠."

"네?"

"애인 없는 것도 서러운데 계약 애인을 두 명이나 두고 쇼윈도 연애를 하는 우리 윤희 속이 얼마나 비참하겠습니까? 그렇다고 윤희가 직업이 후져요? 인물이 못나요? 몸매가 구립니까? 뭐 동창 분은 우리 윤희 돼지였을 때를 기억하고 있다지만 그래도 지금 얼마나 훌륭합니까? 불쌍한 우리 윤희를 위해 제가 소개팅을 해주려고요."

두 명의 계약 애인 중에 한 명이 자신이라 그러는 것일까?

서진의 말투에 날이 서 있고 그를 바라보는 시선조차 곱지 않았다.

그런 말을 들은 동석의 기분도 썩 좋지 않았다. 마치 그가 윤희의 가치를 평가절하 하여 함부로 이용하는 것처럼 몰아가는 말투였다.

처음 보는 여자, 그것도 윤희의 친구와 얼굴 붉히며 대거리할 수 없어 동석은 애써 침착하게 대응했다.

"이왕이면 괜찮은 남자로 해주십시오. 윤희는 물론이고 윤희 아버님 마음에도 쏙 드는 그런 남자로."

그리고는 윤희를 흔들어 깨웠다.

"일어나, 도윤희. 집에 가자."

"으음…… 음."

"정신 차리고 가자고!"

윤희를 부축해서 일으켜 세웠다. 아주 정신을 놓은 건 아닌지 그에게 기대어 그를 따라 걷기 시작했다.

"업고 가는 게 편하지 않겠어요?"

"알아서 합니다."

"그래도 짐짝 다루듯 그렇게 하지는 마세요."

동석은 서진에게 대꾸하지 않은 채 윤희의 팔을 어깨에 둘러맨 채 힘겹게 차로 이동했다. 윤희를 짐짝 다루듯 하지 말라고 했지만 기분이 상해 버린 동석은 그녀를 처박아놓듯 차에 태웠다.

하지만 윤희는 지금의 상황을 모르고 차 안에서 고이 잠들어 버렸다.

이마와 등에서는 땀이 났고 입에서는 욕이 나올 지경이다.

"가지가지 한다, 도윤희."

동석은 자신이 왜 이런 고생을 자처했는지 한심해 죽을 지경이었다. 윤희에 대한 감정의 오지랖을 정리하지 못한 자신을 탓할 수밖에 없었다.

'내가 고등학교 때 너한테 너무 못된 짓을 해서 벌을 받는 건가 보다.'

그런 생각을 하며 동석은 그녀에 대한 감정을 결론 냈다. 철없던 시절 그녀에게 상처를 준 것에 대한 미안함이 알 수 없는 혼란으로 느껴진 거라 여겼다. 그렇게 생각하자 마음이 좀 편해졌다.

윤희의 아파트에 도착해 그녀를 흔들어 깨웠다.

"집에 다 왔어. 일어나 봐!"

일어나지 못하면 어쩌나 하는 걱정과 달리 윤희는 곧바로 눈을 떴다.

"정신이 좀 드냐?"

"어? 너…… 왜 여기 있어? 난 왜 너하고 같이 있는 거지? 여기 어디야?"

잠에서만 깼지, 술에서 깨지 못한 윤희가 우습지도 않은 질문을 했다. 겨우 가라앉혔던 속이 또다시 끓어오르려 했다.

"적당히 하자, 도윤희. 입 다물고 내리기나 해!"

"여기 어딘데?"

“어디긴? 네 아파트 앞이잖아!”

“네가 나 데리고 온 거야?”

“그럼 여기 나 말고 또 누구 있어?”

인상을 쓴 채 타박하듯 묻는 동석을 윤희가 갑자기 뚫어지게 바라보았다. 술 취해 초점 잃은 눈동자가 흔들리며 이글거렸다.

“최동석, 나 너 안 좋아하거든! 그러니까 너 나 좋아하지 마. 나 그렇게 만만하지 않거든! 그리고 나 너보다 더 어리고 쌔끈한 놈 만날 거거든!”

혼자 흥분해서 버럭버럭 큰소리치고는 그녀가 차에서 내렸다. 비틀거리는 걸음으로 아파트 입구에 들어가는 것까지 보고 동석은 차를 돌렸다.

“술 취하니까 아주 가관이네. 두고 보자, 도윤희.”

화가 난 상태로 집에 돌아와 맥주부터 찾았다. 열이 오른 속을 식히기 위해서 차가운 맥주의 반을 벌컥벌컥 들이켰다.

“봉변도 이런 봉변이 있을까? 좋은 마음으로 데리러 갔더니 친구는 무슨 불한당 보듯 쳐다보질 않나, 기껏 데려다줬더니 뭐? 안 좋아하니까, 좋아하지 말라고? 내가 언제 저 좋아한다고 했어? 싱글인 게 안됐어서 신경 좀 써줬더니…… 그 마음을 모르고 뭐 어리고 쌔끈한 것을 만나겠다고? 누구 맘대로?”

짜증이 난 상태에서 느낌대로 마구 퍼부어댔다. 그런데 자신의 친절이나 매너를 그녀를 좋아하는 걸로 의심하는 윤희의 생각을 불쾌하게 생각해야 하는데 그게 아니다. 지금 불쾌한 건 그의 마음을 무시하고 선을 긋는 윤희가 서운한 것이고 어린 남자를 만나겠다고 하는 그녀의 말이 괘씸한 것이다.

그런데 왜?

"뭐야? 내가 진짜 도윤희를 좋아하기라도 하는 거야? 걔가 뭘 했다고? 우리 둘이 뭘 했다고?"

하지만 그녀를 향한 어이없는 자신의 마음을 분석하고 캐면 캘수록 동석의 마음은 뒤죽박죽 더 혼란스럽기만 했다.

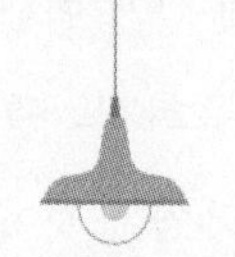

6. 오늘부터 1일

　　라면으로 해장을 하고 두통은 페퍼민트 차로 해결한 윤희는 출근을 서둘렀다. 병원에 도착해서도 커피가 아닌 허브차로 지친 몸과 정신을 가다듬었다.

　　한가한 평일 오전에 비해 환아가 많은 월요일 오전을 바쁘게 보내고 잠시 여유가 생겼을 때 서진에게 전화를 걸었다.

　　"잘 들어갔어?"

　　[지금 내가 잘 들어간 게 문제가 아니고, 너 좀 힘들겠더라.]

　　"뭐가?"

　　[복수.]

　　"복수? 무슨 복수?"

[필름 끊겼네, 끊겼어. 어제 나하고 얘기한 거 기억 안 나?]

"……어."

거기까지는 괜찮았다. 서진과 술 마시고 필름이 끊긴 건 대학 때부터 심심치 않게 있었던 일이다. 그리고 아무리 필름 끊겼다고 해도 자신에게 주사가 없다는 걸 알기에 심각하게 생각하지 않았다. 하지만 곧바로 이어지는 서진의 말에 하늘이 노랗게 되는 진경험을 하고 말았다.

[너 그럼 최동석이라는 문제의 동창이 너를 집에 데리고 갔는데 그것도 기억에 없는 거야?]

"뭐? 날 누, 누가 데리고 갔다고?"

[최동석.]

기억이 나지 않는다. 아무리 술에 취해도 귀소본능만큼은 흐트러진 적이 없으니 당연히 혼자 온 줄 알았다. 그런데 그게 아니라 최동석이 데려다준 거라고?

그런데 문제는 거기에서 끝나지 않았다.

[너 혹시 술김에 네 복수 계획 다 털어놓은 거 아니야?]

"서진아, 어떡하지? 난 네가 말하는 복수 계획 자체를 몰라. 그게 뭔데? 무슨 복수?"

휴대폰 너머 서진의 긴 한숨이 들려왔다.

[도대체 기억나는 건 뭐니?]

윤희가 기억하는 건 서진에게 동석과 우식의 가짜 애인이 되어야만 했던 사연과 동석을 향한 자신의 마음이 흔들려 불안하다고 털어놓은 것까지다. 또한 연애를 제대로 하지 못한 채 이런 식으로 사는 자신의 신세를 하소연했고 그로 인해 평소보다 많이 그리고 빠르게 술잔을 비워갔다는 것 외에 생각나는 건 아무것도 없었다.

[절대 흔들리지 않겠다고. 고딩 때 당한 만큼 돌려주겠다고 널 좋아하게 만들어서 제대로 차주겠다고 했잖아. 예전에 뚱땡이 도윤희가 아니라면서. 그렇게 파이팅을 외치고 복수하겠다고 이를 박박 갈아놓고 기억이 안 나신다?]

술김에 아주 별소리를 다했구나? 하지만 저 기가 막힌 말을 서진이 아닌 동석에게 한 거 아니겠지?

이번에는 윤희에게서 한숨이 새어 나왔다.

[진상! 어제 내가 그 남자 보니까 복수를 할 수 없게 잘생겼드만. 네가 흔들릴 만도 하겠더라. 그런데 윤희야 아주 희망이 없는 건 아니더라. 네가 마음만 잘 먹으면 또 그 남자 마음에 상처를 낼 수도 있겠더라.]

이건 또 무슨 말인가.

서진은 술 취한 윤희를 위해 한걸음에 달려온 동석의 마음을 한번 의심해 보라고 했다. 그리고 윤희에게 남자를 소개시켜 주겠다는 말에 발끈하는 모습이 질투일 수 있다고도 했다. 그리고 마지막으로 끼 한번 부려서 마음을 확 넘어오게 만들라고.

하지만 서진과 통화를 끝낸 윤희는 자신의 한심함에 머리를 쥐어뜯었다.

그녀에게 있어 인생 최대의 실수는 열여덟 살에 동석에게 고백을 한 사건이었다. 그런데 그걸 뒤엎는 최대 실수를 한 것 같은 예감에 등골이 오싹해졌다.

'아닐 거야. 내가 아무리 취해도 헛소리를 지껄이는 타입은 아니야. 최동석한테 별말 안 했을 거야.'

애써 위로하고 자신을 다독여 봐도 아무 일 없었다는 장담을 할 수 없어 불안하기만 했다. 시간을 되돌릴 수 없으니 동석에게 어떤 실수의 말이나 행동을 하지 않았기를 간절하게 바라고 빌 때, 동석에게 메시지가 들어왔다.

최동석이라는 이름을 확인하는 것만으로도 몸서리가 쳐졌다.

뭐라고 보낸 것인지 쉽게 확인하지 못하고 있는데 또다시 들어오는 동석의 메시지.

'에라 모르겠다. 한 번 죽지, 두 번 죽어?'

윤희가 마음을 단단히 먹고 메시지를 확인했다.

「도윤희, 내가 충고하는데, 다시는 술에 취하지 마라.」

「설마 내가 뭘 말하는지 모르는 건 아니지? 이따 보자. 무임금 알바하러 네 병원에 갈 테니까.」

오지 마! 안 와도 돼!

의식을 동석에게 집중하지 않기 위해 윤희는 우식에게 보낼 자신의 프로필을 정리했다. 그가 적어준 항목에 자신의 내용으로 바꾸면 되는데 바꿀 수 없는 것들이 의외로 많았다.

이를 테면, 그는 그동안 타고 다닌 차가 외제 차로만 여러 대지만 윤희는 장롱면허를 가지고 있을 뿐, 자신의 차를 가져 본 적이 없다. 그는 다녀본 외국도 많았다. 여행으로든지, 출장으로 인해서든지. 하지만 윤희는 레지던트 시절 해외 의료봉사로 다녀온 방글라데시가 다다.

작성하다가 짜증이 난 윤희는 그가 차를 사고 해외를 다니는 동안 하루에 두 시간도 자지 못한 채 열정과 땀으로 보낸 인턴 시절을 떠올렸다. 그때의 고난과 의사로서 자긍심을 느끼게 만든 레지던트 시절의 급박한 순간이나 뿌듯했던 내용으로 채워 버렸다. 그러고 보니 자신이 꽤나 열심히 살아왔다는 것을 알았다. 비록 지금 생계형 의사이지만 매 순간 최선을 다해 공부하고 일해왔다는 것에 자부심이 느껴졌다.

'그래, 도윤희. 어디든 기죽을 거 없어. 이렇게 치열하게 잘살았는데 술 취해서 실수했기로서니 그게 뭐 어떻다고 무서워 해? 그것도 최동석을? 절대 기죽지 마!'

작성이 끝난 프로필을 우식에게 보내며 큰 숙제 하나를 끝낸 것 같아 마음이 가벼워지는데 밖에서 은실의 목소리가 들렸다.

"어서 오세요, 동석 쌤."

“잘 지냈어요? 은실 씨.”

윤희는 동석의 목소리를 듣고 마음속으로 ‘파이팅!’을 외쳤다.

“도 원장 안에 있죠?”

“네.”

그리고 곧바로 진료실로 동석이 들어왔다. 윤희의 마음이 움찔했지만 일부러 환하게 웃으며 먼저 말을 건넸다.

“왔어?”

“왔다.”

“어제 고마웠어. 데리러 와줘서.”

“너 기억 안 나는구나?”

다짜고짜 기억 타령을 하는 동석의 말에 뒷골이 서늘해졌다. 하지만 윤희는 침착하게 고개를 저으며 부정을 해봤다.

“기억 다 나는데? 뭐가?”

동석이 윤희를 쏘아보듯 뚫어지게 쳐다보았다. 안경알이 깨지는 건 아닐까 싶게 너무도 뜨겁고 따가웠다.

“네가 기억이 다 나면 그렇게 웃으며 날 볼 수 없을 텐데?”

엄마야! 실수했나봐! 어떡해!

어마어마한 실수를 했나보다. 동석의 표정은 물론이고 말투가 좋지 않다.

한동안, 아니 어제 아침까지 그녀를 대하는 그의 태도는 그녀를 좋아하는 게 아닐까 오해할 정도로 다정했다. 그런데 지금은 그녀를 묘하게 바라보고 있었다. 화가 난 것 같기도 하고 한심하게 보는 것 같기도 하고.

'그 말도 안 되는 복수 계획을 털어놨나 보다. 헐, 어쩌지?'

술을 마셔왔던 수많은 날 중에 주사라고는 썸 타던 선배가 바람둥이라는 걸 알고, 찾아가서 나쁜 놈이라고 삿대질을 한 게 다다. 과거의 그 주사를 돌이켜 볼 때, 아무래도 예전 일을 꺼내며 나쁜 놈이라고 동석에게 삿대질을 하고 복수하겠다고 이를 간 건 아닌지.

하지만 모르는 척 더 강하게 잡아떼려 하는데.

"너 술 취하면 그렇게 아무 남자한테 고백해?"

뭣이! 고, 고백? 그 불길한 예감은 그저 예감으로 끝나는 게 아니었구나.

결국 그에게 흔들린 그녀의 마음을 그에게 털어놓았다는 사실에 윤희는 아연실색하고 말았다.

"아니면 취기를 핑계로 나한테 은밀하게 고백해 온 건가? 진실이 뭐야?"

진실은 취기를 빙자한 고백이 아니라 그녀의 진심을 쏟아냈다는 것이다. 하지만 죽으면 죽었지 그 진실을 밝힐 수는 없다. 차라리 아무 남자에게 고백하는 진상녀가 될지라도.

"가끔…… 내가 술이 과하면 괜히 기분도 과해져서 막 장난으로 그런 쓸데없는 고백할 때도 있어. 그게 꼭 어제 너한테만 그런

건 아니야.”

그녀의 말을 믿지 못하겠다는 듯 동석에게서 비틀어진 미소가 흘러나왔다.

“다행이네. 진심인 줄 알고 괜히 겁먹었는데.”

말은 그렇게 해도 입가에 머물러 있는 미소는 여전히 묘했고 그녀를 바라보는 시선도 예전과 달랐다. 아주 음흉한 속뜻이 있는 것 같은데도 윤희는 아무것도 묻지 못하고 그저 그의 시선을 받아낼 뿐이었다.

“그럼 난 나가서 대기실 청소라도 할게.”

동석이 진료실 밖으로 나가자 윤희는 의자에서 축 늘어졌다. 자신도 모르게 동석과 있는 순간 잔뜩 긴장을 하고 있었던 모양이다. 기운이 다 빠져나간 느낌이다.

‘앞으로 재를 어떻게 대해야 하지? 이대로 그냥 넘어간 건가? 더 이상 어제 일 가지고 물고 늘어지는 건 아니겠지? 아이고, 술이 웬수다. 복수는 개뿔!’

더 이상의 망신살이 뻗치지 않은 게 다행이라고 생각할 때였다.

“안녕하셨어요, 누나?”

우렁찬 진성의 목소리가 들려왔다.

“어? 쌤! 왜 여기 계세요?”

“내 친구한테 놀러 왔다. 왜? 넌 왜 왔어? 놀러 오더라도 진료 시간을 피해서 와야 할 거 아니야?”

"아파서 온 건데요? 여기 소아청소년과잖아요. 저 아직 청소년 이라 온 건데 왜요? 누나 접수해 주세요."

"종례 때까지 멀쩡하던 녀석이 어디가 아프다는 거야?"

"그건 우리 원장 쌤한테만 말할 거예요. 쌤은 의사가 아니니까 좀 빠져주시죠?"

진성에게 동석이 당하는 것 같은 대화에 윤희가 피식 웃었다.

"쌤, 안녕하셨습니까?"

접수를 하고 진료실로 들어오는 진성은 진료가 필요 없을 만큼 혈색도 좋았고 표정도 좋았다. 오히려 흔한 고2 남학생답게 넘치 는 혈기가 눈에 보일 정도다.

"이 군, 어디가 아프신데?"

윤희가 청진기를 목에 걸고 진료 준비를 하며 묻자 진성이 맞은 편 보조 의자에 앉으며 대답했다.

"소화가 안 되는 것 같아요. 배에서 꾸룩꾸룩 이상한 소리도 나 요."

"통증이 있는 건 아니고?"

"네."

"돌도 씹어 먹을 나이에 소화가 왜 안 되는 건데? 어디 보자."

윤희가 청진기를 티셔츠 안으로 넣으려는데 진성이 갑자기 티 셔츠를 확 올렸다. 생각지 못한 행동에 윤희가 흠칫 놀랐다.

"어때요, 쌤? 식스팩 죽이죠?"

진성이 대단한 자랑거리를 내놓듯 가슴을 더 앞으로 쭉 내밀었다.

"티셔츠 내려라."

"만져 보셔도 돼요."

"내리라고."

위협적으로 보일 만큼 윤희가 정색을 하고 말하자 그때서야 진성이 그녀의 눈치를 살피며 티셔츠를 내렸다.

청진기로 진찰을 한 윤희가 더욱더 매서워진 눈빛과 목소리로 물었다.

"너 진짜 아픈 거 맞아? 아무 이상 없는데?"

"…… 배 아프지…… 않아요."

"가!"

"……네. 안녕히 계세요. 다음에 또 올게요."

"오지 마!"

죄지은 것처럼 힘없이 일어서더니 갑자기 소리를 버럭 질렀다.

"싸랑해요, 쌤."

손가락 하트를 내보이는 것도 모자라 윤희에 윙크까지 보인 넉살을 떤 후 진료실 밖으로 도망치듯 뛰쳐나갔다.

대기실에서 책 정리를 하고 있던 동석이 후다닥 급하게 병원을 나가는 진성의 모습을 보고 진료실로 들어왔다. 동석의 눈에 윤희의 표정이 왠지 멍해 보였다.

"무슨 일 있어? 진성이 왜 저래? 못된 장난이라도 친 거야?"

"아무것도 아니야."

"저 녀석 아프다는 거 거짓말이었지?"

"응."

진지하게 묻는 그에 비해 윤희는 건성으로 대답했다.

"도윤희. 제대로 말해. 혼날 짓을 했으면 혼나야 하는 거야. 감싸지 말고, 말해. 너한테 무슨 짓 하고 간 거야?"

"빨래판 같은 복근 보여주더라."

"뭐? 뭘 보여줘?"

"복근! 식스팩! 열여덟 살도 남자라고……. 그런데 진성이 재 복근이 진짜 장난 아니더라."

그렇게 말하는 윤희의 시선이 동석의 복부 근처에 머물렀다. 그리고는 무엇을 상상하는 것인지 약간은 한심한 눈빛으로 그를 보았다. 마치 어린 제자만도 못한 놈이라고 그를 놀리는 것 같은 시선으로 느껴졌다.

"야! 너, 뭐, 의사라고 막, 미성년자 배 까서 복근 보고 그래도 돼? 너 그러다 아청법에 걸려, 인마!"

"아청법이 뭔지나 알고 그런 말해. 누가 보면 내가 진성이를 추행이라도 한 줄 알겠다? 괜히 시비야? 너는 없는 복근, 진성이는 있어서 샘나?"

"나도……."

그 순간 병원으로 유모차를 끈 젊은 엄마가 들어왔다.

동석은 자신을 복근이 없어 제자에게 질투나 하는 그런 찌질한 남자로 몰아붙인 윤희에게 화가 났다. 하지만 은실도 있고 진료할 환아가 온 상태에서 윤희와 말싸움을 계속할 수는 없었다. 험악하게 변해가던 표정을 바꾸고 아이 엄마에게 웃어준 후 대기실로 나와 하다 만 책 정리를 끝냈다.

"간다."

"벌써 가게? 저녁이라도 먹고 갈래?"

"학교에 돌아가서 처리해야 할 업무들이 많아."

"교사도 야근해?"

"교사도 월급쟁이니까. 애들만 가리키는 게 아니라 위에 올려야 할 서류 업무들이 얼마나 많은데. 간다. 그리고 너 어디 가서 술 세다고 자랑하면서 마시지 마라. 취하니까 완전 꼴불견이더라."

등 뒤로 윤희의 구시렁거리는 소리가 들려왔지만 동석은 그대로 병원을 나왔다.

'뭐야? 연하 취향이야? 거기다가 은근 밝히나 봐? 어리고 째끈 어쩌구 그러더니, 어린 놈 복근에 넋이나 빼고. 쯧쯧.'

괜히 윤희가 못마땅해서 인상이 써졌다.

어젯밤 취중에 한 말이 생각할수록 괘씸해서 자신을 향해 고백을 했다고 거짓을 말해봤다. 그런데 흔한 술버릇이라며 넘기는 것이 아닌가. 분명한 것은 그녀에 대해 혼란스러운 그와 다르게 윤희는 그에 대해 너무 담백하다는 것이다.

'아니야. 내 감정도 담백해. 그냥 잠깐…… 친구의 편안함을 착각한 걸 거야. 아무리 생각해도 내가 도윤희를 좋아할 이유가 없잖아!'

학교로 돌아온 동석은 윤희에 대한 생각을 털어버리고 밀린 업무에 집중했다. 하지만 일을 끝내고 집으로 돌아와 그녀를 떠올린 건 샤워하기 위해 욕실에 들어갔을 때였다.

거울에 비친 자신의 모습에서도 빨래판 같은 복근이 보였다.

"애송이 것하고 비교가 안 되는 거지, 암. 도윤희 네가 이걸 봤으면 뒤로 넘어갔을 것이다."

뿌듯한 미소를 지으며 복근의 힘을 자랑하려는 듯 힘껏 탁탁 쳤다.

"내가 밀릴 게 없어서 제자한테 이런 게 밀리겠냐, 도윤희?"

하지만 그 미소는 이내 사라졌다. 그리고 거울 속 자신을 한심하게 바라보았다.

'내가 왜 이러지? 진짜 벌 받는 건가? 벌 받기…… 싫은데……'

❖

무임금 알바라고 하더니 그날 하루 오고 동석이 오지 않고 있다. 중간고사 준비로 인해 바쁘다는 게 이유였다.

취중 실언한 사건 때문에 윤희는 오히려 그가 오지 않는 것이 편했다. 그리고 동석을 앞세워 환자를 늘려보려던 얄팍한 수가 너무 터무니없고 원대한 착각이었다는 걸 깨달았다.

'내가 너무 눈앞에 것만 생각했던 거지. 최동석이 여기 두세 시간 붙어 있다고 뭐가 그렇게 달라진다고. 에휴, 괜히 엮여서 감정만 혼란스러워지고.'

제 무덤을 팠다는 후회에 한숨을 내쉬었지만 윤희는 마음을 다 잡았다.

'열심히 살자. 그냥 열심히. 그러다 보면 언젠가 신이 알아주실 날 오겠지.'

그렇게 자신의 마음을 억지로 잡았지만 거의 매일 그녀 앞에 보였던 동석이 나타나지 않자 심심하고 허전했다.

'최동석에 대한 내 마음도 정리해야 하는데……. 서진이 얘는 연하를 소개시켜 준다더니 어떻게 된 거야? 왜 소식이 없어?'

휴대폰으로 서진에게 전화를 걸었다.

"통화 가능해?"

[어. 그렇지 않아도 전화하려고 했는데. 어떻게 됐어, 그 잘생긴 네 동창하고는?]

"내가 주사를 부리긴 했는데, 어쨌든 결론은 잘 넘어갔다는 거고, 복수도 물 건너 보냈고, 이젠 나도 연애를 좀 해보려고 한다. 그래서 하는 말인데 너 그 남자 언제 소개시켜 줄 거야?"

[그날 네가 술 취해서 잘 기억을 못하고 있는 것 같아 확인시켜 주는데. 걔는 딱 연애 상대야. 결혼 상대 아니야. 그냥 정말 연애 상대. 그래도 만나볼 거야?]

"그러니까. 내가 연애를 하려고 하는 거지, 결혼을 할 건 아니니까 소개시켜 달라는 거 아니니?"

[좋아. 약속 잡아볼게.]

서진과 통화를 끝내고 있을 때, 밖에서 동석의 목소리가 들리더니 진료실 문이 열렸다. 그의 손에는 커피와 베이커리 봉투가 들려 있었다.

"어? 시험 때문에 당분간 못 온다더니?"

"회의 중에 쌤들하고 먹을 간식 사러 나왔어. 사다리 타기 해서 심부름 당첨돼서. 샌드위치하고 커피 사가는 길에 네 것하고 은실 씨 것도 샀다."

동석이 그녀의 책상 위에 커피와 샌드위치를 놓아주는데 윤희의 휴대폰이 울렸다.

"어? ……약속 잡았다고? 언제? ……나 거기 알아."

소개팅을 위한 날짜와 장소를 윤희는 책상에 있는 메모지에 받아 적었다.

"알았어, 나도 맘먹고 귀여운 척하면 봐줄 만해. 잘할 테니까,

걱정 붙들어 매.”

통화를 끝낸 후 동석이 사온 간식에 고맙다는 말을 꺼내려는데 그가 못마땅한 표정으로 바라보고 있었다.

“맘먹고 귀여운 척해야 할 일이 뭔데?”

게다가 간식을 사온 기특한 행동과 다르게 묻는 말투가 상당히 까칠했다.

“소개팅.”

“그 어리고 쌔끈하다는 어린놈하고? 그것도 호텔에서? 선도 아닌데?”

“헐, 내가 그 말도 했니?”

“그래. 너 나 좋다고 고백하고 그놈하고 소개팅 절대 안 하겠다고 다짐했으니까, 나가지 마라.”

도대체 저 인간한테 무엇을, 어디까지, 어떻게 털어놓은 것인가.

잊을 만하면 떠오르는 그날의 악몽으로 인해 윤희의 표정도 일그러져 갔다.

“괜히 사 왔어.”

윤희는 따지지도 못하고 투덜거리며 나가는 동석의 등을 어이없는 시선으로 바라볼 뿐이었다.

‘자기가 뭔데 나가라 마라야? 정말 좋아하는 것같이 왜 저래?’

술 취한 그녀에게 두말없이 달려온 동석이 자신을 좋아할 확률이 있다는 서진의 말이 떠올랐다. 지금 그의 행동은 그 말을 의심

없이 받아들이기에 충분하다. 자신을 향한 동석의 마음이 어떤 것인지 더 깊게 생각해 보려 할 때, 밖에서 '꺅!' 하는 여학생들의 비명이 들렸다. 마치 아이돌을 본 것 같은 열렬한 반응과 똑같은 소리였다.

"우와, 쌤!"

"꺄악! 쌤! 왜 여기 계세요?"

"어디 아프세요? 그런데 왜 소아과에 오셨어요?"

"남자는 죽어서도 철이 안 든다고 우리 엄마가 그러던데 그래서 소아과 오신 건가?"

"저 여기에 올 줄 어떻게 아셨어요? 이건 빼박 인연이에요, 쌤!"

까르르 웃은 여학생들 웃음소리에 은실이 한마디 했다.

"학생들! 조용. 진료 볼 사람 누군데?"

"저요. 그런데 쌤, 진짜로 왜 여기 계세요?"

"친구 만나러 왔어."

감탄사를 내뱉는 것처럼 여학생들이 동시에 '아!'를 외쳤다. 그리고 잠시 조용해졌던 대기실이 다시 소란스러워졌다 그러자 은실이 다시 나서는 목소리가 들려왔다.

"애들아, 좀 조용히 하자. 자, 고혜진? 진료받을 혜진이는 여기에 인적사항 먼저 적고, 나머지는 저기 대기실 의자에 조용히 앉자."

"네."

전쟁 중에 평화가 찾아온 것처럼 밖이 조용해졌고 진료실로 교복을 입은 여학생이 들어왔다. 길거리에서 흔하게 마주치는 무대 화장 같은 풀메이크업에 고대로 머리에 힘을 준 것도 모자라 앞머리에 헤어롤을 말고 있었다.

귀엽기도 하고 볼썽사납기도 했지만 윤희는 미소를 보이며 인사를 먼저 건넸다.

"어서 와, 어디가 불편해서 온 거니?"

그러나 고혜진이라는 명찰을 달고 있는 여학생은 새침한 표정으로 윤희의 맞은편에 앉아 그녀를 따갑게 쳐다보기만 했다.

"어디가 불편하냐고 물었는데?"

윤희가 다시 한 번 상냥하게 물었다. 그런데 이번에도 눈을 깜빡거리며 윤희의 머리부터 발끝까지 한 번 주욱 훑어보는 것이 아닌가.

"혜진아. 대답을 해줘야 진료를 하지?"

교복에 붙어 있는 명찰을 보며 여학생의 이름을 불러 재촉했다.

"우림 쌤하고 친구세요?"

"우리 쌤? 최동석 쌤?"

"네."

"응. 친구 맞아. 왜?"

"그냥 여사친, 남사친인 거죠?"

혜진은 몸이 불편해서 진료를 받으러 온 게 아니라 윤희를 취조

하러 온 것 같은 태도였다. 어린 학생의 깜찍한 행동이라고 보기에 그 표정과 말투가 너무도 진지했다. 마치 애인을 사수하러 온 성숙한 여인이라고 해도 과언이 아닐 정도였다.

"혜진이는 진료를 받으러 온 거 아닌가? 그럼 내 질문에 대답을 하고 진료부터 받는 게 순서인 것 같은데? 다시 한 번 물을게. 어디가 불편한데?"

바로 대답을 하지 않고 계속 윤희를 쏘아보던 혜진이 억지로 입을 여는 것처럼 대답했다.

"목이 아파서요."

"아, 벌려볼까?"

윤희가 압설자로 혜진의 혀를 누르고 인두 쪽을 살피려 하는데 혜진이 머리를 뒤로 뺐다. 진료에 협조하지 않는 혜진을 향해 윤희가 인상을 썼다.

"왜 그래?"

"아니요. 그거…… 소독 제대로 된 거 맞아요?"

윤희의 손에 들고 있는 압설자를 턱으로 가리키며 병원의 위생을 못 믿겠다는 듯한 질문을 던졌다.

레지던트 시절, 질풍노도의 사춘기 소년, 소녀들을 여러 번 대해봤다. 괜한 객기로 의사를 이겨먹으려는 막된 아이들을 겪어본 결과, 그보다 더한 객기로 그들의 기를 제압하거나, 아니면 철저하게 그들의 객기를 따뜻하게 받아들여 주거나, 둘 중에 하나의 방법을 써야 한다.

지금의 경우, 저 불손한 기를 꺾어야 하는 상황임을 안 윤희가 혜진을 무섭게 쏘아보며 매몰차게 물었다.

"제대로 소독된 거 맞아. 믿지 못하겠으면 그냥 돌아가든지."

"아, 아니요."

혜진을 그때서야 얌전히 진료를 받았다.

"목이 부었네. 따뜻한 물 많이 마시고, 목을 좀 따뜻하게 해주고. 약은 이틀 치 처방해 줄 테니까 잘 챙겨 먹고. 이틀 후에 다시 한 번 보자."

혜진이 일어서서 나가려가 말고 윤희를 쏘아보았다.

"최동석 쌤은…… 제 거예요. 여사친도 허락 안 돼요."

그리고는 긴 머리를 휘날리며 쌩하니 나가려는 혜진을 불렀다.

"고혜진!"

"왜요?"

"너 말고 최동석 쌤을 좋아하는 다른 여학생은 없니?"

예상외의 질문에 당황한 것인지 아니면 질문의 의도를 알지 못해 헤매는 것인지 혜진이 머뭇거리며 대답을 하지 못했다.

"혹시 있으면, 둘이 싸우지는 마라. 특히 운동장에서. 그거 평생 굴욕의 흑역사가 되니까, 그러지 말라고. 나가봐."

"뭐래?"

금방 표정이 삐뚤어지더니 인사도 없이 고개를 획 돌리고는 밖으로 나갔다.

윤희에게 미소가 흘러나왔다. 교사가 돼서도 학생들에게 인기 많은 최동석을 두고 두 여학생이 예전처럼 운동장에서 난투극이 벌어지는 건 아닌지. 그 생각만으로 재미있어 웃음이 나려 했다. 하지만 이내 그 미소는 사라졌다.

'동석을 향한 감정을 정리하지 않았다가는 내가 저 열여덟 소녀하고 운동장에서 싸울지도 모를 일인데……'

동석이 자신을 좋아하든, 말든 헷갈리게 하는 것에 마음 쓰지 않기로 했다. 지금처럼 친구로 지내는 게 서로를 위해 가장 좋은 관계라는 결론을 내렸다.

시험 문제에 관한 회의가 마무리되기까지 오랜 시간 이어졌다. 모두가 몸을 비틀며 자리에서 일어설 때 동석의 대학 선배인 현표가 한잔하자는 제의를 했다.

모두가 좋다고 동의를 했다. 심신이 피곤했지만 학교에서 좀 떨어진 곳에 있는 술집으로 향했다. 자칫 학교 근처에서 마셨다가는 학부모들과 마주치는 애매모호하고 불편한 상황을 초래할 수 있다. 때문에 힘들더라도 학교에서 거리가 있는 술집에 자리를 잡고 앉았다.

첫 잔을 비울 때만 하더라도 시험과 학생, 입시, 각박한 교육 현실에 관한 이야기로 심각했다. 하지만 각자 앞에 놓인 술잔이 여러 번 비워지는 동안 어느새 대화의 주제는 사랑과 연애와 결혼에 관한 것으로 바뀌어져 있었다.

그중 결혼 10년 차 된 현표가 자신의 연애담을 털어놓았다.

"그냥 동료 교사였지. 사귀는 건 아니었고 그냥 썸만 타는 정도? 그런데 갑자기 선을 본다는 거야. 그때, 아차 싶은 게 다른 놈이 이 여자를 데리고 간다고 생각하니까, 눈이 휙 돌아가더라고. 그래서 다 생략하고 결혼하자고 했지."

"인연인 거예요. 안 그러면 잘 가라, 하고 보내줬겠죠."

그 사연을 듣는 순간 동석은 윤희가 떠올랐다.

오늘 그녀는 소개팅 날짜를 잡았다. 그 통화 내용을 옆에서 들으면서 현표의 말대로 눈이 돌아가는 것 같은 느낌은 아니었지만 좋았던 기분이 확 틀어졌다. 하지만 그걸로 그녀를 좋아한다고 단정 지을 수는 없었다.

"아주 단순한 질투일 수도 있었잖습니까?"

분위기를 깨는 것 같은 동석의 질문에 모두의 시선이 그에게 쏠렸다. 그를 한심하게 바라보던 결혼 7년 차 여교사가 물었다.

"우리 최 선생님이 왜 아직 싱글인가 했더니, 이유가 있었네요? 최 선생님, 우리 학교 유일한 싱글녀인 수학과 길혜정 선생님이 선본다고 하면 질투 나요?"

"무슨 그런 말씀을……?"

"거봐요. 질투는 아무한테나 느끼는 게 아니라고요. 좋아하는 감정이 요만큼도 없는데 질투가 느껴지겠어요?”

“별 감정이 없는데도 질투가 느껴지는 건 뭐죠? 그건 어떤 관계일까요?”

“둘 중에 하나겠죠? 감정을 인정하지 않는 거거나 진짜 질투가 아니거나.”

동석은 그 대답이 틀렸다고 생각했다. 그는 윤희에 대한 감정을 인정하지 않는 것이 아니다. 그냥 헷갈리고 혼란스럽다고 인정한 상태다. 그런데 그녀가 남자를 만나는 건 기분이 몹시 나쁘다. 질투라고 해도 과언이 아닐 정도로.

그럼 도대체 도윤희에 대한 감정은 뭐란 말이냐?

회식 장소에서 자신의 복잡한 심경에 너무 과하게 집중하는 것 같아 윤희에 대한 생각을 지우려는데.

“그런데도 그 관계가 어떤 건지 모르겠다? 그럼 사랑이나 연애를 한 번도 해보지 않은 멍청이가 아닐까요?”

마치 동석의 가슴에 비수를 꽂는 것 같은 답이 들려왔다.

사랑이나 연애를 한 번도 해본 적 없는 멍청이?!

동석은 사랑이나 연애를 진지하게 해본 적이 없다. 그걸 콕 집어내고 있으니 비수가 꽂힌 느낌이 들 수밖에.

아무리 그래도 멍청이라니.

“설마 그거 최 선생님 얘기는 아닌 거죠? 질투는 느껴지는데 상대에 대한 감정이 별거 없다는 거.”

"당연히 아니죠."

그 이후로 마시는 술은 몹시도 썼다. 취하려고 마시는 술은 아니었지만 맨정신으로 집으로 돌아오는 마음 역시 씁쓸했다.

'만나도 하필 이날……'

영어 시험을 치른 날이다. 오늘부터 채점을 시작해서 일찍 끝내려 했는데 하필 오늘이 윤희의 소개팅 날이다.

동석이 인상을 잔뜩 쓴 채 에메랄드 호텔 라운지 카페를 둘러보며 자리에 앉았다.

오늘 그는 윤희에 대한 자신의 감정을 확인하기 위해 이곳에 나왔다.

그녀가 다른 남자와 소개팅하는 모습을 보고 눈이 돌아갈 만큼 화가 나면 깔끔하게 그녀를 좋아하는 걸로 인정하기로 했다. 하지만 이미 그는 눈이 돌아갈 만큼 계속 화가 나 있었고 불안했다.

자신의 집으로 인사가던 날처럼 화사하게 차려입은 그녀가 다른 남자와 마주 앉아 시시덕거리는 모습을 상상하는 것만으로 짜증이 치솟았다. 그 결과 오늘, 이곳으로 찾아오는 사달이 난 것이다.

그런데 윤희는커녕 소개팅을 위해 나와 있는 것 같은 남자의 모습도 보이지 않았다.

'오늘이 맞는데……. 장소도 여기가 맞고. 그사이 약속이 바뀌었나?'

그가 알고 있는 윤희의 약속 시간에서 10분이 지나고 20분이 지날 때까지도 윤희는 나타나지 않았다.

'이 녀석 눈치채고 다른 곳으로 바꾼 건 아니겠지?'

결국 기다리다 못한 동석이 윤희에게 전화를 걸어봤다.

[여보세요?]

심드렁하게 받는 그녀의 목소리가 들려왔다.

"어디야?"

[집인데?]

"왜 집에 있어? 너 오늘……."

자칫 소개팅하는 날이 아니냐는 말이 튀어나올 뻔했다. 하지만 동시에 잔뜩 긴장하고 불안했던 마음이 편안해짐을 느꼈다.

[나 오늘 뭐?]

"집 앞으로 갈게. 잠깐 보자."

[왜?]

"보고 싶어서."

동석이 종료 버튼을 눌렀다. 황당해할 그녀의 표정을 생각하자 피식 웃음이 새어 나왔다.

윤희에게 가는 길에 그는 자신에 대한 감정이 자연스럽게 정리되었다.

'이 정도면 좋아하는 거지. 더는 누구 말대로 사랑도 연애도 못해본 멍청이가 되지는 말자.'

윤희의 아파트 앞에 도착한 동석은 그녀를 불러냈다.

편한 트레이닝 차림으로 나온 윤희의 모습에 동석은 자신이 그녀를 왜 좋아하는지 이유를 알 수 있었다.

내숭을 떨지 않은 그녀의 솔직한 모습, 휴식을 느끼게 해주는 편안함, 그 나이의 여자들과 다르게 순수하다는 것이 그녀의 매력이고, 그 매력에 마음을 빼앗겼다는 걸 알았다. 콩깍지가 씐 게 아니라 색안경이 벗겨져 그녀를 제대로 보는 느낌이어서, 있는 그대로의 그녀가 더욱 예뻐 보이고 사랑스러웠다.

"이 밤에 왜 불러내는 건데?"

"윤희야, 사귀자."

동석의 돌직구에 놀란 윤희가 눈을 깜빡이며 그를 멍하니 바라보았다.

"너 지금 뭐라고 했니? 술 취했니? 아니면 약 먹었어?"

"아니. 말짱해."

"안 말짱한 것 같은데? 살짝, 아니, 많이 맛이 간 것 같아."

"네가 나 좋아한다고 고백했잖아. 그 고백에 대한 내 대답이야. 사귀자고."

"그, 그건……. 그러니까 말이지……."

아직도 속고 있는 그녀가 귀여워 일부러 더 놀리고 싶어졌다.

"술 마시면 기분이 업돼서 아무한테나 고백하는 거라고 속일 생각하지 마. 너 그날 나한테 사랑한다고 하면서 키스하자고도 했거든."

"말도 안 돼! 너야말로 날 속이지 마라. 내가 아무리 취해도……."

"블랙박스에 녹음된 네 목소리 들려줘?"

에라, 모르겠다, 하는 마음으로 던진 말이었는데 윤희의 얼굴이 하얗게 질렸다. 생각 없이 던진 미끼에 제대로 낚인 모습이었다.

동석은 혹시라도 그녀가 그러자는 말을 할까 봐 얼른 말을 돌렸다.

"오늘부터 1일이다. 키스는 2일인 내일 하자. 확실하게 사귄다는 의미로 도장을 찍듯 서로의 입술에 입술을 찍는 것도 괜찮을 테니까."

키스하자는 말에 놀랄 만도 한데 동석이 정신없이 휘몰아 붙인 지금의 상황을 받아들이기 힘든 것인지 윤희는 큰 한숨을 내쉬었다.

"아, 그리고 제일 중요한 거! 소개팅 안 된다!"

"동석아……."

"피곤해 보이는데 들어가 쉬어라. 현관 앞까지 데려다줄까?"

"아니. 내가 지금 뭐에 홀린 것 같아서 어떻게 해야 될지 모르겠거든! 내일 정신 좀 챙기고 얘기하자. 올라갈게.”

윤희가 차에서 내렸다. 그러자 동석도 따라내려 그녀에게 다가가려는데.

“따라오지 마. 너 빨리 가.”

“그래, 알았어. 조심해서 올라가.”

고백을 들은 여자의 뒷모습답지 않게 축 처진 어깨와 힘없는 발걸음으로 그녀가 엘리베이터까지 걸어갔다. 끝까지 바라보는 동석을 뒤돌아보지 않은 채 엘리베이터에 올랐고, 그녀가 보이지 않게 되자 그때서야 동석은 차에 올랐다.

완강하게 거부하지 않고 버벅거리는 모습에서 자신을 향한 그녀의 마음을 어느 정도 읽을 수 있었다.

“딱 걸렸어, 도윤희. 너도 내가 마음에 있는 거야. 쉽게 가자, 윤희야.”

옛말에 마른 장작이 잘 탄다고 했다. 바짝 말라비틀어진 연애세포에 불이 제대로 붙었는지 윤희를 향한 동석의 마음이 순식간에 타들어갔다.

집으로 들어오자마자 냉수부터 들이켠 윤희는 방금 벌어진 일이 실제 상황인지 아직도 얼떨떨하다.

“최동석이 나한테…… 사귀자고 했어. 이거 실화지?”

18세 청춘에 짝사랑했고, 한때는 원수처럼 미워했지만 지금 또

다시 그녀의 마음을 살랑살랑 흔드는 최동석이 사귀자고 한다. 기뻐할 일인데 왜 이렇게 기쁘게 받아들여지지 않는 것인지.

어릴 때 받은 상처를 다시 받을까 두려운 것인지, 그의 마음이 의심되는 것인지.

윤희는 동석의 마음을 쉽게 받아들이지 못했다. 무엇보다 갑자기 사귀자고 하는 게 이해가 되지 않았다. 생각해 보니 그럴 만한 계기나 이유를 그는 말해주지 않았다. 그저 그녀가 취중 고백에 대한 대답이라고만 했을 뿐.

윤희는 동석에게 전화를 걸었다.

[어? 윤희야.]

"다시 좀 만나자."

[피곤하다더니?]

"그게 문제가 아니야. 중간에서 만날까?"

[아니, 내가 갈게. 전화하면 내려와.]

윤희는 그의 표정과 시선을 보며 듣고 싶었다. 그가 그녀를 좋아하는 이유를. 눈빛을 보면 그게 장난인지, 진심인지, 알아챌 수 있을 거라 생각했다.

'장난이면 최동석, 너 죽었어.'

초조하게 그를 기다린 지 얼마 되지 않아 도착했다는 메시지가 들어왔다. 윤희는 후다닥 내려가 그의 차에 올랐다.

"어디 카페라도 들어갈까?"

"아니, 됐어. 여기서도 충분해. 이유가 뭐야?"

"이유?"

"나하고 사귀자는 이유가 뭐냐고?"

"사귀자는데 이유가 뭐있어. 그냥 네가 좋으니까."

"말도 안 되는 소리 하지 말고! 솔직하게 털어놔. 갑자기 왜 이러는 건데?"

"네가 편해. 꾸미지 않는 순수함이 좋고. 솔직하게 털어놓으라고 해서 하는 말인데, 너처럼 만났을 때 편하고, 즐겁고, 떨어져 있으면 보고 싶고, 그런 여자는 네가 처음이거든."

이 오글거리는 말을 믿어야 하나. 거기에 남자들의 흔한 작업 멘트, 네가 처음이라는 그 말까지.

그의 눈을 보면 알 수 있을 거라는 예상과 달리 윤희는 그가 하는 말에 확신이 없었다. 모든 게 그저 의아스럽고 미심쩍을 뿐이었다. 대신 그녀는 그의 마음을 의심할 수밖에 없는, 장난이라고밖에 여길 수 없는 진짜 그녀의 궁금증을 꺼냈다.

"너, 내가…… 고딩 때처럼 지금도 뚱뚱해 있었다면 그런 마음이 들었을까?"

"당연하지. 난 네 겉모습 보고 좋아하는 게 아니니까."

일말의 망설임도 없는 동석의 대답. 하지만 그것만으로도 윤희는 확신에 차지 않았다.

"만일 김지우가 나타난다고 해도 그 대답 똑같을까?"

"너 지금 내 인격을 뭘로 보고 그런 질문을 하는 거야? 그때는 내가 덜 성숙한, 열여덟 고2였고, 지금은 완성된 인격의 서른두 살의 남자다. 김지우가 아닌 그 누가 와도 내 대답은 똑같아."

윤희는 지우에 대한 피해 의식을 가지고 있는 것 같은 질문을 한 것에 후회를 하는 중이었다. 그런데 방금 전보다 더 단호하게 대답하는 동석의 모습에서 그를 향해 있던 의심과 불신이 사라져 갔다. 그럼에도 고등학교 때 받은 상처가 떠올라 마음을 놓을 수는 없었다.

"윤희야, 네가 뭘 걱정하는지 대충 알겠어. 갑자기 이러는 내 마음이 진심인지, 아닌지 아리송하겠지. 하지만 단언컨대 순간적인 감정도 아니고, 생각 없이 저지르는 장난도 아니야. 나름 진지하게 고민했고 확실하게 얻은 답이야."

동석이 부드럽고 다정한 목소리로 말을 했다.

감미롭게 들리는 목소리, 그리고 진지한 표정, 그 순간 윤희에게 있어 동석은 만만한 동창 녀석이 아니라 그녀의 마음을 설레게 하는 남자친구의 느낌으로 다가왔다. 그동안 그를 향해 단순하게 설레고 떨리는 느낌과는 다른 것이었다. 윤희는 막연한 짝사랑의 설렘과 연애로 인한 설렘은 확연히 다르다는 걸 느꼈다.

연애 초보인 그녀지만 자신이 지금 느끼고 있는 이 알 수 없는 감정이 연애로 인한 것이라는 건 알아챌 수 있었다.

"그러니 망설이지 마. 오늘부터 우리 1일 하자고. 아니지. 12시가 넘었으니 2일이네? …… 2일!"

"아주 네 멋대로 북 치고, 장구 치고 다…… 흡."

그래도 한 번은 튕겨보고 싶어서 뻗대보려고 하는데 그가 입술을 포개왔다.

정확하게 맞물린 입술 사이로 틈이 벌어지는가 싶더니 다시 맞물리며 동석의 입술이 열리고 혀가 그녀의 입술 사이를 파고들었다.

놀라고 당황스러우면서도 연애 본능에 의한 반응인지 윤희의 입술도 서서히 벌어지며 깊은 키스로 이어졌다.

'어떡해? 이래도 되는 거야? 그런데 뭐가 이렇게 달콤해?'

맛있는 사탕을 입에 넣고 빨아 먹고 있는 느낌, 그것과 같았다. 입술끼리 마주치고 타액이 섞이면서 나는, 아주 여리게 '쯥쯥' 거리는 소리까지 그녀를 몽롱하게 만들었다. 지금 이 순간, 이 느낌을 사라지게 하고 싶지 않을 만큼 동석와 첫 키스가 짜릿하기만 했다.

그러나 윤희가 먼저 그를 살짝 밀어내고 입술을 뗐다. 그렇지 않으면 그녀가 계속 매달릴 것 같은 기분이다.

"도, 동석아……."

"내가 여기에 내 여자라고 확실하게 찍어놨어. 딴소리할 생각하지 마."

그가 그녀의 입술에 다시 한 번 가볍게 입 맞췄다.

"현관 앞까지 데려다줄게."

동석이 차에서 내렸고 그를 따라 윤희도 내렸다.

"그냥 가. 혼자 올라갈 수 있어."

"그럼 엘리베이터 타는 데까지만."

동석이 자연스럽게 윤희의 손을 잡고 엘리베이터 앞으로 데리고 갔다.

"몇 층이야?"

"9층."

"잘 자고, 내일 출근 잘하고."

동석이 그녀의 머리를 쓰다듬었고 윤희가 고개를 끄덕거렸다.

엘리베이터에 오르자 동석이 손을 뻗어 그녀 대신 9층을 눌러주었다. 문이 닫히고 올라가려는데 다시 문이 열렸다.

"……?"

"내일 딴소리하지 마."

다시 문이 스르르 닫혔다. 그런데 또다시 열리며 동석의 얼굴이 보였다.

"한마디만 해주고 가."

"……?"

"남친이 최동석이어서 좋다고."

그걸 어떻게 얼굴 맞대고 할 수 있을까. 키스의 여운이 아직도 남아 있어 심장이 두근거리고 그의 얼굴 보기 조금 민망한데.

"됐어. 얼른 가기나 해."

윤희가 닫힘 버튼을 눌러 버렸다. 하지만 다시 열리는 문.

"안 하면 집까지 따라 들어간다?"

동석이 안으로 들어오려 하자 윤희가 그를 밖으로 떠밀었다.

"알았어, 알았어. 남친이 너여서 좋아. 됐지?"

동석이 헤헤거리며 손을 들어서 인사를 하는 모습이 문이 닫히면서 사라졌다.

'설마 또 여는 거 아니지?'

하지만 듣고 싶은 말을 들어서인지 엘리베이터가 그대로 올라갔다. 벽에 붙어 있는 거울 속에 상기되어 있는 자신의 얼굴이 보였다.

'내가…… 동석이하고…… 키스를 했어.'

부끄러움에 뺨이 붉어졌다. 나이 서른 넘어 키스 한 번 했다고 몸을 배배 꼬고 얼굴 붉어지는 모양새가 스스로 생각해도 우습고 한심했다. 하지만 연애다운 연애를 동석과 시작한다는 것에 행복한 마음을 숨길 수는 없었다.

'장난이 아니라잖아. 심각하게 고민했다잖아. 그럼 된 거지. 그 녀석 말대로 열여덟 미성숙한 사춘기 소년, 소년도 아니고 감정에 책임질 수 있는 서른둘에 성숙한 남녀가 만나 연애를 하는 건데……. 고민과 걱정과 의심은 그만하자꾸나, 도윤희.'

윤희는 집으로 들어와 자신의 마음을 정리했다. 동석의 마음을 진심으로 받아들이고 그를 향한 자신의 마음을 인정하고 그와 연애하기로.

7. 이제 내 남자거든!

영어 과목 시험이 끝났다. 어제부터 했어야 할 채점이 하루 밀렸다. 그렇기에 오늘부터 미리미리 채점에 들어가야 성적 처리까지 야근 없이 끝낼 수 있다.

여태껏 그는 그렇게 해왔다. 시간 나는 대로 채점을 해왔고 그래서 채점으로 인한 야근은 없었다. 채점하는 것에 부담감이나 조급함도 없었다. 항상 다른 기혼의 교사들과 다르게 채점을 학교에서 끝냈던 동석이다. 그런데 지금은 학교에서 늦게까지 채점을 해야 하는 것은 물론이고 집으로까지 가져가는 상황이 발생했다.

쉬는 시간이면 아이들의 답안지보다는 윤희가 눈앞에 아른거렸고, 방과 후 그녀의 병원에 들러 커피 한 잔이라도 사주고, 얼굴

한 번 보고 와야 마음이 편했다.

채점해야 할 답안지가 옆에 산더미처럼 쌓여 있어도 모든 일상이 윤희를 중심으로 흘러갔다.

하지만 그런 일상이 싫지는 않았다. 일이 밀려 괴로운 것보다 윤희를 보지 않는 것이 더 짜증스러웠고, 일이 줄어드는 기쁨보다 윤희와 함께 있는 것이 더 행복했기 때문에.

오늘도 서둘러 퇴근을 하고 차에 오르려는데 갑자기 혜진이 나타났다.

"쌤!"

"놀래라. 왜 집에 안 가고 이 시간까지 여기 있는 거야?"

"이거 드시라고요. 지금 당 떨어졌을 시간이잖아요."

혜진이 이번에 내민 것은 초콜릿이었다.

예전에는 명품 지갑, 넥타이 같은 것들을 가지고 왔었다. 모질게 혼내서 돌려보낸 후로는 거절하기 힘든 것을 가지고 온다. 예를 들어 얼마 전에 주었던 홍삼 엑기스 몇 개, 초콜릿 두세 봉지, 컵라면, 음료수 등등.

"그래, 고맙다. 오늘 영어 시험은 잘 봤어?"

"그럼요. 주관식 완전 다 채웠어요. 그래서 드리는 말씀인데요. 오늘 저하고 저녁 같이 드실래요? 쌤하고 데이트하고 싶은데."

혜진의 당돌함에 동석이 무섭게 인상을 썼다. 아무리 사랑으로 품어야 하는 제자지만 학생답지 못한 저런 제자에 대해서는 사랑보다는 냉정함이 앞선다.

"선생님은 너희를 지도하는 교육자지, 함께 밥 먹고 데이트하는 사이가 아니야. 그리고 학생답지 못한 언행을 봐주는 데도 한계가 있고. 알았어? 고혜진."

"네."

"다음부터 조심해."

"네. 들어가세요."

혼이 났음에도 생각이 없는 것인지, 아니면 아예 영혼이 없는 것인지, 얼굴색 하나 변하지 않고 웃는 얼굴 그대로 인사를 하고 멀어져 갔다.

"쟤는 커서 뭐가 되려고……."

동석이 차에 올라 집으로 향하려다 윤희의 병원에 들렀다.

"벌써 퇴근한 거야? 부럽다."

윤희가 시험 기간이라 일찍 퇴근하는 동석과 다르게 7시까지 진료 시간을 지켜야 하는 자신의 처지가 심란했는지 입술이 삐죽 튀어나왔다.

"가서 할 일 많아. 이게 다 야근거리야."

동석이 자신의 가방을 보여준 후 작은 쇼핑백을 건넸다.

"뭔데? 어? 초콜릿이네? 이것도 오다 주웠어?"

"응."

"와! 나 이거 되게 좋아하는데. 아껴 먹어야겠다."

윤희가 귀한 선물을 챙기듯 서랍 속에 고이 넣었고, 그중 몇 개
는 꺼내서 책상 위에 올려놓았다. 둘이 함께 그 달콤한 초콜릿과
따뜻한 차 한잔을 마시며 날 좋은 봄날을 느끼고 싶었다. 하지만
퇴근한 그와 달리 윤희는 병원에서 꼼짝할 수 없는 처지니 아쉽지
만 동석은 집으로 가야 한다.

"난 가볼게."

"응."

"저녁 같이 먹자. 7시에 맞춰 올게."

"그래."

동석이 접수실을 슬쩍 쳐다보더니 은실이 다른 일에 집중하는
것을 확인하고는 재빠르게 입을 맞추었다.

"어우, 야."

"갈게."

윙크를 해 보이며 동석이 진료실을 나왔다. 그리고 근처 수입
과자 전문점에 들러 혜진이 주어서 윤희에게 건네주었던 그 초콜
릿을 한가득 구입했다.

'어린애처럼 초콜릿이나 좋아하고……. 난 이런 거 먹지 않아
도 요새 사는 게 달달하고 좋던데.'

동석의 표정은 자신이 좋아하는 초콜릿을 받은 어린아이와 같
았다.

병원 출입문이 벌컥 열리고 진성이 뛰어들어 왔다.

"쌤!"

윤희를 부르는 그 목소리가 어찌나 우렁찬지 대기실에 앉아 있는 아이들과 보호자들은 물론 접수실에 있던 은실마저 깜짝 놀랄 정도였다.

"누나, 쌤 지금 진료 중이에요?"

"진성아, 조용! 여기 병원이다."

은실이 몹시 흥분한 것 같은 진성을 진정시키려 했다. 그러자 진성이 목소리를 낮춰 다시 물었지만 격해 보이는 감정은 그대로였다.

"이번 진료 끝나려면 멀었어요?"

"아니. 곧 끝나. 왜?"

"아니에요."

싱글벙글 미소가 가시지 않는 진성이 의자에 앉지도 않고 선 채로 서성거렸다. 그러자 대기실에 앉아 있는 사람들이 못마땅하게 바라보았고 은실이 결국 따끔하게 한마디를 했다.

"진성아, 좀 앉아! 정신없어!"

"아니에요. 쌤한테 할 말만 딱 하고 가서 공부해야 해요."

"누가 가서 공부하지 말래? 원장님 진료 끝나는 동안 앉아 있으라고.”

그때, 진료 끝난 아이와 보호자가 원장실에서 나왔다. 은실이 프린터에서 나오는 처방전을 내주며 진료비 계산을 할 때, 진성이 허락도 없이 윤희에게 들어왔다.

“너 왜 왔어? 그리고 너 이렇게 진료실에 네 맘대로 막 들어오고 그러면…….”

“쌤, 저 영어 점수 25점이나 올랐어요!”

진성은 윤희가 의대 합격 소식을 들었을 때보다 더 감격에 겨운 모습이었다. 진료실에 허락도 없이 들어온 것은 혼날 일이었지만 그 모습이 귀엽기도 하고 25점이나 올린 것이 기특하기도 해서 녀석에게 반응을 해주었다.

“어이쿠, 잘했네. 그래서 몇 점인데?”

“63점이요!”

“어? ……유, 육십…… 삼?”

그런데 그때, 밖에서 어린아이의 목소리가 들려왔다.

“에게, 뭐야? 그럼 저번에는 38점이었나? 헤헤헤. 공부 되게 못하나 보다.”

그럼에도 진성은 아무 변화가 없었다.

“수학도 그 정도 오를 것 같아요. 잘했죠?”

“그, 그래. 자, 잘했네.”

“가볼게요. 내일 역사 보는데, 역사를 모르는 사람한테는 미래가 없다고 했어요! 제 미래를 위해서 역사 과목 빡세게 공부해야 해서 가볼게요. 시험 끝나고 봐요, 쌤. 안녕히 계세요!"

번개처럼 뛰어나가는 진성의 뒷모습을 보며 어이없는 미소를 흘리는데 은실이 킥킥거리며 진료실로 들어왔다.

"원장님, 쟤 진짜 웃겨요. 25점 올랐다고 해서 90점 넘게 받았나 했는데. 와! 저 점수를 저렇게 자랑스럽게 말할 수 있는 무모한 용기가 부럽네요."

"그러게."

"밖에서도 웃고 난리 났어요."

"그러니까. 부끄러움은 나의 몫이 되어버렸다. 아이씨."

"다음 아이 들여보낼까요?"

"응."

"지금 들어오는 아이 엄마가 제일 많이 웃었어요."

은실이 '태빈'이라는 아이의 이름을 불렀고 진료실로 5살 남자 아이와 보호자가 들어왔다.

윤희의 시선이 아이와 함께 들어오는 보호자에게 머물렀다. 그동안 보아왔던 흔한 아이 엄마들의 모습과 전혀 달랐다.

보통 엄마들은 아픈 아이를 데리고 오기에 편한 차림으로 온다. 후드티에 청바지, 운동화, 또는 스커트에 레깅스에 플랫슈즈, 좀 멋을 냈다 싶으면 세미 정장에 명품백을 들고 오는 경우도 종종 있다. 하지만 들어오면서부터 향수의 진한 꽃향기를 풍기면서 들어오는 아이 엄마는 없었다. 어디 그뿐인가. 향수에 걸맞은 진한 화장, 시스루룩의 레이스 원피스에 킬힐. 길거리에서도 시선을 사로잡는 모습이었다.

"태빈이? 태빈이는 어디가 안 좋은가요?"

모니터로 이름을 확인하고 진료를 하려는데 여자가 대답 대신 윤희를 빤히 쳐다보며 물었다.

"저기 도윤희 원장님?"

"네."

"혹시 운영고 졸업했나요?"

"……네, 그렇습니다만……."

"맞구나! 야! 나야, 나! 김지우. 어머, 어머. 이름 보고 딱 너일 거라고 생각했는데 또 얼굴 보니까 네가 아닌 것 같아서 물어본 거야. 너, 왜 이렇게 예뻐졌어? 너무 반가워, 윤희야."

김지우. 하필 그녀 앞에, 그것도 동석과 막 사귀기 시작한 이 시점에 나타난 동창이 지우라니.

하지만 지우는 이미 아이까지 있는 유부녀가 아닌가. 게다가 동석이 김지우가 나타난다고 해도 자신의 대답은 같다고 단호하게 말했었다. 그러니 불안할 이유가 없었다. 해서 윤희도 지우과 같이 약간은 호들갑스럽게 인사를 건넸다.

"어머. 지우야! 진짜 반갑다. 어떻게 우리 이렇게 만나니? 그동안 어떻게 지냈어? 내가 동창 모임에 나가지를 못해서……. 밴드 같은 것도 안 하고. 애들 소식을 전혀 모르거든."

"그래? 나도 호주에 있다가 들어온 지 얼마 안 됐어. 거기서 공부하고 사업하는 이모부 회사에서 일했거든."

"그렇구나? 근데 결혼은 언제 했길래 이렇게 귀여운 아들이 있어? 너무 잘생겼다. 너 하나도 안 닮은 거 보니까 아빠 닮았나 보네?"

"어머, 애 좀 봐. 내 아들 아니야! 조카야, 조카! 나 완전 솔로거든!"

"아, 그래……?"

갑자기 불안해지는 이유는 뭘까?

"우리 언니 아들. 넌? 넌 결혼했어?"

"나도 아직."

"그래? 잘됐다. 윤희야 저녁에 우리 만나자. 내가 한잔 살게. 진짜 오랜만에 동창 만나니까 너무 좋아서 그래. 응? 전화번호 뭐야?"

"일단 태빈이 진료부터 하자. 대기하고 있는 애들도 있으니까."

"어머, 미안. 내가 너무 흥분했나 봐."

그때서야 지우는 감기 기운이 있는 것 같다는 태빈의 상태를 이야기해 주었다.

윤희는 장염을 동반한 감기라며 처방전과 함께 주의 사항을 알려주었다.

“전화번호 줘. 저녁에 전화할게.”

“미안한데 지우야, 오늘은 약속이 있어. 내일 연락 줘.”

윤희가 그녀의 명함을 지우에게 건네주었다.

“데이트?”

“응.”

“오호! 같이 만나자고 하면 무례한 거겠지?”

당연하지!

“부럽다. 넌 데이트도 하고. 어쨌든 애인하고 스윗한 시간 보내고 내일 나하고 놀자. 오늘 반가웠고, 또 우리 태빈이 진료해 줘서 고맙고. 안녕.”

지우가 조카인 태빈을 데리고 나간 후에야 윤희의 호흡이 편해졌다.

지우와 거하게 싸운 것도 그렇지만 돌이켜 보면 지우는 동석의 고딩 시절 여자친구라고 할 수 있다. 그러니 지우와의 만남이 반갑기 이전에 껄끄러울 수밖에.

‘내일도 피하고 싶은데……. 그리고 분명 동석이 안부 물어볼 텐데.’

모른다고 말하고 싶지만 그건 자존심이 허락하지 않는다. 오래 전 일로 아직도 꽁해 있는 쿨하지 못한 여자로 보이고 싶지는 않다. 그렇다고 동석을 자신의 남자친구라고 소개하자니 괜히 불안하다.

시간이 갈수록 마음만 더 답답해지고 한숨만 늘어갔다.

진료 시간이 끝나고 은실이 퇴근 준비를 할 때 서진에게 전화를 걸었다.

소개팅에 나오기로 했던 남자의 일방적인 약속 취소로 인해 윤희에게 미안해서인지 서진은 다정한 목소리를 내며 곧바로 전화를 받았다.

[어, 윤희야, 나.]

"네 애인의 옛 여친이 나타났어. 그런데 그 여친이 네 동창이야. 그럼 너 어떡할 거야?"

[뭐래? 알아듣게 얘기해 줘.]

윤희는 한숨을 먼저 내쉰 후 동석과 시작한 연애와 얼마 전에 다녀간 지우에 관해 모든 걸 털어놓았다.

[내가 괜히 쫄고 있을 필요가 없었네? 그 소개팅이 취소돼서 둘이 잘된 거니까. 난 그것도 모르고 진짜 괜찮은 남자가 주변에 있는지 먹이를 찾는 하이에나처럼…….]

"그런 얘기 관두고, 내가 어떡해야 되는 거냐고?"

[뭘 어떡해? 너답게 해! 내 남자야, 건들지 마! 한마디면 되는데 그걸 가지고 쩔쩔매고 있어.]

서진의 말이 맞다. 하지만 사람의 감정이라는 것이 그렇게 간단 명료하고 명쾌한 것이던가. 그것도 그녀 혼자만이 아닌 세 사람의 과거까지 얽혀 있는 이 미묘하고 난해한 상황에서.

[그런데도 건드렸다? 그럼 죽여놔. 그리고 또 네 남친 동창도 그 여자한테 흔들렸다? 그럼 같이 죽이면 돼. 그리고 그런 것들하고 상종을 하지 않게 된 것에 다행이라고 생각하고 넘기면 되는 거고. 뭐 어려운 거 있어?]

서진이 왜 그렇게 남자를 쉽게 만나고 쉽게 헤어지는지 알 것 같은 대목이었다.

듣고 보니 어려울 게 없다. 그대로라면 아주 쉽게 모든 게 정리될 것 같다.

"무슨 말인지 알았어."

[결과 보고하는 거 잊지 마라.]

"엉."

통화를 끝낸 윤희는 동석과의 약속 시간에 늦지 않기 위해 서둘렀다. 예전에 은실처럼 립글로스를 정성스레 바르고 뷰러로 눈썹을 집어 올리고 쿠션으로 마무리를 했다.

동석을 만나러 가는 길, 복잡하고 심란한 마음은 사라지고 온통 핑크빛으로 반짝였다.

빠르게 채점을 하던 동석의 손놀림이 멈췄다. 동시에 책상 위에 놓여 있는 답안지들을 정리했다.

부지런히 한다고 했지만 앞으로도 채점해야 할 답안지가 산더미다. 그런데 며칠 야근을 감수해도 좋을 만큼 윤희와의 만남에

룰루랄라 즐겁기만 하다.

만나기로 한 곳으로 차를 몰고 갈 때, 멀리서 그를 기다리는 윤희의 모습이 보였다.

오늘 그녀는 평소와 달리 원피스를 입고 있었다. 캐릭터가 그려진 가운을 입고 있을 때는 딱 소아과 의사답지만 지금은 그녀는 사랑스러운 연인의 모습이었다. 그와의 데이트를 위해 꾸미고 나온 것 같은 그 마음이 예쁘니, 모습 또한 더욱 사랑스럽기만 했다.

그녀 앞에 차를 세우자 윤희가 올라탔다.

오늘따라 유난히 입술이 반짝이고 붉어 보였다. 지금 당장 키스를 하고 싶을 만큼. 하지만 그 마음을 숨기고 누르며 윤희에게 물었다.

"배고프지?"

"조금."

"고기 사줄까?"

없어서, 비싸서 못 먹는 게 고기다. 윤희에게 사치스러운 음식이라 할 수 있는 그 고기를 사주겠다고 물어보니 곧바로 격한 반응이 나왔다.

"응."

활짝 웃으며 대답하는 것도 모자라 고개까지 빠르게 끄덕거렸다.

"우리 윤희 고기 좋아하는구나?"

동갑내기 연인이 아닌 한참 연상의 연인처럼 손으로 그녀의 머리를 쓰다듬으며 말하는 모습에 윤희가 피식 웃음을 흘렸다.

"왜?"

"우리 동석이 너무 귀여워서."

윤희가 동석과 똑같이 그의 머리를 쓰다듬었다.

"뭐? 우리 동석이? 귀여워?"

"응. 오빠인 척하는 게 너무 귀여워."

"오빠인 척이 아니라 내가 오빠 맞을 걸? 인격이나 먹은 밥그릇 수를 따져도 그렇고 생일도 그렇고."

"너 몇 월생인데?"

"나 2월생."

"2월? 그럼 빠른인데? 그럼 너 나보다 한 살 어린 거 아니야?"

윤희가 흥분을 하며 물었다.

"호적상에는 3월이야. 빠른으로 보내기 싫어서 우리 어머니가 출생신고를 좀 늦게 하셨어. 못 믿겠으면 엄마한테 물어보든가. 오히려 제대로 학교 들어갔으면 내가 선배라고."

윤희가 입술을 삐죽거리며 그의 시선을 피했다.

"그러니 오빠라고 불러도 돼."

"난 연상 별론데?"

"뭐야? 연상이 별로라면, 설마 아직도 그 어리다는 놈한테 미련 가지고 그런 소리를 하는 거야?"

"아니거든! 오빠 소리를 듣고 싶으면 오빠답게 행동해야지. 내 눈에는 진성이하고 똑같구만."

톡톡 쏘는 윤희를 보며 동석이 어이없이 웃어버렸다.

볼수록, 있는 그대로를 필터 없이 드러내는 그녀가 귀엽고 사랑스럽다. 내숭이나 가식이라고는 찾아볼 수 없는 그 모습에 윤희를 향한 그의 마음이 점점 커져 갔다.

그 마음을 반짝이는 윤희의 입술에 키스로 표현하고 싶었지만 운전 중이라 대신 그녀의 손등에 입을 맞추었다.

샐쭉해진 채 있던 그녀의 표정도 그의 입맞춤에 바로 풀렸다.

그러는 사이 동석이 잘 다니는 고깃집에 도착했다.

"내 10년 단골집. 군대 이병 달았을 때부터 다닌 집. 기대해, 진짜 맛있을 거야."

10년 단골이라는 그의 말이 틀리지 않은 듯 동석은 사장과 많이 친해 보였다. 서로 편하게 인사를 나누며 안부를 물었고 윤희의 존재를 궁금해했다.

"오늘 같이 오신 여자분은……?"

"여자친구입니다."

"오호! 축하해."

쑥스럽게 웃어 보인 동석이 늘 먹던 것으로 2인분을 달라고 주문을 했다.

윤희는 동석이 고깃집에서 매일 먹던 부위가 어떤 것인지 궁금했다.

"늘 먹던 게 뭔데? 안심? 등심? 안창살? 부채살? 갈비살? 살치살?"

"와! 소고기 부위가 그렇게 많았구나? 그런데 어쩌지? 돼지고기인데."

"돼지고기…… . 괜찮아. 삼겹살도 괜찮고, 갈매기살도 좋고."

"껍데기인데."

윤희는 순간 잘못 들은 것이라 생각했다.

생긴 건 반지르르 부티, 귀티 잘잘 흐르게 잘생겨서는, 늘 먹는 게 돼지 껍데기? 미디엄으로 구워진 스테이크를 즐겨 먹을 것 같은 얼굴로 돼지 껍데기라니.

자신도 모르게 표정을 일그러뜨렸는지 동석이 그녀를 살피며 물었다.

"껍데기 안 먹어?"

웬만하면 괜찮다고 대답해 주고 먹어보려고 했다. 하지만 윤희는 껍데기를 싫어한다. 그냥 참고 먹기 힘들 정도로.

"어. 그거…… 꼭 장판 씹어 먹는 거 같아서 난 별로던데. 생긴 것도 장판 한구석 잘라낸 것 같잖아."

"여기 껍데기는 그렇지 않아. 일단 먹어봐. 도저히 못 먹겠으면 다른 걸로 주문해 줄게. 괜히 10년 단골이 아니야."

마음은 내키지 않았지만 윤희는 고개를 끄덕거리며 동석의 말을 믿어보기로 했다.

기본적인 상차림이 차려지고 숯불이 넣어졌다. 그런데 테이블에 놓인 고기는 장판 같은 껍데기가 아니라 선홍색의 빛깔 고운 소고기였다.

"고기가 잘못 온 거 같아. 껍데기가 아니야."

하지만 동석은 윤희의 말에도 불구하고 고기를 석쇠에 올려놓았다.

"그걸 믿었어? 내가 너한테 껍데기 먹이려고 여기까지 데리고 왔겠니? 소고기 사주려고 온 거지."

그에게 제대로 놀아난 것 같은 윤희가 굳은 얼굴로 한숨을 내쉬었다.

"화났어?"

동석의 질문에도 대답하지 않고 큰 소리로 맥주를 주문했다. 그리고 바로 나온 맥주를 한 잔 따라 단숨에 들이켰다. 그런 그녀의 입에 동석이 막 구워낸 고기 한 점을 내밀었다. 윤희가 무시하고 밑반찬으로 나온 김치를 집어먹었다.

"다시는 안 놀릴게. 미안. 그리고 일단 이건 먹어봐라. 응? 먹고 화내."

새로운 고기를 집어 다시 윤희 입 앞으로 내밀었다.

그런데 그때 고깃집 사장이 불난 집에 기름을 들이붓듯 동석을 놀렸다.

"아이고, 여자친구가 맞네. 여자들하고 여러 번 왔어도 입에 고기 넣어준 적은 없었는데."

윤희의 눈매가 가늘어지면서 동석을 쏘아보았다.

"사장님, 그런 농담을 하시면……. 윤희야, 사장님이 장난치시는 거야."

"모르지? 입에 고기 넣어준 적도 여러 번인데 사장님이 쉴드 쳐주시는 건지도. 그때도 껍데기 시켜준다고 장난쳤니?"

"같이 온 여자라고는 어머니밖에 없다. 진짜로! 그런데 나 은근 기분 좋다."

"좋다고? 남 열 받게 하는 게 취미니?"

"아니. 네가 질투해 주니까, 기분이 좋네? 자, 일단 먹자. 내가 너 이거 먹이려고 채점도 미루고 데리고 왔는데. 아, 그리고 진성이가 도윤희 효과를 톡톡히 봤더라. 장맛비 쏟아지던 주관식 답안지에 이번에는 눈송이가 날리더라. 비록 2개지만. 고마워."

진성의 이야기에 낮에 있었던 일이 떠올랐다. 그 우스웠던 상황과 천진하고 해맑았던 진성의 모습이 떠올라 피식 미소가 새어 나왔다.

"자, 쭈욱 한잔하고. 아!"

동석이 윤희의 잔을 채우고 고기를 그녀 입 앞에 대기시켰다.

그런 그의 모습이 귀여워 봐준다는 눈빛으로 동석을 한 번 쏘아보고 술잔을 비웠다. 그리고 그가 내민 고기를 입으로 받아먹었다.

그런데 고기인지 아이스크림인지 알 수 없을 만큼 입안에서 살살 녹는 것이 아닌가.

표정도 함께 녹아내리니 그런 그녀를 동석이 흐뭇하게 바라보고 있었다.

"자, 하나 더."

거부할 수 없는 맛에 윤희는 다시 한 번 날름 받아먹었다.

그녀의 화를 풀어주기 위해 노력하고, 또 맛있는 고기를 사주는 동석에게 계속 삐쳐 있는 것도 볼썽사나울 것 같아 윤희가 화를 풀었다.

"맛있다."

"그렇지? 많이 먹어."

분위가 좋아진 두 사람은 그때서야 서로를 바라보며 편하게 식사를 시작했다.

사소한 것에도 히죽히죽 웃으며 하루의 일과를 이야기하던 중에 문득 지우의 존재가 생각났다.

'지우를 만났다고 하면…… 동석이 애는 어떤 반응을 보일까?'

자신을 향한 동석의 다정한 미소에 윤희는 자신감을 갖기로 했다. 그 미소에 그녀를 향한 그의 따뜻한 마음이 보이는 듯했다. 그를 향한 믿음이 생겼고 두 사람의 관계에 확신이 들었다.

"말이 씨가 됐나 봐. 나 오늘…… 김지우 봤다."

"김지우? 진짜? 어디서?"

일단은 안심이었다. 무심하고 시큰둥하게 묻는 동석에게는 지우를 향한 궁금증이나 호기심 같은 게 전혀 보이지 않았다.

"조카 데리고 우리 병원에 왔었어. 그동안 호주에 있었나 보더라고."

"그래?"

그런데 이상하게도 무심한 그의 태도가 기쁘고 좋으면서도 또 너무나 무심하니 그게 또 이상하게 다가오는 것이다.

진심으로 관심이 없어 저러는 것인지, 아니면 그녀 앞에서 관심 없는 척하는 것인지.

"여전히…… 예쁘더라."

"그렇겠지."

"너…… 궁금하지 않아? 지우 보고 싶지 않냐고?"

"내가 왜? 나는 도윤희 말고 궁금하거나 보고 싶은 사람은 없어."

킥. 표정 관리를 하지 못하고 흡족하고 행복한 마음이 웃음으로 삐져나왔다.

"어우, 야. 오글거리게."

말은 그렇게 하면서도 그의 말은 듣기 좋았다. 다시 한 번 듣고 싶을 정도로.

'김지우고 뭐고 다 나오라고 해! 최동석은 이제 내 남자거든!'

♥ I love you! ♥

주관식 답안지에 적힌 모든 답을 이렇게 적어낸 용감한 자의 이름은 고혜진이다. 다른 누군가 이런 식으로 적어냈다면 어이없어 웃어버릴 텐데, 주인공이 혜진이니 미간에 주름이 생겼다.

동석은 가차 없이 찍찍찍, 빨간 펜을 그어댔다.

학생들이 교사를 좋아하면 그 과목에 대해서는 그래도 좋은 점수를 받기 위해 열심히 공부하는 편인데 혜진이는 그런 게 통하지 않았다. 반짝이는 눈으로 수업이 아닌 동석에게만 집중하는 녀석이 처음에는 한심해 보였다. 몇 번 불러서 공부에 대한 중요성에 대해 알아듣게끔 부드럽게 설명해 주었다. 하지만 혜진은 여전히 수업에는 관심이 없고 화장과 동석에게만 관심이 있을 뿐이다. 그런데 시간이 지날수록 그를 향한 마음이 어린 학생으로 보기에 너무나도 당돌하고 거침없어졌다. 그래서 동석은 일부러 혜진을 차갑게 대한다.

"진성이 반만 따라가도 좋겠구만."

윤희로 인해 시험 성적은 물론이고 수업에 임하는 자세까지 싹 바뀐 진성처럼 혜진도 그렇게 변해주길 바랐지만 실현 가능성이 없어 보인다.

혜진의 답안지로 그의 생각이 진성과 윤희에게까지 미치자 동석은 휴대폰을 확인했다. 오늘 지우를 만나 저녁을 먹는다는 윤희에게서는 카톡도 전화도 없다.

그녀가 자신을 생각하지 않는 것 같아 괜히 서운해졌다.

"오랜만에 동창 만났다고 주량 이상으로 마시는 거 아니야?"

늦은 시간은 아니었지만 윤희가 걱정이 된 그가 그녀에게 전화를 걸었다.

[여보세요?]

"어디야? 아직도 김지우하고 같이 있어?"

[응. 저녁 먹고 맥주 한잔하는 중. 왜?]

"너 술 취할까 봐. 취한 상태로 집에 가다가 무슨 생길까 봐. 너무 많이……."

그때였다. 휴대폰 넘어 들려오는 지우의 목소리.

[야, 최 똥! 나와라! 얼굴 좀 보자! 너 윤희하고 사귄다며? 나와 봐!]

그 순간 동석의 얼굴이 확 일그러졌다.

[야, 너 왜 내 애인한테 똥이라고 하는 거야? 친구 애인을 향한 예의는 갖춰라. 네 동창 이전에 내 애인이거든!]

지우를 향한 윤희의 말에 심하게 구겨졌던 동석의 얼굴이 다시 펴졌다.

남자친구보다 더 듣기 좋은, 마음을 더 설레게 하고 둘 사이를 더욱 가깝게 느껴지게 하는 애인이라는 말에 미소가 지어졌다.

"언제쯤 끝낼 거야?"

[금방 일어날 거야.]

"데리러 갈게. 어디 있어?"

[진짜? 병원 근처야.]

"20분만 더 마시고 헤어져. 나 10분 후에 출발할 테니까."

[알았어.]

통화를 끝낸 동석은 책상 위를 정리하고 윤희에게 갈 준비를 했다.

"그냥 보낼 수는 없고…… 커피나 한잔하고……."

차 키를 챙기며 혼잣말을 하던 동석의 표정이 갑자기 짓궂게 변했다.

당황하고 긴장했던 첫 만남 때와 다르게 오늘에서야 지우가 반가웠다. 공부를 놓았던 지우의 고등학교 시절과 호주 유학 때 이야기를 편하게 들을 수 있었다.

어쩌면 어젯밤 동석의 고백 아닌 고백에 확신이 생겨서일지도 모른다. 그렇기에 윤희는 지우가 묻기도 전에 동석과의 관계를 털어놓았다.

"지우야, 너 최동석 기억하지?"

"당연하지! 최똥, 걔를 어떻게 잊니? 너하고 내가 그 굴욕의 몸

싸움을 벌이게 만든 그 웬수 덩어리를. 모르긴 몰라도 아마 최똥, 그 녀석은 결혼도 못하고 혼자 외롭게 살고 있을걸?"

"왜 그렇게 생각해? 동석이 애인…… 있어."

"진짜? 말도 안 돼. 어떤 여자가 그런 냉혈한에 왕싸가지를 애인으로 두고 있다는 거야? 최똥을 감당하려면 그보다 더 차갑고 싸가지 없다는 말인데."

윤희는 지우의 말을 이해할 수 없었다.

동석이 냉혈한에 왕싸가지라니?

"그 여자 얼굴 한번 보고 싶네."

윤희는 이쯤에서 자신이 동석의 여자친구임을 밝혀야 할 것 같았다. 동석에 대해 함부로 말하는 것도 듣기 싫었고, 이해할 수 없는 그녀의 말이 어떤 뜻인지 궁금하기도 했다.

"너 지금 그 여자 얼굴 보고 있잖아."

"응?"

"그 여자가…… 나거든."

계속 웃고 있던 지우에게서 미소가 사라졌다. 놀란 것인지, 믿을 수가 없어서인지 넋이 나간 것처럼 윤희의 얼굴을 쳐다볼 뿐이었다.

"진짜?"

"응, 진짜."

"너 최똥이 감당이 돼?"

"어떤 부분에서의 감당을 말하는 거야?"

"너한테 독설 안 해? 상처 되는 말 막하고 그러지 않냐고?"

"아니."

이건 무슨 소리인가? 짓궂은 구석은 있지만 최동석 성격이 얼마나 다정하고 따뜻한데 독설이라니.

그러나 지우의 얼굴은 정말로 생각하기도 싫은 듯 잔뜩 굳어지며 동석에 대한 그녀만의 기억을 털어놓았다.

"걔가 얼마나 말을 막하는데. 내가 늦게 사춘기가 왔잖니? 그래서 공부도 놨었잖아. 그따위로 공부 놓고 멋대로 사는 거 부모님 보기 미안하지 않냐고, 비싼 등록금 축내는 식충이밖에 더 되냐고 하더라. 얼굴만 예쁘게 꾸밀 생각 말고, 마음을 곱게 가꾸라나?"

윤희는 지우가 과장을 해서 하는 말이라고 생각했다. 아무리 철없던 시절이라고 해도 동석이 저렇게 막말을 하지 않았을 거라 믿었다.

"그래서 내가 그때 그 똥을 좋아한 것부터 그런 놈을 두고 너하고 싸웠다는 것까지, 후회에 후회를 거듭했잖니. 쪽팔려서 어디 가서 얘기도 못하겠고 해서 그냥 3개월 꾹 참고 있다가 끝냈는데……."

"아니야. 동석이 얼마나 자상한데. 그런 말 할 애가 아니야. 오글거리는 말이라면 모를까?"

"그럴 리가 없을 텐데……. 철들었나?"

지우에게서 윤희의 말을 믿을 수 없다는, 의심 가득한 눈빛이
느껴졌다.

그때 윤희의 휴대폰이 울렸다. 아주 좋은 타이밍에 동석이 전화
를 걸어온 것이었다.

"여보세요?"

[어디야? 아직도 김지우하고 같이 있어?]

"응. 저녁 먹고 맥주 한잔하는 중. 왜?"

[너 술 취할까 봐. 취한 상태로 집에 가다가 무슨 생길까 봐. 너
무 많이…….]

그때, 지우가 동석에게 들으라는 듯이 큰소리를 냈다.

"야, 최똥! 나와라! 얼굴 좀 보자! 너 윤희하고 사귄다며? 나와
봐!"

동석이 제일 끔찍하게 생각하는 별명으로 그를 부르자 휴대폰
너머 그의 표정과 마음이 어떨지 짐작되었다. 또한 동석을 의식하
지 않더라도 좀 전부터 지우가 그를 부르는 '똥' 이라는 호칭이 몹
시 거슬렸었다.

결국 윤희가 참지 않고 한마디 하고 말았다.

"야, 너 왜 내 애인한테 똥이라고 하는 거야? 친구 애인을 향한
예의는 갖춰라. 네 동창 이전에 내 애인이거든!"

윤희가 정색을 하자 지우가 입을 다물었다.

동석은 그녀를 데리러 온다고 말했고 그 통화로 인해 동석이 냉

혈한이 아닌 자상한 남자라는 것이 입증되었다.

"최뚱…… 아니, 동석이 쟤가 많이 변했네. 와! 사랑의 힘인가?"

"그럴 수도 있지."

지우가 인정한다는 듯 엄지를 척하고 올려주었다.

"잘해봐. 결혼하게 되면 청첩장 꼭 보내고. 내가 무슨 수를 써서라도 호주에서 나와 너희 축하해 줄게."

남학생 한 명을 두고 운동장에서 머리채를 잡고 싸운 사이라고 볼 수 없을 만큼 두 사람은 편하고 즐거운 시간을 보냈다. 동석의 말대로 미성숙했던 인격들이 서른 넘어 성숙해져 만나니, 지난 시절 그 굴욕의 역사까지도 두 사람에게는 재미난 추억으로 기억되었다.

호주로 들어가기 전 동석과 함께 한 번 더 만나자며 헤어진 후 윤희는 그녀를 데리러 올 그를 기다렸다.

멀리서 동석의 차가 보이더니 이내 그녀 앞에 차를 세웠다.

차에 오른 윤희는 동석의 얼굴을 뚫어지게 바라봤다.

"왜? 내 얼굴에 뭐 묻었어?"

"아니. 혹시 그 얼굴 안에 또 다른 인격이 숨어 있는 건 아닌가 해서."

"다른 인격?"

"너 지우한테 되게 못되게 굴었다며? 네가 그렇게 모질게 독설을 얘기했을 것 같지는 않은데, 지우가 그랬다고 하니까, 혹시나 해서.”

“내가 못되게 굴었대? 저 못된 건 생각 안 하고? 하나부터 열까지 제 뜻대로만 하려고 하고, 뭔가 마음대로 안 되면 히스테리 부리고. 제 부모님부터 학교 쌤들, 친구들, 모두가 제 발 아래 있는 것처럼 굴어서 쓴소리 좀 해줬는데, 날 못된 남자로 몰아가?”

“좋게 얘기해 줄 수도 있었잖아?”

“좋게 해서 말을 들을 애가 아니었어. 지금은 사람 좀 됐디? 안하무인으로 까불고 그러지 않았어?”

“응. 사람 좀 된 거 같더라. 성격도 그때하고 달리 시원시원하고. 호주 들어가기 전에 같이 보재.”

지우에 대한 이야기를 하느라 윤희는 동석이 어디로 가는지 의식하지 못했다. 당연히 그녀의 집으로 향했을 줄 알았는데 정신을 차려보니 동석의 오피스텔 주차장이었다.

밤 10시가 넘은 시간, 이 야심한 때에 남자가 혼자 사는 자신의 공간으로 여자를 데리고 간다는 것은 말하지 않아도 뻔한 뜻이 들어 있다.

아직은 그런 때가 아닌데, 진도가 빨라도 너무 빠르다는 생각에 윤희가 미간에 주름을 잡고 동석을 향해 못마땅한 시선을 던졌다.

“그런 눈으로 보지 마. 다른 뜻은 정말 1도 없어. 너하고 같이 있고 싶은데 채점할 답안지는 밀려 있고 해서. 옆에 있어주면 안 될까? 임도 보고, 채점도 할 수 있게.”

다른 뜻이 없다는 말을 믿어야 하나, 말아야 하나.

'오빠 믿지?' 라는 남자들의 뻔한 거짓말과 같은, 다른 뜻이 없다는 말에 윤희는 어떻게 대답을 할지 망설여졌다.

그와 함께 있고 싶은 마음은 그녀도 마찬가지지만 다른 뜻이 있는 거라면 아직은 그 뜻을 함께하고 싶지 않다. 그를 믿고 함께 올라가야 할지, 아쉽지만 그녀의 집으로 향해야 할지 고민스럽기만 했다.

"도윤희. 나 그렇게 짐승 아니다."

망설이는 윤희의 고민이 어떤 것인지 알고 하는 동석의 말에 윤희는 그를 한번 믿어보기로 했다.

"좋아. 믿고 올라가는 거야."

아이스커피를 사 들고 두 사람은 동석의 오피스텔로 향했다.

그리고 그곳에 들어온 윤희는 생각보다 넓고 깔끔한 공간에 놀랐다. 자신의 집보다도 더 정리가 잘되어 있고, 남자 혼자 사는 집이라고 볼 수 없게 깨끗했다.

"자, 채점하는 동안 옆에서 하고 싶은 거 해. TV를 봐도 되고, 게임을 해도 되고. 읽고 싶은 책 있으면 꺼내 읽고."

거실과 서재의 조합이 잘 어우러져 있는 거실의 책상에는 동석이 앉아 채점을 시작했고, 윤희는 실내를 돌아다니며 집 구경을 했다.

침실부터 욕실까지 다 둘러본 윤희가 동석의 책상 맞은편에 앉아 그가 채점하는 답안지들을 하나씩 살펴보았다. 그러다 장맛비처럼 좍좍 빨간 빗금만 그어진 답안지를 발견했다.

문제의 '♥ I love you! ♥'가 가득한 혜진의 답안지였다.

윤희는 혜진의 이름까지 확인했다.

"와! 얘가 너 진짜 많이 사랑하나 보다? 모든 문제의 답이 I love you야. 최동석을 향한 마음이 고딩 때 나보다 더 열성적인데?"

"걱정 마. 얘 마음보다 너를 향한 내 마음이 더 열성적이니까."

동석의 그런 표현이 좋으면서도 겉으로 싫은 표정을 지으려니 얼굴이 묘하게 일그러졌다.

그런 그녀의 애매한 표정이 귀여워 동석이 가볍게 입을 맞추었다. 그리고 답안지 사이에서 한 장을 꺼내 그녀 앞으로 내밀었다.

"모든 문제의 답이 I don't no!로 된 것도 있어. 봐봐."

그걸 본 윤희가 뒤로 넘어갈 것처럼 까르르 웃어댔다.

"뭐야? know를 몰라서 no로 쓴 거야? 아니면 쌤 웃기려고 일부러 no로 쓴 거야? 얘 뭐니?"

"I don't know!"

한참을 웃던 윤희가 밀린 채점을 해야 하는 동석이 자신 때문에 일에 집중하지 못한다는 걸 알고 소파로 자리를 옮겼다.

"음악 틀어줄게, 일해."

그리고 자신의 휴대폰에 저장되어 있는 음악들을 재생시켰다.

첫 곡은 Adam Levin의 'Lost Stars'였다. 영화 Begin Again 의 OST.

음악의 시작 부분에서는 노래에 집중했지만 동석은 어느 순간 부터 채점에만 집중했다. 그리고 잠깐 뻣뻣해진 목을 풀어주기 위해 고개를 드는데 소파에서 꾸벅꾸벅 졸고 있는 윤희의 모습이 눈에 들어왔다.

동석은 일어나 침대 시트를 가져다 그녀에게 덮어주고 책상 위스탠드만 남겨두고 오피스텔 안의 모든 조명을 껐다. 그리고 책상앞에 다시 앉았다.

어둡지만 은은한 실내, 잔잔하게 흐르는 음악, 소파에서 잠을자고 있는 윤희, 그리고 책상에 앉아 일을 하고 있는 자신의 모습이 완벽하게 평화롭다는 생각이 들었다.

혼자가 아니기에 외롭지 않았고, 기계처럼 반복적인 일을 하고있어도 지루하지 않았다. 눈을 들면 보이는 윤희로 인해 흐뭇하게미소 지어졌다. 지금의 편안함을 알게 해준 그녀의 소중함에 윤희에게서 시선이 떨어지지 않았다.

"자식, 어떻게 남자 집에서 긴장감도 없이 잠이 들 수 있니? 내가 짐승은 아니지만 그래도 남자인데."

동석이 자리에서 일어나 그녀에게 다가가 입 맞추었다. 다시 자리로 돌아가 일을 할 생각이었지만 바닥에 앉아버렸다.

"자고 가라고 하면 자고 갈까?"

이대로 그녀를 보내고 싶지 않았다.

동석이 자고 있는 그녀의 귓가에 속삭였다. 혹시라도 잠결에 그가 원하는 대답을 할지 모른다는 아주 얄팍한 생각에서였다.

"윤희야, 자고 갈래?"

하지만 잔머리를 잘못 굴렸다. 그의 계획과 달리 윤희가 벌떡 일어났다.

"아니. 가야지. 지금 몇 시인데? 데려다줘. 아니면 택시 잡아주든가."

"자고 가지? 내가 소파에서 자고 넌 침대에서 자고."

하지만 윤희는 단호했다.

"아니!"

"그래, 가자! 데려다줄게."

괜한 짓을 한 자신이 아닌 너무나 단호한 윤희에게 서운하고 화가 났다. 진짜로 잠만 잘 생각이었는데 그녀가 자신을 너무 못 믿는 것 같은 마음이 서운했다. 그냥 재울걸, 하는 후회가 밀려왔지만 동석은 더 조르지 않고 윤희를 데려다주었다.

'훗날을 도모하지, 뭐. 오늘만 날인가.'

그녀를 향한 뜨거운 마음이 점점 더 음흉해지려 했다.

8. 자고 갈래?

오후 5시. 한참 북적였던 병원 안이 고요해졌다. 슬슬 출출해져 올 시간, 은실과 단둘이서 사다리 타기나 해볼까 하는데 윤희의 휴대폰이 울렸다. 동석으로 인해 한동안 잊고 있던 존재 우식이었다.

"여보세요?"

[손우식입니다. 잘 지냈습니까?]

"뭐, 그럭저럭요."

[그동안 제가 일이 바빠서 연락도 못 드렸습니다. 병원 앞입니다. 잠깐 들를까 하는데요, 시간 괜찮습니까? 윤희 씨 직업이 제 사업과 관련된 의사인데 제가 병원에 안 가본다는 것이 말이 되지

않아서요.]

윤희의 눈가와 입매가 굳어졌다. 아무리 서로 필요에 의해 어쩔 수 없는 만남을 가져야 하는 처지라지만 너무나도 일방적인 그의 태도가 맘에 들지 않았다.

사전에 그녀의 동의를 구하고 시간을 조정해서 찾아오는 순서를 무시하고 바로 앞에서 전화를 하는 우식이 경우 없어 보여 불쾌했다.

안 된다고 거절하고 싶었지만 오늘이 아니더라도 언젠가는 겪어야 할 일, 윤희는 마음이 내키지 않았지만 그러라는 대답을 해주었다.

'그래, 이것도 얼마 안 남았어. 참자.'

그런데 바로 앞이라더니 그 앞이 병원 건물 앞이 아닌 출입문 앞이었는지 곧바로 그가 들어왔다.

"안녕하십니까? 도윤희 원장님 만나러 왔습니다."

깍듯한 우식의 목소리에 접수실에 있는 은실에게 들여보내라는 눈짓을 보냈다.

"들어가 보세요."

은실의 말이 끝나자 진료실 안으로 우식이 들어왔다. 말쑥하게 차려입은 정장이 그를 더 답답한 사람으로 느껴지게 만들었다.

안으로 들어온 우식이 손에 들고 있는 작은 상자를 내밀었다.

"타르트입니다."

“뭘 이런 걸……. 고맙습니다. 잘 먹을게요.”

“병원이 참 깔끔하네요.”

주위를 휘둘러보고 말한 우식이 이번에는 가방 안에서 비닐 파일을 꺼냈다. 예전 그의 프로필 용지가 들어 있던 파일과 같은 것이었다.

‘이번엔 또 뭘 가지고 온 거야?’

다행히 파일 안에는 A4용지 한 장만 들어 있는 것으로 보였다.

“오늘 우리가 했을 데이트 코스와 그 외 대화 내용입니다.”

철두철미한 저 준비 정신에 감탄보다는 두려움이 앞섰다. 저토록 세심하고 꼼꼼한 남자도 이기지 못할 남자의 부친은 얼마나 무서운 사람일까.

그리고 이렇게까지 완벽한 성격에도 제 아버지를 이기지 못하는 우식에게 커다란 성격적 결함이 있는 건 아닌지.

여러 가지로 복잡한 생각이 윤희의 머리를 스쳐 갈 때였다.

“안녕하세요? 쌤!”

이 심각한 상황에 우렁찬 인사를 하며 진성이 들어왔다.

양손에 뭔가 잔뜩 들고 진료실로 들어오던 진성이 윤희와 마주 앉아 있는 우식을 보더니 삐딱한 자세와 불량스러운 시선으로 그를 사납게 쳐다보았다.

“나가 있어.”

“……네.”

윤희의 엄한 목소리에 진성이 곧바로 공손하게 대답을 했지만 진료실을 나가는 발걸음은 매우 느렸고 시선 역시 끝까지 우식을 향해 있었다.

"진료받아야 하는 학생입니까?"

"아니요."

"저는 일어나겠습니다. 병원 분위기하고 일하시는 분 얼굴도 뵐 겸 왔습니다. 워낙 양쪽 아버님들이 철저하시니까요."

우식이 일어났고 윤희도 따라 일어나 진료실을 나왔다.

"아버님께 오늘 전화드리겠습니다. 좋은 시간 보냈다고. 요 며칠, 일만 하고 윤희 씨 만나지 않는다고 해서 한 소리 들었거든요. 그럼 가보겠습니다. 또 전화하겠습니다."

우식은 접수실에 있는 은실에게도 묵례로 예의를 갖추었다. 그리고 진성을 힐끔 쳐다본 후 밖으로 나갔다.

그가 나가자마자 진성이 흥분하며 물었다.

"쌤, 누구예요?"

"네가 누군지 알아서 뭐 하게?"

"얼마 전에 선봤다는 인간이죠? 와! 인상 쩌네. 가오 잡는 거 하며 완전 사기 캐릭이에요. 조심하세요."

"이 자식이, 어디 어른한테."

윤희가 눈을 부릅뜨고 버릇없는 진성을 나무랐다.

"왜 왔어, 넌?"

"이거요. 우리 엄마 빵집 하시거든요. 이번에 성적 오르고 맘 잡고 공부하겠다고 한 게 우리 원장님 때문이라고 하니까 이거 가져다 드리라고 해서요."

진성이 가져온 봉투 안에는 각종 빵들이 터져 나갈 듯 가득 담겨 있었다.

무덤덤한 윤희에 비해 은실이 신나서 안에 있는 빵들을 하나씩 꺼내보고 있었다.

"쌤, 맛있게 드세요. 누나한테만 주지 마시고 쌤이 더 많이 드셔야 해요."

"먹는 거 가지고 그럴래?"

은실이 샐쭉해져서 한마디 던졌지만 진성은 대답도 하지 않고 가방을 챙겨 들었다.

"저 가볼게요. 안녕히 계세요."

그리고는 급하게 병원을 빠져나갔다.

"나중에 90점대까지 점수 올라가면 쟤 어머니 원장님 찾아와 큰절 하시는 거 아니에요?"

"그런 날이 왔으면 좋겠다. 올지는 모르지만. 그리고 안에 타르트 있어. 그것도 먹자."

"타르트요! 제가 바로 커피 탈게요."

은실이 커피를 준비하기 위해 분주하게 움직이다 말고 윤희에게 물었다.

"그런데 진짜 선본 분 맞아요?"

"응."

"저도 좀 그분 인상 별로예요. 원장님은 동석 쌤이 제일 잘 어울리세요."

동석과 잘 어울린다는 말이 왜 이리 좋은지. 윤희의 입꼬리가 슬며시 올라갔다.

이번에는 다른 교사가 채점한 것을 확인 검토하는 작업을 해야한다.

오늘도 늦은 퇴근을 각오하고 자리에 앉아 답안지를 확인 중에 있을 때, 진성이 헐레벌떡 교무실 안으로 뛰어왔다.

"쌤, 쌤! 대박 사건이에요!"

큰일이 난 것 같은 진성의 벌건 낯빛과 흥분한 것 같은 목소리에 동석이 한숨을 내쉬었다. 한동안 마음잡고 조용하던 녀석이 어디서 또 사고를 쳤구나 하는 생각에 얼굴도 굳어졌다.

"쌤, 완전 개빡치는 사건……."

"스승님 앞에서 말버릇이 그게 뭐냐? 밖으로 나가서 다시 들어와. 들어와서 인사부터 하고, 곱고 바른말로 말해."

"아니, 지금 그렇게 한가하게……."

"얼른!"

이번에는 진성이 답답하다는 듯 큰 한숨을 내쉬었다. 하지만 엄한 동석의 눈빛에 교무실 밖으로 나갔다가 다시 들어왔다.

"안녕하십니까, 쌤?"

"그래. 무슨 일이야?"

"도 원장이요…… 아니, 도 원장님이요. 병원에서 얼마 전에 선본 놈…… 아니, 선본 분을 만나고 계시더라고요."

"뭐? 선본…… 분을, 병원에서 만나고 있더라고? 윤희가?"

"네."

하마터면 동석의 입에서도 진성과 같이 선본 놈이라고 나올 뻔했다.

남자친구, 아니, 애인이 엄연히 있는 그녀가 병원으로 선본 남자를 끌어들였다는 사실에 속에서 뜨거운 것이 치고 올라왔다.

"어떻든? 그 남자 인상이? 그리고 두 사람 분위기는?"

"좋은 시간 보냈다고 아버지한테 전화를 하겠다고 하는 게 둘이 언제 데이트했나 봐요."

채점으로 인해 어제 만나지 못했다. 그사이 선본 놈과 데이트를 한 모양이다.

진성이 없었다면 아마 뒷목을 잡고 쓰러졌을지 모른다.

"그리고?"

"하여튼 인상이 완전 개쩔게 사기 캐릭이에요. 범죄와의 전쟁에서 그 최민식 조인트 까는 그 검사, 딱 그런 느낌이 들더라니까요. 쌍판으로 따지면 선본 아재가 더 잘나기는 했지만. 쌤, 제가 어떻게 해야 될까요? 저러다 결혼하는 거 아니에요?"

동석보다 더 속이 타는 것처럼 진성이 이제는 징징거리기까지 했다.

"어떡해요? 입고 있는 양복도 개 좋아 보이고, 가방도 구찌 들고 있던데. 설마 이렇게 허무하게 게임 오버는 아니겠죠?"

당연히 아니지! 게임은 시작도 안 했는데!

동석은 일단 진성을 돌려보낼 필요가 있었다. 어린 제자의 말도 안 되는 넋두리를 듣고 있을 기분이 아니었다.

"일단 넌 가서 공부나 해. 이번 성적 윤희한테 다 공개했는데 그 점수로 윤희 마음을 잡겠냐?"

순식간에 풀 죽은 모습으로 진성이 입을 삐죽 내밀었다.

"얼른 가봐."

"꼭 쌤은 성적 가지고……. 다음엔 진짜 1등급을 받아야지. 우 쒸."

진성이 동석을 향해 꾸벅 인사하고 교무실을 나갔다.

'오늘 이거 다 끝내고 내일부터 같이 놀려고 했는데……. 그새를 못 참고 맞선남을 어제 만났단 말이지, 도윤희.'

동석이 윤희에게 메시지를 보냈다.

「오늘 밤 일 끝내고 집 앞으로 갈 테니까, 자지 말고 기다려.」

「엉.」

엉은 무슨! 이런 애교 안 통해!

늦은 시간 남자친구가 집 앞으로 찾아오면, 커피 한잔하고 가라고 안으로 들여야 하나.

고민에 대한 대답은 얻지 못했지만 윤희는 혹시나 모를 사태에 대비해 집 안을 정리하고 청소했다. 안 가봤으면 모를까, 너무나도 깔끔했던 그의 오피스텔을 생각하면 정리와 청소를 하지 않을 수 없었다.

지저분하게 어질러 놓는 성격은 아니지만 그래도 동석에게 깔끔한 성격으로 보이고 싶어 여기저기 쌓인 먼지도 닦아냈다.

본의 아니게 대청소를 하게 된 후 그와 함께 마실 커피와 차까지 준비해 놓았다.

이너웨어로 입기 좋은 티셔츠와 트레이닝 바지를 꺼내 입은 후 입술에 엷게 립글로스를 발랐다. 그러고 있는 자신의 모습에 헛웃음이 나왔다.

TV를 보며 연애 고수 또는 흔한 내숭녀들이 하는 이런 행동들에 대해 욕을 해왔었다. 저런 가식으로 연애를 하는 건 상대를 기만하는 것이라고.

그 행동들이 상대에게 잘 보이고 싶은 본능이고 설레는 마음의 행동 양식이라는 것을 이제야 알게 되니 괜히 얼굴이 더 붉어졌다.

평소 퇴근 후 잠들기 전까지 짧기만 하던 시간이 오늘은 왜 이리 긴지, 기다림에 지쳐 있을 때, 동석에게 아래에 도착했다는 전화가 걸려왔다.

"차 마실 거면 올라와서 마실래?"

동석이 기다렸다는 듯이 그러겠다고 대답을 했다.

호수를 알려주자 얼마 후 초인종이 울렸다.

"네 집에 비해 좁고 누추하지만 들어와."

그녀의 집으로 들어와 동석이 든 생각은 집이 딱 도윤희답다는 것이었다.

컬러가 통일성이 있는 것도 아니고, 아기자기 소품이 많은 것도 아니다. 그냥 무심하게 가져다 놓은 것 같은 가구와 컬러 배치가 윤희다워 보였다.

'설마 이 집에 그 맞선남이 들어온 건 아니겠지? 자고 가라는 말에 단호박으로 나왔던 녀석이 집에 이렇게 쉽게 들이는 거 좀 수상한데.'

그때, 윤희의 휴대폰이 울렸다.

"이 늦은 시간에 누구야? 그 맞선남이야?"

동석이 잔뜩 인상을 찌푸린 채 물었다. 그러자 윤희가 입술에 손가락을 대고 가만있으라는 시늉을 하며 휴대폰 화면을 그에게 보여주었다.

발신인은 '아빠'였다.

"네, 아빠."

윤희는 전화를 받더니 테이블 위에 놓인 비닐 파일에서 A4용지 한 장을 꺼냈다.

용지 안에 적힌 내용을 본 동석은 자신의 눈을 의심하며 다시 한 번 보았다.

―6:40 병원 도착. 7:00 병원 문 닫아주고 함께 근처 식당으로 이동. 불고기를 곁들인 한정식으로 저녁 식사. 7:40분 식당 옆에 있는 카페에서 차 한잔 마시고 10:00 헤어짐.

그 뒤로는 대화 주제라고 해서 남자의 생활 에피소드가 적혀 있었다. 그리고 사업가로서 의사를 대하는 그와 직업이 의사인 윤희가 서로의 입장을 고집하다가 다툼으로까지 번질 뻔했다는, 그리고 그 입장 차이에 대하여 아주 세세하게 적어놓은, 우습지도 않은 시나리오까지 있었다.

그걸 본 동석의 시선이 이번에는 윤희를 향했다.

윤희는 그걸 보면서 통화를 하고 있었다.

"그 사람은 의사에 대한 생각이 좀 이상하던데요? 사명감이나 자긍심보다는 의사라는 자만심으로 일하는 의사들이 너무 많다고. 아버님도 의사라면서 너무한 거 아니에요?"

그리고는 한참을 휴대폰 너머로 들려오는 일장 연설 같은 부친의 말을 듣고 있었다.

"네. 아직은 더 만나볼 생각이에요. 네. 그럼 주무세요, 아빠."

통화를 끝낸 윤희가 휴대폰을 던지고는 소파에 널브러졌다.

"아, 진짜! 짜증나! 왜 딸의 말을 안 믿는 거야? 우리 아빠가 나보고 네가 말을 잘못 알아들었을 기래. 손 군은 그런 남자가 아니라면서. 우리 아빠…… 가끔 친아빠 맞는지 의심 들어."

"글로 연애를 배웠다는 말은 들어봤어도 보고서나 시나리오로 가짜 연애를 하는 경우는 처음이다. 꼭 이렇게까지 해야 하는 건가? 이 남자 여자도 있다면서? 그럼 남자답게 집안에 말하면 되는 거지, 이렇게 어렵게, 너까지 힘들게 하면서 이러는 이유가 뭐래?"

"처음에는 이 남자를 좀 이해했거든. 우리 아빠보다 더 심한 아버지 밑에서 어땠을지 상상이 가서. 그런데 하는 행동 보니까 이 남자 성격에 문제가 있는 것 같아."

"아주 많아 보이니까, 절대 만나지 말고 빨리 끝내. 이런 사람들이 나중에 꼭 문제 만드는 경우가 많아."

"한 달 얼마 안 남았어. 참, 차 한잔 줄까?"

"주면 고맙지."

"늦었으니까 커피 말고 숙면에 좋은 캐모마일 차 줄게."

윤희가 주방으로 가서 가스레인지에 물을 올렸다.

그녀의 뒷모습을 보고 있는 동석은 이곳으로 오는 내내 불안하고 화가 났던 자신이 한심해 허탈한 한숨을 흘렸다.

진성의 말만 듣고 자신의 눈을 피해 남자를 만난 것 같은 윤희를 믿지 못한 것도, 그녀에게 확인하지 않고 무작정 감정대로 화를 내며 이곳으로 달려온 것도, 스스로 못나 보여 짜증이 날 정도다.

'믿었어야 했는데…….'

다른 누구도 아닌 내숭이나 가식 없는 윤희를 믿지 못했다는 게 그녀에게 미안했다.

그래서 그녀가 가져다준 캐모마일 한 잔을 마시고 얌전히 자리에서 일어났다.

"너 피곤할 텐데 괜히 왔나 보다. 내일 보면 되는데. 갈 테니까 자라."

"알았어. 운전 조심해서 가."

신발을 꿰신고 현관문을 열기 전, 입구에 서 있는 윤희를 끌어당겨 입을 맞추었다.

키스를 하면 더 많은 욕심을 내고 제어가 안 될 것 같아 가볍게 입 맞춘 후 그녀를 놓아주었다.

"잘 자."

"응."

윤희의 집을 나온 동석은 허공을 향해 크게 심호흡을 내뱉었다.

'하, 이러다 득도해서 사리 나오겠네.'

동석 앞으로 택배가 하나 도착되었다. 3년 전 제자에게서 온 것이다.

갑자기 어려워진 집안 형편으로 인해 대학을 포기해야 하는 상황이 안타까워 대기업에서 시행하는 장학 재단의 멘토링 사업에 녀석의 장학금을 신청해 주었다. 그로 인해 장학금 지원을 받아 대학에 입학할 수 있었고 해마다 스승의 날이 있는 5월이면 늘 이렇게 무언가 보내온다.

특별한 것을 보내오는 것도 아니다. 아직도 나아지지 않은 집안 사정으로 인해 아주 소소한 것들을 보내오지만 그 마음이 기특하고 고마워 택배를 받고 나서는 동석도 녀석에게 기프티콘을 보내 주었다.

오늘 택배 상자 안에는 '늘 감사합니다. 그리고 쌤의 연애 세포가 깨어나길 기도합니다.' 라고 적힌 카드와 연극 티켓, 그리고 초콜릿이 들어 있었다.

동석은 고맙다는 인사와 함께 건강 챙겨서 아르바이트와 학업을 하라는 의미로 홍삼 기프트콘을 보냈다. 그러자 녀석에게서 감사하다는 장문의 메시지가 왔다.

'그럼 오늘 윤희하고 연극이나 볼까?'

'연애 다이어리' 더구나 19금 연극. 진도를 나가고픈 커플에게

추천하는 연극이라고 하니 윤희와 보면 딱 좋은 연극이라는 생각
이 들었다.

　‘요 녀석, 스승이 지금 진도를 못 빼는 연애에 허덕이는 걸 어찌
알고.’

　다음 주 일요일에 있는 연수 강좌 참여 신청서를 작성하고 있을
때 동석에게 전화가 걸려왔다.

　[저녁에 연극 보자.]

　“영화가 아니라 연극?”

　[응, 연극.]

　“무슨 연극?”

　[제자가 티켓을 보내줬어. 너 끝나고 간단하게 저녁 해결하고
가면 시간 맞을 것 같아.]

　“알았어.”

　[뭐 하고 있었어?]

　“소아 알레르기 호흡기학 연수 강좌 신청서 작성 중이었어. 너
는?”

　[정오표 작성. 담임이 영어인데 우리 반이 뒤에서 2등이야. 영
어 성적이. 그래서 뒷목 잡고 있어.]

　“쓰러지지는 마.”

　[쓰러져도 네 앞에서 쓰러질게. 애인이 의사라 쓰러지는 거 걱

정 안 해.]

　시간 맞춰 오겠다는 동석의 말을 끝으로 통화를 끝냈다.

　대학 때 이후로 연극을 본 적이 없어 영화가 아닌 연극을 본다는 것이 신선했다.

　함께 볼 연극이 어떤 내용인지 몰라도 윤희는 벌써부터 들뜨고 기대가 되었다.

　연극 포스터와 제목만 봤을 때는 그저 흔한 연애 이야기를 풀어낸 연극이겠거니 했다. 아무리 19금 연극이라고 해도 영화만큼 야하지 않을 거라 생각했다. 하지만 성격은 맞지 않지만 성적인 부분에서 너무 잘 맞아 헤어지지 못하는 연인의 이야기를 유쾌하게 풀어낸 연극은 그 대사가 노골적이고 자극적이었다.

　지지고 볶고 싸우다가도 침대에서는 죽고 못 사는 사이가 되는 커플을 보며 윤희는 과연 저럴 수 있을까를 생각했다.

　'성격이나 취향이 안 맞는데 저게 맞는다고 다른 걸 참을 수 있어? 말도 안 돼.'

　이론적으로나 정신학적으로 가능할 수 있으나 윤희의 정서나 성격에서는 있을 수 없는 일이다.

　연극이 끝난 후 집으로 가는 길에 동석이 윤희에게 물었다.

　"연극 재미있었어?"

　"재미는 있었는데, 내 취향은 아니다."

“다음엔 뮤지컬 보러 가자.”

“응.”

“그런데 넌 이해가 가?”

“뭐가?”

“연극 내용. 그게 그렇게 중요한 건가? 넌 어떻게 생각해?”

동석의 갑작스러운 질문에 윤희는 당황했다.

저, 저런 낯 뜨거운 질문을 아무렇지 않게 물어보다니? 쑥스럽지도 않나?

하지만 부끄러워하며 대답을 피하고 싶지 않았다. 그러나 경험이 없어 해줄 수 있는 대답에 한계가 있었다. 그렇다고 모르겠다는 말로 대충 얼버무리고 싶지도 않았다. 순진하게 보이고 싶지 않은 이유에서 윤희는 최대한 담담하게 보이며 자신의 생각을 말해주었다.

“이해 안 가. 일단 서로의 취향과 성격과 인격이 맞아야 하는 게 우선이지. 그 기본적인 것들이 맞지 않는데 그게 맞는다고 계속 그 지옥에서 못 벗어나는 건 멍청한 거라고 생각해.”

“그렇지? 그럼 너하고 나는 취향, 성격, 인격, 그런 거 다 맞아서 지금 이렇게 알콩달콩 잘 지내는데……. 그건 잘 맞을까?”

“야!”

“아, 깜짝이야! 왜 소리를 질러?”

윤희가 씩씩거리며 동석을 노려보았다.

"내가 뭐 못할 말 했나? 왜 그렇게 봐? 연인이면 같이 자는 거 자연스러운 거 아닌가?"

"너 그러는 거 아니야. 교사가 돼가지고 혼전 관계라니? 정신 차려!"

"내가 무슨 조선시대 서당의 훈장인 줄 알아? 21세기 대한민국에 살고 있는 서른둘의 건장한 남자다. 너하고 자고 싶어."

"헐. 그런 말을…… 어떻게…… 아무렇지도 않게……."

"아무렇지 않게 하는 것처럼 보여? 잘못 봤어. 고민하고, 네 눈치도 보고, 간절함을 담아 말 건넨 거야."

방금 전까지 짓궂게 보였던 그의 표정은 사라지고 진지함만이 가득했다.

윤희는 동석이 운전 중이라 다행이라고 생각했다. 시선 처리는 물론이고 어떤 말을 꺼내야 하는지도 몰라 차창 밖으로 시선을 돌리고 입을 다물었다.

"장난 아니라는 거 알 거야. 그날이 오늘이면 좋겠지만 네가 준비가 안 된 것 같으니까 기다릴게. 네 마음이 된다고 하는 그날까지."

윤희가 내쉬는 한숨 소리가 좁은 차 안을 채웠다.

두 사람은 윤희의 집 앞에 도착할 때까지 침묵을 유지했다.

"너 되게 심각해 보인다? 그게 그렇게 충격적인 거야?"

동석이 먼저 입을 뗐다.

"네가 그걸 대놓고 말한 게 충격인 거지."

"괜히 말했나? 말하지 않고 그냥 분위기 잡아서 일부터 낼 걸 그랬나 보다."

싸우지도 않았으면서 묘하게 어색해진 분위기를 바꾸기 위함인지 동석이 장난기 어린 표정으로 말했다.

윤희의 마음속에서 그녀의 솔직한 대답이 울렸다.

'당연히 그랬어야지! 그럼…… 이렇게 무안하지 않았을 거 아니야!'

무의식중에 들리는 마음의 소리에 윤희는 불안해졌다. 동석과 이렇게 함께 있는 시간이 길어진다면 오늘 그의 제안을 받아들일지도 모른다는 생각에 서둘러 차에서 내리려 했다.

"가라. 어쨌든 오늘 연극 잘 봤어. 조심해서 가고."

손잡이를 잡고 문을 열려는데 그가 그녀의 손목을 잡고 끌어당겼다.

"갈 땐 가더라도, 할 건 하고 가야지."

그리고 입술을 포개왔다.

자신의 뜨거운 마음을 그녀에게 알려주려는 듯 꽤나 길고 깊은 키스를 끝낸 후 그녀의 손목을 놓아주었다.

"들어가. 잘 자고."

다정한 미소를 짓고 그녀를 들여보내는 동석의 목소리와 표정이 집으로 들어오는 내내 윤희의 머릿속에서 지워지지 않았다.

집으로 들어오자 한숨이 저절로 터져 나왔다.

그녀는 지금 마음과 감정과 이성이 제각각 얽혀 심란하기만 했다.

감정은 그가 원하는 대로 그녀도 함께 밤을 보내고 싶다. 하지만 마음은 그건 아니지 않냐며 그녀 자신을 달래고 있다. 이성은 좀 더 시간이 필요하다는 결론을 내밀었다.

'경험이 있었으면 좀 더 쉬운 결론이 나왔을 텐데……'

연애할 시간도 없이 공부에만 빠져 있던 지난날이 후회되었다.

'술이라도 좀 마시게 해서 이성을 잃게 해주면 모를까, 동석아 내가 처음이라 맨정신에는 안 될 것 같다.'

집으로 돌아가는 길, 동석은 대놓고 자고 싶다고 말을 꺼낸 것에 후회는 없었다. 한 번 정도 거절당할 것을 예상했고, 자신의 일방통행으로 하나가 되고 싶지도 않았다.

'그런데, 진짜로 쑥스럽고 부끄러운 거야? 아니면 괜히 한번 튕겨보는 거야?'

하지만 윤희 성격에 괜히 한번 튕겨볼 것 같지는 않다. 오히려 더 당당하게 나올 것 같은데 피하려고 하는 의외의 반응이 당황스러울 뿐이다.

'설마 그 녀석……'

아무것도 모르는 진짜 숙맥일지 모른다는 생각이 들었다.

'난감하네.'

❖

시험 기간 동안 조용하던 반에 문제가 생겼다. 최고 문제아였던 진성이 정신을 차리니 그다음으로 골칫덩어리였던 현재가 무단결석을 했다. 사고 치고 수업 시간에 졸아도 학교를 꼬박꼬박 나오는 진성과 다르게 학기 초, 현재의 무단결석은 잦았다. 그 녀석을 잡아다가 학교는 무조건 나오는 걸로 설득해서 약속을 받아냈었다. 시험 기간까지 그 약속은 잘 지켜졌으나 오늘 녀석이 또 결석이다.

집에서는 학교에 간 것으로 알고 있고 이런 상황이 한두 번이 아니었기에 부모는 무단결석에 무관심하기까지 했다.

반 아이들만은 현재를 잘 챙겨주길 바라는 마음에 수업 중에 걱정이 담긴 목소리를 냈다.

"비도 오는데 우리 현재는 학교에도 안 오고 어디서 무엇을 하고 있을까?"

하지만 돌아오는 대답은 너무도 황당한 것이었다.

"비 오니까 어디서 파전에 동동주 한잔하고 있겠죠."

까르르 웃는 아이들을 향해 동석이 씁쓸한 미소를 보였다. 평소와 다른 담임의 표정에서 언짢은 심기를 읽은 아이들이 금세 조용해졌다.

"현재 발견하는 순간 바로 신고하겠습니다."

반장이 나서서 한마디 하자 모두가 그러겠다고 거들었다.

"꼭 그 즉시 알려야 한다."

"네."

아이들의 대답을 들은 후에야 동석은 잠시 끊긴 수업을 진행했다.

아이들이 적극적으로 나서주면 현재를 찾아내는 건 어려운 일이 아니기에 오늘 안으로 해결하고 내일은 녀석이 학교로 돌아올 수 있을 거라 생각했다.

하지만 현재에 대한 연락을 받은 건 아이들에 의해서가 아니었다.

[명산고 최동석 선생님 되십니까?]

"네, 그렇습니다. 어디시죠?"

[경찰서입니다. 장현재 학생 때문에 전화드렸습니다.]

우려했던 일이 결국 벌어지고 말았고 동석은 통화를 끝내자마자 곧바로 경찰서로 달려갔다.

PC방에서 하루 종일 게임을 한 현재가 PC방 요금을 내지 않고 그대로 달아나는 것을 주인이 잡았고, 지불할 돈이 없어 경찰서까지 왔다는 경위를 들었다.

"부모님한테는 절대 연락하지 말라고 해서 담임 선생님한테 연락드린 겁니다. 학생이 잘못했다고 용서를 빌면 됐을 텐데, 삐딱하게 나오는 바람에 주인이 화가 났어요. 별거 아닌 거 가지고 일 크게 벌이면 안 되니까 선생님께서 학생 데리고 주인 찾아가셔서 좋게 합의 보고 오세요.”

한두 번 겪어본 일이 아닌지 형사는 무덤덤하게 최선의 해결 방법을 알려주었다.

“알겠습니다.”

신원 보증에 사인을 하고 동석은 현재를 데리고 경찰서를 나섰다.

PC방 주인에게는 삐딱하게 나갔다더니 담임 보기에 그래도 미안한지 현재는 고개를 푹 숙이고 동석의 뒤를 따랐다.

“저녁은 먹었냐?”

동석의 질문에 현재가 고개를 저었다.

“일단 뭐 좀 먹어라. 그리고 같이 가서 빌자.”

빌자는 말에 현재의 인상이 구겨졌다.

“야, 네가 왜 인상 써? 아무 잘못도 없는데 빌어야 하는 나도 인상을 안 쓰는데!”

더 많은 말을 해주고 싶었지만 쓸데없는 잔소리가 될 것 같아 동석은 다른 말은 꺼내지 않았다.

하지만 현재는 밥도 먹기 싫고 PC방도 가기 싫다고 고집을 부렸다.

　동석은 녀석을 데리고 근처 커피숍으로 데리고 가서 설득을 시작했다. 인격적인 모욕을 당했다며 끝까지 가지 않겠다는 현재를 어르고 달래 겨우 PC방으로 데리고 갔다.

　그곳으로 가는 아이의 발걸음만큼이나 동석의 마음과 발걸음도 무겁기만 했다. 교사로서 짊어진 어깨의 무게도 힘들게 무거운 날이었다.

　자고 싶다는 그의 마음을 거절해서 삐친 것인지, 밤 11시가 되도록 동석에게 연락이 없다.

　'이러면 곤란하지? 자기 위해서 사귀자고 한 거야?'

　그의 마음을 의심하며 동석과 함께했던 시간들 속에 동석의 진심이 무엇이었는지를 파헤쳐 보려 할 때 쯤 휴대폰 벨이 울렸다.

　"여보세요?"

　마음이 삐딱선을 타서인지 전화를 받는 윤희의 목소리가 날카로웠다.

　[나야. 뭐 해?]

　윤희는 다 죽어가는 목소리로 말하는 동석이 그녀를 향해 수작을 부리는 것이라 생각했다.

　"네 생각했다."

　[그 말 들으니 힘 나네. 나 아직도 저녁 못 먹었는데 가면 라면이라도 끓여줄래?]

라면? 이봐, 이봐. 라면이라잖아.

싫다는 대답을 하려는데.

[내가 소주 사갈게.]

"네 집 가서 먹어. 이 밤중에 왜 여기 와서 소주에 라면을 먹겠데? 그리고 나 생각할 게 많으니까, 그냥 가."

퉁명스러운 그녀의 반응에 전화가 끊긴 건 아닌가 싶을 만큼 동석은 한참을 말이 없었다.

"여보세요? 동석아."

[알았어. 그럼 쉬어.]

동석의 한숨이 들리더니 이내 전화는 끊어졌다.

그렇게 끝낸 통화 후 윤희는 마음이 안 좋았다. 힘없는 그의 목소리와 잠깐의 침묵, 그리고 마지막에 들린 한숨이 계속 신경 쓰였다.

"무슨 일이 있는 건가? 진짜 힘들어하는 목소리 같기는 한데."

여자하고 잠을 자지 못해 안달 난 게 아닌 이상 동석이 그런 거짓을 꾸며낼 리 없다는 생각이 들었다. 자신이 너무 오버해서 오해했고, 저녁도 못 먹었다는 그에게 너무 냉정하게 대한 것 같아 미안했다.

동석에게 다시 전화를 하려다 말고 윤희는 옷을 챙겨 입었다. 그리고 가는 길에 포장 부대찌개와 함께 소주를 사 들고 동석의 오피스텔로 향했다.

벨을 누르고 기다리는데 아무런 반응이 없었다. 집으로 오지 않고 다른 곳에서 술을 마시나 싶어 다시 한 번 눌러봤지만 역시나 대답이 없었다.

휴대폰을 걸어봤지만 받지도 않았다.

'삐친 긴가?'

그럴 리 없을 거라 생각하며 힘없이 발걸음을 돌리려는데 문이 열렸다. 젖은 머리와 급하게 챙겨 입은 걸 티 내듯 뒤집어 입은 티셔츠를 봐서 막 샤워를 끝내고 나온 듯했다.

말끔한 모습이었지만 늘 생생하게 웃던 때와 다르게 몹시 지치고 힘들어 보였다.

힘든 것 같은 그의 마음을 알아주지 못해 미안했고, 기운 빠진 모습에 가슴이 아팠다.

그에게 힘이 되고픈 마음에 윤희가 일부러 웃음을 보이며 기운차게 물었다.

"그새 라면 끓여서 혼자 소주 한잔한 거 아니지?"

그녀가 찾아온 것에 놀랐는지 동석은 들어오라는 말도 못하고 가만 서서 윤희를 바라볼 뿐이었다.

"나 그냥 갈까? 들어오라는 말도 안 하네? 삐쳤어?"

그때서야 동석이 옆으로 비켜섰다.

"뭐 하느라고 지금까지 밥을 못 먹었어?"

어린아이 달래듯 다정하게 물으며 안으로 들어오는데 따라 들어온 동석이 뒤에서 그녀의 허리를 껴안았다. 샴푸인지 바디워시인지, 산뜻한 비누 향이 그의 체 향인 것처럼 풍겨왔다.

뒤에서 그녀를 안고 있는 그의 품과 향이 너무 좋아 가슴이 설레었다.

"네 생각밖에 안 나더라."

귓가에 낮게 속삭이는 그의 목소리가 섹시하게 들려왔다.

"오늘 뭐 했는데? 학교에서 무슨 일 있었어?"

"경찰서 갔다 왔어."

"진짜? 왜? 학생이 사고 쳤어?"

동석의 품에서 빠져나와 걱정스레 물었다.

"연중행사처럼 있는 일이야. 그렇게 놀랄 필요 없어."

동석이 윤희의 속에 들린 비닐봉투를 들어 내용물을 확인하며 웃었다.

"소주를 사왔네? 부대찌개까지."

동석이 그녀를 다시 품에 안으며 입술에 쪽쪽쪽, 여러 번 입을 맞추었다.

"예뻐 죽겠네, 우리 윤희."

아무렇지 않게 말하고 웃는 모습이 여자친구에게 약한 모습 보이기 싫어, 괜히 더 강한 척하는 허세로 느껴졌다.

그 모습이 안쓰러워 윤희가 동석을 식탁 의자에 앉히고 그녀가 찌개를 끓이려 하자 그가 말렸다.

"밤에 너무 부담스러우니까 간단하게 맥주나 하자."

"너 밥도 안 먹었다며? 그러다 속 버려."

"괜찮아. 네가 와줘서 안 먹어도 배불러."

그리고는 맥주 한 캔씩을 들고 나란히 소파에 앉았다.

"무슨 일이 있었는데?"

"윤희야, 그때 들었던 음악 다시 듣자."

대답을 회피하는 것 같아 맘에 들지 않았지만 윤희는 그가 원하는 대로 휴대폰에 저장되어 있는 음악을 재생시켰다. 그날처럼 Adam Levin의 'Lost Stars'가 흘러나왔다.

노래가 막 시작할 때 동석이 고백하듯 조용히 그녀에게 낮은 목소리로 속삭였다.

"무슨 일이 있었냐면, 내가 도윤희를 많이 사랑한다는 걸 깨달았어."

"응?"

오늘 하루 동석은 자신이 윤희를 진심으로 깊이, 그리고 많이 사랑하고 있다는 걸 깨달았다.

현재를 경찰서로 보낸 PC방 주인은 만만한 사람이 아니었다. 어릴 적부터 못된 버릇을 뿌리 뽑아야 한다며 절대 합의해 주지 않겠다고 고집을 피웠다. 그뿐 아니라 동석에게 선생이면 애들 교육 똑바로 시키라며 호통까지 쳤다.

애를 바르게 가르치지 못한 자신의 과오라고 인정하며 학생의 미래를 생각해 달라는 말에도 꼼짝하지 않았다. 그런 남자를 붙잡고 설득하고 빌기를 몇 시간.

정말 다 때려치우고 싶다는 마음이 들 때마다 이상하게 윤희가 떠올랐다. 그러면 마음이 진정되고 편해졌고 남자를 대하는 게 수월해졌다.

욱하는 마음에 일어나려는 현재까지 달래가며 끝가지 버티자 남자는 결국 백기를 들었다.

모든 일이 해결되고 정리되었을 때도 그의 머릿속에는 일이 더 커지지 않아 다행이라는 생각이나, 교사로서 할 일을 했다는 사명감보다는 윤희가 떠올랐고 그녀가 몹시 보고 싶었다.

'사랑하는구나.'

가슴이 그렇게 말해주었다. 비록 그런 그의 마음을 알아주지 못하고 눈치 없이 모진 말을 해서 상처를 주긴 했지만 지금 바로 앞에서 그녀를 보고 있으니 그 감정을 다 표현할 수 없을 만큼 그녀 때문에 행복했다.

"힘든데 네 생각하니까 참아지더라."

"아이고, 우리 동석이 오늘 고생 많이 했네. 야! 그런 사고는 중2 때 다 끝내고 올라왔어야 하는 거 아니야? 고2씩이나 돼서 왜들 그런다니? 지랄총량의 법칙인 건가?"

"그럴 수도."

"고생했어."

윤희가 안쓰러운 얼굴로 동석의 손을 잡아주었다.

"힘들 때 네 생각밖에 안 나는 거 보고 알았어. 도윤희를 내가 진짜 많이 좋아한다는 거."

동석이 그를 바라보는 윤희의 뺨을 쓸어내렸다.

그녀에게 시선을 떼지 않던 동석이 자신의 손에 있는 맥주는 물론 윤희가 들고 있는 맥주까지 테이블에 올려놓고 그녀의 뺨을 감싸며 키스해 왔다. 그리고 점점 더 몸을 밀착시켰다.

은연중에 동석의 손이 윤희의 가슴을 움켜쥐며 두 사람의 호흡이 가빠졌다.

"자고 갈래?"

입술을 뗀 동석이 물었다.

가쁜 호흡을 내쉬면서 생각에 빠진 윤희가 고개를 끄덕거렸다.

"정말 자고 갈 거지?"

"응."

"잠은 침대에서 자는 거지."

동석이 윤희를 번쩍 들어 올려 침대로 향했다.

"그리고 잘 봐라, 도윤희. 진성이 복근보다 내가 더 명품 복근이라는 거."

이 상황에 귀여운 농담을 하는 동석이 그녀의 긴장된 마음을 편하게 해주었다.

'단 하루 만에 내가 무너져 내리는구나.'

무너져 내리지 않을 수가 없었다.

성급하지 않은 동석의 키스와 손길은 그녀를 소중하게 아끼고 있다는 걸 알려주듯 섬세하고 조심스러웠다. 하나하나 그녀의 감각을 깨우며 몸으로 나누는 사랑도 설레고 행복할 수 있다는 걸 알려주었다.

단순한 욕망이 아닌 깊은 사랑으로 하나가 되었을 때의 행복과 벅찬 감정으로 그에 대한 마음 역시 더욱 깊어졌다.

무섭고 힘들고 그러면서 묘한 기대감이 있던 첫 경험, 그 상대가 동석이라 행복했다. 그 경험이 아름답고 황홀한 것이어서 더욱 행복했다.

9. 엎친 데 덮치다니

성적표가 나갔고 다음 주부터는 학부모 상담 기간이다. 교육열 높고 입시에 민감한 학부모들과 상담을 하면 심각해지고 시간도 길어져서 정신적인 에너지가 쉽게 고갈된다. 퇴근 때는 초주검이 되는 때도 종종 있다. 물론 학부모들도 자식의 성적에 실망하고 불안해서 맥 빠진 채 돌아가는 경우도 허다하다. 그만큼 대한민국의 교육 현실은 뜨겁고 매섭다.

동석은 상담 주간을 버티기 위한 신체적, 정신적 에너지를 위해 그리고 요 며칠 그에게 육체적으로 시달린 윤희의 허해진 기력을 보충하기 위해 보양식을 먹어야겠다는 생각이 들었다.

「저녁에 몸에 좋은 거 먹으러 가자.」

메시지를 보내놓고 해신탕을 먹어야겠다고 생각하는데 답이 들어왔다.

「미안. 오늘 그 남자 만나기로 했어. 다음에 먹자.」

양다리인 듯 양다리 아닌 양다리 같은 이런 상황을 어떻게 받아들여야 하는 것인지.

대놓고 다른 남자를 만난다고 해도 화를 낼 수 있는 상황이 아니니 속만 부글거렸다. 참다못한 동석이 윤희에게 전화를 걸었다.

"어디에서 만나는데? 저녁은 안 먹을 거 아니야?"

[에메랄드 호텔에서 7시 30분.]

"호텔? 왜 호텔에서 만나? 시나리오를 현실보다 더 잘 만들던데, 그렇게 보고서 형식으로 보내라고 해."

그의 목소리가 저음으로 가라앉았다. 화가 최고점에 다다랐다는 뜻이다. 화가 무거워지고 뜨거울수록 그의 목소리는 점점 더 낮아지기 때문에.

하지만 그걸 아직 모르는 윤희는 별일 아니라는 듯 시큰둥하게 대답했다.

[우리가 만나고 있다는 걸 증명할 수 있다고 거기에서 만나자고 해서.]

"누구한테, 뭘 어떻게 해서 증명하겠다는 거야? 오늘 못 가겠다고 해. 그리고 아버님 만나자. 내가 진짜로 네 남친이고 애인인데 나서지 못할 이유가 없잖아"

잘못도, 하자도 없는 진짜 애인은 숨어야 하고, 여자가 있는 가짜 애인은 오히려 당당하게 앞에 나서는 지금의 이상한 상황을 바로잡고 싶었다.

아무리 무서운 아버지라도 설마 죽이기야 하실까.

그런데 휴대폰 너머 윤희의 한숨이 들려왔다.

[네 마음 이해 가는데, 우리 아빠는 내가 잘 알아. 조금만 참자. 그래야 편해져. 그리고 호텔에서 만난다고 걱정하지 마. 내가 애도 아니고.]

"끝내 나가겠다고?"

[응.]

"그래, 그럼."

동석이 통화를 끝냈다.

호텔에서 만난다고 무슨 일이 있을까만은, 사람 일이란 한 치 앞을 모르는 일이다. 더구나 사기 캐릭터 같다는 얼마 전 진성의 말과 자신의 여자를 숨기고 윤희를 방패로 잔머리를 굴리는 비겁한 남자를 떠올리자 그냥 앉아 있을 수만은 없었다.

결국 동석은 시간에 맞춰 윤희의 약속 장소인 에메랄드 호텔로 향했다.

지하 레스토랑부터 맨 마지막 층에 있는 바까지 윤희를 찾으러 한 바퀴 돌고 다시 돌아볼 때 2층에 있는 커피숍에서 그녀를 찾아냈다.

남자와 마주 앉아 있는 모습을 보는 순간 겨우 가라앉은 화가 다시 끓어올랐다. 만일 윤희가 조금이라도 웃고 있었다면 그 테이블로 직진했을지 모른다. 그런데 지금 윤희는 인상을 팍 쓰고 앉아 남자를 못마땅하게 쳐다보고 있었다.

'남자가 뭔가 구린 걸 감추다가 딱 걸린 분위기인데…….'

어떤 대화를 나누는지 들을 수는 없었지만 동석은 자리에 앉아 두 사람을 지켜보았다.

"더 이상 이런 만남 힘들죠? 오늘 만남으로 인해 우리가 안 맞는다는 결론을 냈다고 양가에 알리는 거, 어떻습니까?"

윤희도 바라는 바였기에 우식이 그 말을 꺼낼 때만 하더라도 그의 제안이 반가웠다. 그런데 그의 다음 말을 듣고 보니 뭔가 이상했다.

"아버지가 어디선가 우리를 보고 계실 섭니다. 윤희 씨가 화를 내면 끝내는 게 쉬울 것 같은데."

그의 아버지가 지켜보고 있는데 왜 꼭 그녀가 화를 내야 하는지.

비슷한 성격의 아버지 아래서 자랐기 때문에 윤희는 그가 어떤 저의를 가지고 하는 말인지 알아챌 수 있었다. 우식은 자신이 아닌 상대에게 원인과 책임을 떠넘기고 자신은 책잡히지 않기 위한 고단수를 부리고 있었다.

그 마음이 어떤지 이해하지만 이건 너무 얍삽하고 비겁한 방법이다.

윤희도 어릴 적, 인수의 책임 추궁에서 벗어나기 위해 남에게 책임 전가를 한 적이 있었다. 하지만 인수 앞에서보다 양심 앞에서 자신이 더 초라해진다는 걸 알았다. 그 뒤로 그녀는 그런 비겁하고 나약한 행동을 하지 않는다.

자기 혼자 살아남겠다고 그녀에게 무거운 짐을 떠넘기려는 비겁하고 얄미운 그에게 쉽게 넘어가 주고 싶지 않았다.

'그동안 고분고분 말을 좀 잘 들어줬더니 내가 우습게 보였나?'

윤희가 네 수를 다 알고 있다는 얼굴로 그를 불쾌하게 쳐다보았다.

"더 쉽고 간단한 방법이 있는데 왜 굳이 나한테 화를 내라고 하는 거죠?"

"더 쉽고 간단한 방법이요? 그게……."

"지금 당장 내 손을 잡고 억지로 룸으로 끌고 가면 돼요. 더 이상 설명도 필요 없이 아주 간단하게 끝낼 수 있어요."

이번에는 우식이 불쾌함을 드러냈다.

"아무리 그래도 사람을 어떻게 그렇게 몰아갑니까?"

"그러니까요. 아무리 그래도 의사가 안 된 우식 씨를 우습게 안 다면서 나를 완전 잘나고 못된 여자로 몰아가지 말았어야죠. 그거 참고 오늘 조용히 나왔는데 또 이런 식으로 나오시면 이 관계 유지가 안 되는 거죠. 솔직하게 다 털어놓고 끝내야 하는 거죠."

얼마 전, 우식이 적어준 대로 인수에게 말했다가 된통 당한 기억이 떠올랐다.

인수가 그녀의 말을 믿지 못하더니 결국 다시 전화해서 우식의 입장을 설명하는데 그는 우습게도 윤희가 의사가 아닌 이유로 자신을 우습게 보는 것 같았단다.

그때 인수에게 잔소리 들은 걸 생각하면 아직도 뒷골이 당기는데 지금 또 그녀를 궁지로 몰아넣으려는 수작이라니.

우식을 향해 떫은 표정을 지어 보이자 그 역시 눈살을 찌푸리며 그녀를 매우 못마땅하게 쳐다보았다.

눈싸움을 하듯 대화 없이 서로를 쏘아보기만 하는 시간이 아까웠지만 윤희는 일어나지 않았다. 그랬다가는 우식의 의도대로 그녀가 화를 내고 먼저 가는 꼴이 되어버린다. 도를 닦듯 마음을 차분하게 마음을 가라앉히고 앞에 놓인 커피를 여유롭게 마셨다.

그 역시 아버지가 어딘가에서 지켜보고 있음을 의식해서인지 마뜩치 않은 표정을 하고서도 선뜻 먼저 일어나지 못했다.

윤희는 언제까지 대화 없이 앉아 있을 건지 두고 보자는 마음으로 버티고 있었다.

그때, 그녀의 휴대폰에 메시지가 들어왔다.

「그렇게 말없이 앉아 있을 거면 일어나 나오지?」

동석이 보내온 것이었다. 어디에선가 보고 있는 것 같은 문자에

윤희가 주위를 둘러보았다. 그때 우식의 뒤쪽에 앉은 동석의 모습
이 보였다.

두리번거리는 윤희가 이상했는지 우식도 주변을 둘러보았다.
혹시라도 동석의 존재를 눈치챌까 봐 걱정되었지만 다행히 우식
은 별다른 것을 느끼지 못했는지 다시 인상을 쓰고 시선을 멀리
두었다.

「기 싸움 중이야. 그리고 절대 아는 척하지 마. 호텔에서 완벽하게 벗
어날 때까지.」

「지지 말고 이겨!」

웃음이 새어 나오려는 것을 참으며 윤희는 무표정을 고수했다.

그런데 어느 순간부터 우식이 계속 시간을 확인했다. 아버지에
게 보이기 좋을 만큼의 시간을 다 채웠다고 생각한 것인지, 이쯤
이면 그의 아버지가 더 보고 있지 않겠다고 예상한 것인지 그가
벌떡 일어섰다.

"더는 할 말이 없는 것 같으니 먼저 가보겠습니다."

"그러세요."

그가 카페를 벗어나자 윤희가 동석에게 문자를 보냈다.

「누군가 우리를 지켜볼 수도 있어. 따로 나가서 병원 근처에서 만나
자. 나 먼저 갈게. 그리고 나 나갈 때 쳐다보지도 마!」

「쇼윈도 연애에서 이제는 첩보 연애인가? 조심해서 가.」

윤희가 자리에서 일어나서 동석을 모른 척 지나쳐 카페를 나

왔다.

어디선가 보고 있을지 모를 우식 아버지의 시선을 의식해 호텔을 나올 때까지 긴장감을 늦추지 않았다.

말도 안 되는 우식의 방식에 동조한 것부터 점점 더 이상한 쪽으로 흘러가는 상황에 놓인 자신이 한심했다.

'남들은 쉽고 재미있게 하는 연애, 진짜로 이 무슨 첩보 작전이야? 확 그냥 다 까발려 버릴까? 손우식, 저 남자 여자 있다고.'

정신적인 스트레스가 심해 당이 필요하다며 윤희가 동석을 데리고 온 곳은 골라먹는 재미가 있는 해피35 아이스크림 가게였다.

파인트 사이즈에 달달러브, 초코월드, 윙크애플, 세 가지를 주문한 윤희는 저 혼자 반 이상을 먹고는 호텔에서 있었던 일을 털어놓았다.

어떻게 그럴 수 있냐는 말로 시작한 윤희는 고자질을 하듯 우식과의 일을 낱낱이 고했다.

그런데 흥분해서 조잘거리는 모습이 동석의 눈에 왜 이리 귀여운지.

분명 화가 나서 열을 뿜고 있는 모습이 맞는데 그런 윤희의 모습이 동석에게 제자들과 같은 18세 소녀의 느낌으로 다가왔다.

호텔로 남자를 만나러 가야 한다는 통화를 할 때만해도 분노에 가깝게 화가 올라왔는데 지금은 언제 그랬냐는 듯 그녀가 사랑스럽기만 하다.

그녀가 털어놓는 황당한 이야기를 웃으며 듣고 있던 동석에게 윤희가 인상을 쓰며 물었다.

"너 제대로 듣고 있어? 왜 이렇게 실실 웃어?"

"듣고 있어. 그 정신 나간 남자에 대해서도 너하고 같은 생각을 하고 있고. 그런데 왜 이렇게 실실 웃냐면, 윤희 네가 너무 귀엽고 예뻐서."

"그걸 이제 알고 웃는 거야? 나 원래 귀엽고 예뻤구만. 그런데 지금 그게 문제가 아니라고. 나 그냥 아빠한테 사실대로 말해 버릴까 봐. 내가 한심해서 미치겠어."

"그렇게 해. 자신의 여자를 내놓지도 못하는 그 남자의 비겁함을 네가 감싸주고 다 떠안고 가는 모양새야. 그러니 겁 내지 말고 말씀드려."

동석의 말이 맞는 것 같아 윤희는 용기를 가지고 인수에게 모든 걸 털어놓기로 했다. 그렇게 마음먹으니 우식으로 인해 답답했던 속이 시원해지는 기분이다.

가벼워진 마음으로 자리에서 일어서는데 동석이 아이스크림 케이크가 진열되어 있는 쇼 케이스 앞으로 가더니 윤희에게 하나 고르라고 했다.

"나 사주려고?"

"응. 먹고 싶은 걸로 하나 골라봐."

윤희는 네잎 클로버 모양으로 되어 있는 아이스크림 케이크를
선택했다.

계산을 마친 동석과 가게를 나오자 봄밤에 부는 바람이 상쾌하
게 느껴졌다. 윤희는 동석과 함께 집까지 산책하는 기분으로 걷고
싶어졌다.

"집까지 걸어가자, 동석아."

"그래."

동석이 한 손에는 케이크를 들고 다른 한 손으로는 윤희의 손을
잡았다. 연인이 되었어도 손잡고 걷는 건 처음이었다. 봄바람이
그녀의 가슴으로 들어오는 것 같은 느낌이 들었다.

15분 넘게 걸어 윤희의 아파트 앞에 도착했다.

"들어갈게."

동석이 그런 그녀를 잡고 키스를 했다. 하지만 키스를 하고 나
서도 잡고 있는 손은 놓지 못한 채 아쉬운 눈빛으로 그녀를 바라
만 보았다.

"왜? 빨리 가."

말은 그렇게 하면서 윤희 역시 그에게서 손을 빼내지 않고 동석
의 시선을 마주하고 있었다.

"올라갔다 가면 안 될까?"

"어우, 야……. 그럼…… 아이스크림 케이크, 이거 좀 먹고 갈
래?"

동석이 고개를 끄덕거리며 윤희보다 먼저 앞장서서 아파트 입구로 들어갔다.

그와 함께 올라가면서 윤희가 생각했다.

'이 핑계를 만들려고 케이크를 사줬나?'

그렇다면 동석이 연애 고수일지 모른다는 생각을 하다가 문득 떠오르는 것이 있었으니 파인트 하나를 그녀 혼자 먹어치웠다는 사실이다.

저녁을 먹지 않아 허기진 이유도 있었고 속이 끓어올라 식혀야 하는 이유도 있었지만 남자친구를 앞에 두고 혼자 다 먹었다는 사실에 얼굴이 붉어지려 했다.

'아, 창피해.'

그 창피함에 동석을 집으로 데리고 가는 것에 후회가 들었다. 하지만 이미 엘리베이터는 9층에서 멈췄다. 어쩔 수 없이 집으로 들어온 윤희는 케이크 상자를 열어 동석을 위해 네잎 클로버의 잎 한쪽을 접시에 옮기려 했다.

"왜?"

"너 먹어야지."

"도윤희. 내가 진짜로 그 아이스크림 먹겠다고 올라왔다고 생각하는 거야?"

물론 아니라는 걸 알고 있다. 그렇다고 들어오자마자 옷을 벗을 수는 없지 않은가.

“너 좋아하는 이 아이스크림은 두고두고 먹고, 난 다른 게 먹고 싶은데.”

동석이 윤희의 얼굴을 감싸며 입술을 맞대왔다. 마치 그녀의 입술에 허기진 사람처럼 키스가 거칠고 격해졌다.

아이스크림 케이크를 냉동실에 넣어야 함에도 불구하고 입술을 쉽게 떼지 않는 동석으로 인해 그대로 침실로 들어갔다.

그리고는 아이스크림 케이크가 실온에 있다는 사실조차 까맣게 잊은 채 윤희는 동석의 키스와 손길에 모든 걸 맡기며 열락의 시간 속으로 빠져들었다. 아이스크림 케이크가 다 녹을 때까지 그들도 녹아내렸다.

디데이. 인수에게 우식과 있었던 일을 털어놓는 날.

인수가 어떻게 받아들일지, 저쪽 집안에서 무슨 일이 터질지, 아무것도 예상할 수 없는 날이다. 윤희가 터뜨리는 폭탄이 더 큰 폭발을 막기 위한 최선이길 바랄 뿐이었다.

심호흡을 한 윤희가 우식의 전화번호를 눌렀다. 어떻게 보면 가장 큰 피해와 책임을 떠안을 주인공이지만 자신의 사랑에 당당하지 못했던 결과이니 딱히 불쌍하거나 안된 것도 아니다.

몇 번의 전화벨이 울린 후 그가 전화를 받았다.

[손우식입니다.]

"도윤희예요."

[네, 윤희 씨. 말씀하세요.]

본론을 말하기 전 윤희는 크게 심호흡을 했다.

"이대로는 안 될 것 같아요. 그냥 솔직하게 부모님께 말씀드려
요."

[갑자기 왜 이러는 겁니까?]

"여러 가지로 불편해서요."

[말씀드린다고 편해질 건 없을 텐데요. 오히려 더 많이 힘들어
질걸요? 그리고 내가 만일 모든 걸 포기하고 윤희 씨하고 결혼하
겠다고 하면 어쩌려고요?]

예상치 못한 반응이었다. 하지 말라고 펄펄 뛰거나, 모든 걸 감
수하고 용기 있게 받아들이거나, 그 둘 중에 하나일 줄 알았다.

그런데 우식은 그가 만나고 있는 여자를 포기하면 어쩔 거냐며
윤희에게 반협박 식의 태도를 보이고 있다. 비아냥거리는 말투가
몹시 불손했고 비겁을 넘어 비열한 성격이 느껴질 만큼 불쾌했다.

우식이 그렇게 나오니 윤희는 유보나 타협 없이 빨리 끝내고 싶
었다.

"그럴 수 없다는 건 손우식 씨가 잘 아실 텐데요?"

[우리 두 사람 말이 참 잘 통한다고 생각했는데. 잘 생각해 봐
요, 윤희 씨. 신중하게. 성급하게 굴면 분명 후회할 겁니다.]

“제 생각엔 변함없어요.”

[똑똑한 거 다 헛거네요. 다시 한 번 말하는데 후회는 윤희 씨가 할 겁니다. 내 말이 무슨 뜻인지 잘 생각해 보고 결정해요. 뒤늦게 돌이키려 하지 말고. 저도 더 이상 다른 말은 않겠습니다.]

더 이상 다른 말을 하지 않겠다는 사람에게 윤희도 같은 말을 반복하고 싶지 않았다. 위협적으로 말하는 그의 목소리도 듣기 싫어 형식적인 인사를 건네고 통화를 끝내려는데 그가 먼저 전화를 끊었다.

“어머나! 이 양반이 이제 슬슬 본성 드러내시네. 그래, 누가 후회하는지 두고 봅시다.”

기분이 상할 대로 상해 있는데 은실이 진료 환자가 있음을 알렸다.

3분 후에 들여보내라는 사인을 주고 자세를 고쳐 앉았다. 우식으로 인한 불쾌감을 잊고 진료에 집중하기 위해 책상 위에 놓인 초콜릿을 하나 집어먹었다.

동석이 그녀를 위해서 사준 초콜릿이다. 얼른 녹여 먹고 청진기를 목에 거는데, 동석이 제 남자라고 당당하게 선언하며 깜찍하게 굴었던 혜진이 진료실 안으로 들어왔다. 접수를 했지만 의사의 진료가 필요해서 온 건 아닌 것으로 보였다. 들어오자마자 윤희를 매섭게 쏘아보는 눈빛이 제법 날카로웠다.

“저거 제 거예요.”

책상 위에 초콜릿을 가리키며 시비를 걸었다.

"저게 왜 네 거야? 저거……."

"최 쌤이 줬죠?"

동석이 준 게 맞지만 이 분위기에서는 아니라고 대답해야 할 것 같았다. 제 거라고 당당하게 이야기하는 걸 봐서는 혜진이 동석에게 준 초콜릿이 맞는 모양이다. 그렇지만 초콜릿 하나 가지고 이렇게 오만불손하게 나올 것까지 뭐가 있을까.

윤희가 혜진을 향해 한마디 하려는데.

"소아과 의사가 그래도 돼요?"

혜진이 더 당돌하고 불량한 자세로 의도를 알 수 없는 질문을 던졌다. 어린 여학생의 건방진 태도로 단순하게 봐 넘길 수 없을 정도였다.

"고혜진. 너……."

"집으로 남자 끌어들이는 부도덕한 인성으로 소아과 의사를 하면 되겠냐고요? 그런 건 술집 여자들이나 하는 거예요. 소아과 의사면 의사답게 애들 상처 치료해 주고 병이나 고쳐 주면 되는 거라고요!"

윤희가 벌떡 일어나 혜진 앞으로 다가갔다. 눈을 부릅뜨고 무섭게 쳐다보며 엄하게 그녀를 야단쳤다.

"너 아주 버르장머리가 없구나? 너야말로 학생이면 학생답게 학업에 충실해! 시건방지게 어른들 일에 끼어들지 말고. 이런 못

돼 처먹은 것만 배워서 때와 장소 가리지 못하고 행패 부리지 말고!"

그러나 혜진은 눈도 깜짝하지 않고 더욱더 이글거리는 시선으로 윤희를 쏘아보았다.

"닥치세요. 진짜 못돼 처먹은 게 뭔지 보여주기 전에. 그리고 최동석 씨하고 정리하시고요."

윤희는 혜진의 말을 잘못 들었을 거라 생각했다. 아무리 인성이 못됐어도 어른에게 닥치라니. 잘못 들은 것이라 그렇게 여기는데 혜진이 윤희를 획 밀더니 밖으로 나갔다.

여학생에게 수모를 당한 기분에 얼굴이 뜨거워졌고 가슴에서는 불이 일었다.

'저 어린것이 어디 감히!'

진짜 뜨겁고 무서운 맛을 보여주어야겠다는 마음으로 윤희가 진료실을 나갔다. 그런데 대기실에서 빵 봉지를 오늘도 한가득 들고 온 진성과 혜진이 대치 상태로 있었다.

"너 뭐냐?"

"넌 뭐냐?"

열이 받아 얼굴이 붉으락푸르락한 윤희와 진성의 눈이 마주쳤다.

"왜 그래요, 쌤? 혹시 이년 때문에 그래요?"

"뭐래? 미친 새끼."

혜진이 진성을 밀치고 병원 밖으로 나가 버렸고 윤희는 뒷목을 잡고 거친 호흡을 내뱉었다.

"이진성, 쟤 뭐니? 너 쟤 알아? 뭐 저런 또라이가 다 있어? 저게 학생이야? 와!"

분해 죽을 것 같은 마음에 윤희가 제 가슴을 팡팡 치기까지 했다.

"저년 저거, 동석 쌤 빠순이에요. 그런데 쌤한테 뭐래요?"

"내가 참아야지. 저 어린 또라이를 내가 상대하면 나만 손해지."

윤희가 속에 있는 분을 비명으로 내지르고 진료실로 들어갔다.

그런 윤희의 모습을 본 진성은 빵 봉지를 은실에게 던지듯 건네고 후다닥 병원 밖으로 뛰어나갔다.

"야! 고혜진! 너 거기서 서! 죽여 버리기 전에!"

앞서가던 혜진이 멈춰 서서 똑같이 험한 시선과 함께 험한 말을 내뱉었다.

"미친 새끼. 누구보고 서라 마라야?"

"너, 우리 도 원장한테 뭐라고 씨부렸냐? 뭔 지랄을 어떻게 했길래 우리 도 원장 얼굴 저러는 건데?"

"미친 새끼, 지랄하네."

진성의 말에 혜진이 어이없다는 듯 바라보고 쌩하니 돌아섰다. 진성이 그런 혜진을 앞질러 나아가 그녀를 멈춰 서게 만들었다.

“경고하는데 한 번만 더 도 원장 건드리면 죽어!”

“저 아줌마하고 사귀냐? 저 아줌마가 네 여친이라도 돼?”

“그래 사귄다! 내 여친이라고! 그러니까 까불지 말라고!”

혜진의 뒤틀어진 표정이 서서히 펴지기 시작했다. 입가에 묘한 미소를 보이더니 진성에게 확인하듯 다시 한 번 물었다.

“진짜 사귄다고? 너하고 저 의사 아줌마하고?”

“귓구멍 막혔냐? 내가 찜해놓은 내 여자야. 그러니까 조심해, 너!”

혜진의 표정이 활짝 펴졌다.

“그래, 알았어. 대신 네 아줌마한테도 조심하라고 전해줘.”

“뭐? 아줌마? 이게 진짜 죽을라고!”

주먹까지 들어 보이는 진선을 무시하고 혜진이 발걸음을 옮겼다.

진성은 그녀를 더 따라가지 않고 윤희를 걱정하며 병원으로 돌아왔다.

윤희와 혜진 사이에 무슨 일이 벌어진 것 같았지만 윤희는 그저 혜진의 되바라진 성격과 덜된 인격에 대해 흥분하기만 했다.

진성은 그런 윤희가 신경 쓰였지만 별다르게 큰일은 일어나지 않을 거라 넘겼다. 대신 같은 일이 한 번만 더 일어나면 고혜진을 그냥 두지 않겠다고 마음먹었다.

중요한 일을 앞두고 혜진과 벌어진 일이 그녀의 마음을 더욱더 심란하게 만들었다. 인수에게 우식과의 사실 관계를 털어놓으려고 한 오늘, 왜 하필 이런 일이 벌어지냔 말이다.

우울하고 어두운 얼굴로 윤희가 아파트 입구에서 나오자 차에서 내린 동석이 그녀에게 다가왔다.

"우리 윤희 너무 다운되어 있는데? 그 뜨거운 성질 어디다 버리고 왔어? 얼굴 펴고, 가슴 펴고. 기죽지 말고."

동석이 그녀의 심란하고 불안한 마음을 달래주듯 머리를 쓰다듬었다.

이상하게 그의 그런 손길이 진정제라도 되는 것처럼 마음에 안정이 찾아왔다.

"에너지 좀 충전시켜 줄까?"

윤희에게 가볍게 입을 맞춘 동석이 씩 웃어주었다.

"너무 약한데?"

농담할 기분은 아니었지만 어떻게든 불안한 마음을 덜어보고자 윤희가 동석에게 장난스레 반응했다.

"그럼 초강력 울트라 파워로 해줄게."

동석은 곧바로 윤희에게 진하게 키스를 했다.

둘만의 안전하고 편안한 차 안으로 들어가지 않고 길가에 서서 키스를 하다니.

윤희가 놀라서 동석에게서 떨어졌다. 어디선가 혜진이 지켜보고 있을지도 모른다는 불안감이 덮쳐 왔다.

"이러다 학생이나 학부모라도 보면 어쩌려고?"

빨리 차 안으로 숨어야겠다는 생각에 윤희가 급하게 차에 올라 탔다. 그런 윤희와 다르게 동석은 느긋하게 운전석에 앉았다.

"보면 어때? 교사는 연애도 못하고 키스도 못하나? 그리고 요새는 애들이 더 많이 해."

"인기 많은 최 쌤으로 인해 명산고 여고생들의 테러 타깃이 되고 싶지 않아."

"테러? 무슨 일 있었어?"

동석의 인상이 무섭게 굳었다.

"무슨 일은? 그냥 말이 그렇다는 거지."

윤희는 혜진의 동석에게 일을 알리고 싶지 않았다. 제자로 인해 골치 아프게 하고 싶지 않았고, 일을 더 크게 벌이고 싶지도 않았다. 또한 지금은 혜진이 많이 괘씸하지만 시간이 지나면 해결해 줄 어린 감정에 상처를 주지 말아야겠다는 생각이었다.

"진짜 없어?"

"당연하지. 너하고 나하고 사귀는 거 누가 알기나 해? 진성이도 모르는데."

그때서야 잔뜩 굳어 있던 동석의 표정이 풀렸다.

"가자. 매도 빨리 맞는 게 낫지."

윤희가 재촉했다.

"네가 매 맞을 짓을 한 건 아니지. 그 짓은 저쪽이 했지. 그러니까 쫄지 말라고, 도윤희."

"알았어."

"그 남자한테는 집안에 모든 걸 알리겠다는 거 말해줬어?"

"오전에 통화했는데, 오히려 나한테 후회할 짓 말고 잘 생각해 보라고, 반협박 조로 으르렁거리더라."

"아무리 봐도 이상해. 가서 잘 말씀드려."

동석이 인수와 서진주 여사가 있는 그녀의 본가까지 그녀를 태워다 주었다.

"자고 갈 거 아니면 여기서 기다릴게."

"언제 나올지 모르는데?"

"그래 봐야 오늘 안에 나올 거 아니야? 내일 아침에 나와도 기다려 보지, 뭐."

"아니야. 그냥 가. 신경 쓰이고 부담스러워."

"알았어. 들어가."

머리를 쓰다듬고 어깨를 다독여 주는 동석의 미소에 윤희는 힘을 얻었다. 우식과는 비교도 안 되는 진짜 애인 동석을 위해서라도 잘못된 걸 바로 잡아야겠다는 마음이 강해졌다.

윤희 역시 동석에게 걱정하지 말라는 의미로 환한 웃음을 보여 주었다.

"전화할게."

"그래."

차에서 내려 빌라 3층에 있는 집으로 올라오기까지 심장이 옥
죄는 것 같은 느낌에서 벗어나지 못했다. 자신의 잘못이 아니라고
되뇌어보지만 처음부터 솔직하게 말하지 않고 그에게 동조했다는
잘못을 인수가 용서해 줄지가 문제다.

그녀가 알고 있는 인수의 성격으로 보자면 우식 못지않은 죄인
취급을 받으며 책망을 면할 수 없다. 그걸 견뎌야 함이 그녀의 마
음을 무겁고 힘들게 했다.

현관 앞에 서서 윤희는 심호흡을 하고 벨을 눌렀다.

"윤희니?"

이유는 말해주지 않고 찾아가겠다는 전화만 해놓아서인지 문을
열어주는 서 여사의 얼굴에 걱정이 가득해 보였다.

"도대체 무슨 일인데 와서 얘기해야 한다는 거야? 손 군하고 관
련된 거지?"

"일단 들어가요, 엄마."

거실로 들어오자 늘 상석으로 지정된 1인 소파에 인수가 자리
잡고 있었다. 인수의 표정도 서 여사만큼이나 심각해 보였다.

"할 말이 있다는 게 뭐냐?"

딸의 인사를 받기는커녕 앉으라는 말도 없이 인수가 본론부터
꺼냈다.

예전 같으면 저 무서운 인상에 기가 눌려 아무 말도 꺼내지 못

했을지 모른다. 그런데 지금 이상하게 동석이 떠오르면서 무서울 게 없어졌다.

마치 그녀 뒤에 그가 딱 버티고 있는 것처럼 든든했고 무슨 일이 벌어져도 그녀를 지켜줄 것 같은 믿음에 긴장감마저 사라졌다.

그로 인해 윤희도 인사를 생략하고 담담하게 해야 할 이야기를 꺼냈다.

"손우식 씨하고 결혼 못해요."

"왜?"

"그 사람한테 여자가 있어요."

인수의 표정이 무섭게 변했다.

윤희는 우식과 처음 만난 날 그가 제안했던 거짓 연애의 제안부터 서로가 프로필을 건네고 데이트를 한 것처럼 말을 맞추었다는 것까지 숨김없이 털어놓았다.

"이게 다 무슨 얘기야? 니들 무슨 깡으로 그런……. 아이고, 어이없어. 기가 차서 말도 안 나오네."

흥분하며 기막혀하는 서 여사와 달리 인수는 어떤 말도 하지 않고 무표정하게 앉아만 있었다.

"사실인 거지?"

한참 후 인수가 던진 첫 질문이다.

"네."

"알았다. 가봐라."

“네?”

“어떻게 하려고요?”

윤희가 하고 싶은 질문을 서 여사가 남편에게 던졌다. 하지만 인수는 대답하지 않고 안방으로 들어가 버렸다. 더 이상 할 말이 없다는 의미다.

“갈게, 엄마.”

“아빠, 엄청 화나셨다. 손 군한테도, 너한테도. 알지?”

“응.”

“에휴. 손 원장님 이 사실 알면…….”

서 여사가 깊은 한숨을 내쉬며 가라는 손짓을 했다.

집에 들어와 앉지도 못하고 윤희는 그대로 집을 나왔다. 가슴을 짓누르고 있던 불안감은 사라졌지만 마음이 홀가분하지는 않았다. 어쩌면 더 험난한 파도가 덮쳐 올지도 모른다. 그러나 두렵지 않았다.

동석이 그녀에게 있어 단순한 남자친구가 아니라는 걸 알았다. 짓궂고 장난스럽고 만만했지만 그게 다가 아니었다. 알지 못하는 동안 그는 그녀에게 가장 믿음직한 존재가 되어버렸다. 그만큼 그를 향한 사랑이 깊어졌다는 것도 깨달았다.

올라갈 때와 다르게 가벼운 발걸음으로 내려와 지하철역으로 향하려는데, 그녀를 내려준 그 자리에 동석의 차가 그대로 서 있었다.

그녀의 모습을 봤는지 동석이 차에서 내렸다.

"어? 왜 이렇게 빨리 나와? 나 밤새울 각오로 있었는데. 괜찮아?"

윤희는 그렁그렁해지는 눈망울로 동석의 허리를 꺼안았다.

"왜? 바로 내쫓긴 거야?"

그녀의 우는 모습이 걱정된 동석이 다급하게 물었다. 하지만 그녀의 등을 다독이는 손길은 무척이나 다정하고 따뜻했다.

그의 품속에서 윤희가 고개를 저었다.

"그래, 일단 마음부터 가라앉히자. 차에 탈까?"

"응."

차에 오른 윤희는 눈물부터 닦아냈다. 하지만 왜 그런지 멈추지 않고 계속 흘러내렸다.

동석은 조용히 그녀가 진정되기까지 기다려 주었다.

"가자."

겨우 눈물을 멈춘 윤희의 한마디에 동석이 차를 출발시켰다.

동네 근처에 올 때까지 두 사람은 말이 없었다. 하지만 조용한 음악과 빨간 신호에 걸려 차가 멈췄을 때마다 마주하는 시선, 그리고 서로를 향해 살며시 웃어주는 작은 미소는 따뜻하고 행복했다.

처음 그녀가 눈물을 보일 때만 해도 심장이 멎고 찢어지는 느낌이었다. 그런데 그의 품에 안긴 그녀의 숨소리가 편안하게 들렸다. 그때서야 그의 심장 상태도 정상으로 돌아왔지만 그녀와 부친 사이에 어떤 일이 벌어졌는지 알 수 없어 불안했다.

하지만 눈물을 그친 후 편안해진 윤희의 표정에 안심하며 동석이 물었다.

"집에 가서 맥주 한잔할까?"

"아니. 커피나 마시자. 차 안에서."

"그래."

동석은 커피전문점 근처에 주차를 하고 그녀가 마시고 싶다는 따뜻한 아메리카노를 사서 돌아왔다.

"아빠가 내 얘기 듣더니 사실이냐고 묻고는 알았다고 돌아가라고 하시더라. 그게 다였어. 엄마는 황당해서 뒷목 잡으면서도 그 집에 닥칠 후폭풍 걱정하고."

"고생했네, 우리 윤희. 이젠 다 끝난 건가?"

"아니. 그 남자가 깔끔하게 인정하고 제 집안을 상대로 전쟁을 벌이면 문제가 없지만, 그 여자를 포기하고 나하고 결혼하겠다고 나오거나, 아예 여자의 존재 자체를 부정하면서 나를 바보로 몰아갈 수도 있고."

"설마? 이미 밝혀졌는데 인정하겠지."

"그럼 정말 좋겠지만…… 좀 불안해."

"인정하지 않으면 남자가 아닌 거지."

윤희는 살포시 웃어보기만 했다. 그리고 그에게 진짜 하고 싶은 말을 꺼냈다.

"네가 경찰서에 갔던 날, 힘들었지만 내 생각하면서 견뎠다고 했잖아? 나도 오늘 그랬어. 아빠 앞에 서 있는데 예전처럼 무섭지가 않더라. 네 생각하니까, 지금의 상황이 별거 아닌 것처럼 느껴졌어. 네가…… 너무 특별하다는 걸 알았어. 동석아 ……사랑해."

서로 같은 마음, 같은 생각인데 무슨 말이 더 필요할까.

동석은 그녀의 얼굴을 감싸며 진한 키스를 했다.

봄바람처럼 다가온 윤희에게 이토록 열렬하게 타오를 줄은 몰랐다. 신선하고 편안한 느낌에 그저 친구 이상은 아닐 거라 생각했는데 이제는 도윤희 없이는 못 살 것 같다. 그런 그녀가 사랑한다는 말을 해주니 이보다 더 행복할 수는 없었다.

입술을 뗀 동석이 그녀에게 속삭였다.

"내가 먼저 해주고 싶었는데. 사랑한다고."

"다행이네. 고등학교 때처럼 거절하거나 무시했으면 죽여 버리려고 했는데."

"그때 내가 거절했으니까 지금 이렇게 잘된 거지. 안 그랬으면 우린 영원히 남남이 됐을 거다, 인마. 얼마나 다행이니? 내가 그때 널 거부한 게."

"그래, 내가 오늘은 날이 날인만큼 웃어준다."

샐쭉해진 윤희에게 가볍게 입맞춤을 한 동석이 은은한 시선을 던지며 물었다.

“집에 안 가면 안 되나?”

“응, 안 돼.”

“우리 집에서 자고 가면 진짜 안 되나?”

“응, 진짜 안 돼.”

“사랑한다고 해놓고?”

“사랑한다고 하면 뭐? 꼭 둘이…… 자야 해?”

“그래, 나도 오늘은 날이 날인만큼 보내준다.”

동석이 삐친 얼굴을 하고 시동을 걸었다. 혹시라도 윤희의 마음이 바뀌어 차를 돌리라고 하지 않을까, 일부러 천천히 그녀의 아파트를 향했지만 도착할 때까지 그녀는 아무 말도 하지 않았다.

“나 오늘 쉬고 싶어. 어제 긴장해서 잠도 잘 못 잤고, 오늘 여러 가지로…… 피곤했어.”

윤희가 동석을 어린아이 달래듯 상냥한 목소리로 말했다.

“알아. 들어가서 푹 쉬어. 이젠 다 끝났으니까.”

고개를 끄덕거리는 윤희와 키스를 하고 동석은 현관 앞까지 함께 올라가 주었다.

“잘 자.”

“너도 조심해서 가.”

아쉬운 듯 가볍게 입맞춤을 하고 두 사람은 헤어졌다. 서로의 사랑을 확인해서 기쁜 만큼 각자의 집으로 돌아가야 하는 마음은 더 많이 아쉽고 허전했다.

'같이 살고 싶다.'

동석은 처음으로 혼자가 아닌 누군가와 살고 싶다는 생각이 들었다. 그 상대가 윤희어서 가슴이 설레었다.

엘리베이터가 6층에 머물러 있었다. 병원은 3층.

윤희는 계단으로 올라가기를 선택했다. 동석과 만난 후부터 배와 옆구리는 물론이고 팔뚝까지 살이 붙고 있다. 솔로일 때와 다르게 저녁 약속이 잦아 늦은 시간에 먹은 것들이 지방으로 차곡차곡 쌓여가는 중이다.

살 빼는 고통이 어떤 것인지 그 누구보다 잘 아는 윤희는 이제부터 계단을 이용하기로 하고 3층까지 올라갔다.

'에고, 에고. 서른 넘으니 이것도 힘드네.'

3층에 도착했을 때, 다리가 뻐근한 느낌이다. 다이어트가 아닌 건강을 위해서도 운동이 필요하다는 생각을 하며 복도를 지나는데 병원 잎에 누군가 서 있었다.

은실이 오지 않아 아직 문이 열리지 않은 병원 앞에 어린 환자가 아닌 성인 남자가 서 있는 것에 놀랐지만 그가 우식인 걸 확인하고 윤희는 더욱 놀랐다. 이른 오전부터 그가 그녀를 찾아올 이유는 뻔하기 때문에.

윤희를 본 우식이 다가왔다.

"얘기 좀 합시다."

험한 인상과 목소리로 그녀의 손목을 잡아끌었다.

"할 얘기도 없고, 시간도 없어요."

윤희가 손목을 뿌리쳤다.

"시간 남아 온 거 아니니까, 잠깐 얘기 좀 하자고요! 사람을 이렇게 궁지로 처박아놓고 이런 식으로 나오면 곤란합니다, 도윤희 씨."

"궁지로 처박은 게 아니라 제자리 찾은 거죠. 어차피 나하고는 안 되는 인연이고……."

그때 엘리베이터에서 내린 은실이 병원 앞으로 걸어오다 우뚝 멈춰 서는 모습이 윤희의 눈에 들어왔다.

"정 할 얘기가 있으면 나중에 해요. 지금은 병원 문 열고 진료해야 하니까."

"난 당장 해야……."

우식의 말이 끝나기도 전에 은실과 함께 내린 중년의 여인이 거친 발걸음으로 병원 앞으로 돌진해 왔다. 그야말로 돌진이었다. 그리고는 윤희를 향해 큰소리를 냈다.

"여기 도윤희 원장이 누구야? 너야?"

윤희는 물론이고 우식까지 놀라 흠칫할 정도로 여인의 표정이나 목소리가 무척이나 사나웠다.

"저인데…… 누구시죠?"

윤희의 말이 끝나기가 무섭게 우식을 밀어내고 그녀 앞에 선 여인이 윤희의 뺨을 후려쳤다.

"네가 도윤희야? 네가 내 새끼 후려먹은 의사 년이냐?"

갑작스러운 폭력과 폭언에 놀란 윤희는 정신이 나간 것처럼 멍해졌다. 누구인지, 왜 이런 행패를 부리는지 묻지도 못하고 서 있는데 은실이 나섰다.

"왜 이러세요? 대체 누구신데 사람을 함부로 때리세요? 아줌마 자식이 누군데 우리 원장님한테 그런 막말을 하는 거예요?"

"의사라는 게 뭐 할 일이 없고, 만날 남자가 없어서 어린 남학생을 데리고 놀아? 응? 이, 정신병자 같은 년아! 네 부모는 딸이 성인도 안 된 어린애 데리고 노는 거 아니? 이 양심도 없는 년!"

흥분을 한 여인이 윤희의 멱살을 잡고 흔들어댔다.

"이 아줌마가 정말! 아줌마 아들이 누군데요? 누군데?"

은실이 윤희에게서 여인을 떼어놓고 따졌다.

"누군지 몰라 물어? 애한테 공부 가르쳐 준다고 살살 꼬여서, 너 우리 아들 데리고 뭔 짓 했어? 뭔 짓 했냐고? 아직도 성인도 안 된 그 어린 거 데리고 무슨 흉한 짓 했냐고!"

잠시 멍해 있던 윤희가 이성을 찾았다. 그리고 차분하고 냉정하게 중년 여인에게 물었다.

"아주머니 아들이 혹시 진성인가요?"

“그래. 내 아들이 진성이다. 왜? 진성이 말고 다른 애도 건드렸니? 내가 너 당장 고소해서 세상 빛 못 보게 하려다 우리 아들이 이 추한 스캔들에 휘말리는 게 싫어서 왔어. 너 데리고 네 부모 앞에 가서 네년이 한 짓 다 까발리고 네 부모 내 앞에서 무릎 꿇고 사과하게 만들려고. 그렇지 않으면 내가 너 용서 못해.”

“일단 들어가셔서 흥분 좀 가라앉히시죠? 그런 다음 진실을 알려 드리고 오해를 풀어드릴 테니까.”

“오해 같은 소리 하네. 시끄럽고, 앞장서! 네 부모한테 가자고!”

진성의 모친은 막무가내였다. 윤희의 말은 물론이고 옆에서 병원 문을 열고 그 안으로 데리고 들어가려는 은실마저도 뿌리치며 윤희의 집으로 가자고만 고집했다.

그 소란에 3층에 입주한 피부관리실, 한의원 사람들이 나와서 호기심 있게 쳐다보다 들어가는 사태까지 벌어졌다.

이대로 있다가는 진실이 아닌 잘못된 스캔들로 윤희가 추악한 의사가 될 것 같은 위기감이 느껴졌다.

“진성이 데리고 함께 경찰서로 가요, 어머니. 가서 진실을 밝히죠. 내가 진성이를 데리고 정말로 흉한 짓을 한 게 맞는지, 아니면 진성이 거짓말을 했는지. 가서 밝혀요. 그리고 나서 제 부모님 앞으로 가시든지, 명예훼손으로 어머니가 고소를 당하시든지 하시자고요.”

윤희가 제법 세게 나오자 진성의 모친이 잠시 움찔하는 것 같지만 수그러들지 않고 더 큰소리를 냈다.

"왜 그렇게 당당해? 진성이한테 협박이라도 했니? 그 어린것한 테 무슨 수작질을 했길래 네가 이렇게 당당해?"

또다시 덤벼드는 진성의 모친을 보며 윤희가 소리를 버럭 질렀 다.

"왜 이렇게 당당하냐면, 난 잘못한 게 없거든요! 은실 씨, 경찰 에 신고해. 그리고 어머니 진성이한테 전화하세요. 농담 아닙니 다. 이런 억울한 취급받고 참을 수 없어요. 진성이하고 경찰 오면 다 함께 모여서 얘기하죠."

윤희가 매몰차게 병원으로 들어가 버렸다. 그러자 은실이 안타 까운 표정으로 진성 모친에게 다가갔다. 그리고 진정시키고 오해 를 풀어주기 위해 차분하게 말을 건넸다.

"우리 원장님 그런 분 아니세요. 진성이가 그런 말을 했어요? 만일 그랬다면 진짜로 진성이 그 녀석…… 배은망덕한 놈이에요. 걔가 그러면 안 되는 거거든요. 어머니는 우리 원장님한테 고맙다 고 인사해야 돼요."

은실에게서 진정성이 보였는지 진성의 모친은 한숨을 돌리는 듯 이마에 손을 얹고 있다가 흐느껴 울기 시작했다.

"그 녀석이 공부 놓고 사고는 쳐도 심성이 나쁜 애는 아닌데……. 아주 끝까지 간 것 같아서…… 내가 속이 너무 상하고……."

"진성이 담임 선생님이 우리 원장님 친구예요. 가서 얘기 들어

보시면 뭐가 진실인지 아실 거예요.”

담임과 윤희가 친구라는 말에 진성의 모친이 눈물을 급하게 닦으며 그대로 엘리베이터로 향해 가버렸다.

날벼락 같은 소동이 끝난 후 다 지친 표정으로 은실이 진료실로 들어왔다.

“괜찮으세요?”

“아니.”

“진성이가 왜 그랬을까요?”

“모르지. 나쁜 놈.”

“오해니까 풀리겠죠. 너무 맘 상해하지 마세요, 원장님. 차 한 잔 드릴까요?”

말할 힘도 없는 윤희가 고개를 끄덕거렸다.

마른하늘에 날벼락도 유분수지. 어떻게 이렇게 어이없는 일이 일어날 수 있을까.

세상 살면서 뜻하지 않게 억울한 경우를 당할 수 있지만 이건 단순한 억울함이 아니라 분통이 터질 일이다. 생각할수록 화가 나서 미칠 지경이었다.

‘원조교제? 헐. 아침부터 이게 무슨 난리인 거야? 손우식이 찾아오지…….’

진성 모친이 행패를 부리는 통에 잊고 있던 우식이 떠올랐다.

우식에게 그 기가 막힌 장면을 보였다는 게, 진성의 모친에게

빰을 맞고 머리채를 잡힌 것보다 더 수치스러웠다. 그 치욕을 그에게 보였다는 사실에 가슴이 터질 것처럼 분하고 답답했다. 원통함에 눈물이 나오려 했다.

'설마 그 사실을 다 믿는 건 아니겠지?'

10. 반지 대신 계약서로

상담실에 진성과 진성 모친, 그리고 혜진이 동석과 함께 심각한 분위기로 마주 앉았다.

혜진은 자신이 한 일이 정당하고, 친구를 위한 일이었다고 당당하게 주장했다. 그리고 도리어 진성에게 화를 냈다.

"네가 그랬잖아! 의사 아줌마하고 사귄다고. 그리고 네 여친이라고."

"그랬다, 왜? 그 말 듣고 우리 엄마한테 간 네가 미친 거지?"

두 녀석의 싸움을 지켜만 보고 있던 동석이 아주 낮은 목소리로 혜진에게 물었다.

"진실만을 얘기해, 고혜진. 진성이한테 그런 말 들은 거 사실이고, 진짜로 친구 생각하는 마음에서 진성 어머니를 찾아간 거야?"

"당연하죠!"

동석의 질문이 진성에게 넘어갔다.

"너도 진실만을 얘기해, 이진성. 혜진이한테 그런 말 한 거 맞아?"

"……맞아요."

"그 말 진실이야?"

"아시잖아요, 쌤. 제가 윤희 쌤 좋아하는 거."

"네 감정과 생각이 아닌 진실을 말하라고 했을 텐데."

동석의 목소리가 더 낮아졌다. 한 번도 볼 수 없었던 무겁고 엄하고 차가운 동석의 모습에 진성은 물론이고 혜진까지 흐트러졌던 자세를 바로 했다.

"제가…… 윤희 쌤을 좋아하는데, 저 녀…… 아니, 고혜진이 쌤한테 못된 짓을 해서…… 열 받게 만들었고…… 그래서 그냥 내 여자라고, 건들지 말라고…….''

"그럼 혜진이 말한 원조교제라는 걸 네가 했어?"

그 대목에서 진성이 대답을 하지 않았다. 오히려 고개를 숙이고 들지 않았다.

그런 진성의 반응에 동석은 테이블을 내려치고 제자의 멱살을 잡을 뻔했다. 하지만 그는 끝까지 이성을 놓지 않은 채 다시 물었다.

"원조교제를 한 거냐고?"

"윤희 쌤하고…… 사귀고 싶어요. 사귈 겁니다."

"질문에 대한 대답이 아니야. 똑바로, 다시 대답해."

그럼에도 진성을 입을 열지 않았다. 괜한 고집을 부리며 윤희를 향한 마음을 동석과 제 엄마에게 확인시키려는 것 같았다.

혜진은 그런 진성을 보며 비웃음을 흘렸고, 제 가슴을 팡팡 치던 진성의 모친은 아들의 등짝을 무섭게 후려쳤다.

"이 새끼야, 도대체 밖에서 무슨 짓을 하고 다닌 거야? 미친 새끼야!"

그 모습을 보던 동석이 큰 한숨을 내쉬고 혜진에게 시선을 돌렸다.

내내 당당하던 혜진이 날카로운 동석의 시선을 피했다.

"어머님. 그만하시죠."

아들의 등짝을 계속 때리며 한탄을 하던 진성의 모친을 말렸다.

"애들은 자신들에게 잘못이 없다고 생각하네요, 진실이 뭐든, 어떤 이유에서든지 일이 이렇게 되기까지 아무것도 모르고 있었던 제 책임이 큽니다. 교사로서 통감하며 사표를 내겠습니다."

세 사람이 모두 놀라고 당황하며 동석을 바라봤다. 그냥 하는 말이 아니라는 걸 모두가 느낄 정도로 그는 흔들림이 없었다.

동석은 단호한 목소리로 말을 이어갔다.

"대신 아이들의 교사가 아닌 도윤희 원장의 친구로 이 사태에 대한 진실은 밝힐 겁니다.”

“선생님, 우리 진성이가 화가 나서 말실수를 한 것 같네요. 그리고 제가 좀 더 신중했어야 하는데 아무래도 자식 인생이 달린 문제라 너무 성급했어요. 죄송합니다.”

아들을 잘 아는 엄마로 진성의 침묵이 어떤 뜻인지 알게 된 그때서야 진성의 모친이 아들의 잘못을 시인하고 나섰다.

하지만 혜진은 잘못했다는 말은 하지 않고 초조한 모습으로 동석만 보고 있었다. 그런 혜진과 진성을 차갑게 바라보며 그들에게도 할 말을 던졌다.

“사람은 누구나 실수나 잘못을 저질러. 특히 아직 어른이 아닌 너희는 더욱더. 하지만 잘못을 깨닫고 돌이켜 반성하면서 어른이 돼가는 거야. 그걸 알려줬어야 하는데, 하지 못해 미안하다. 이제는 교사가 아닌 사회의 어른으로 제대로 알려줄게. 학생답지 못한 행동에 대한 사회의 대가가 어떤 것인지. 자, 각자 교실로 돌아가. 어머님도 돌아가십시오.”

동석이 자리에서 일어나 뒤로 돌아보지 않고 상담실을 나왔다.

화가 끓어오르는 것과 동시에 허탈함이 밀려왔다.

진성은 사고는 쳐도 거짓이나 불의에 순응하는 녀석이 아니었다. 제 잘못을 인정하고 잘못했다고 용서를 빌 줄 아는 그런 녀석이었다. 그런데 분명 제 잘못임을 알면서도 인정하기 못하는 태도가 동석을 화나게 만들었다. 또한 사태의 심각성을 알면서도 입을 꾹 다물고 있는 진성과 어른 못지않게 비열한 행동을 한 혜진에게 실망했다.

사제 관계를 떠나 인간적으로 두 아이가 미웠다.

윤희를 상대로 두 녀석이 장난을 치고 그 어린애들 사이에서 그녀가 놀잇감처럼 놀아나는 것 같아 참을 수 없을 정도였다. 그 순간 정말 사표를 내고 교사라는 직업을 그만두고 싶었다.

교무실로 돌아와서 동석은 윤희에게 전화를 걸었다. 하지만 전화를 받지 않는다.

'진료 중인가?'

대수롭지 않게 넘기고 수업에 집중했다. 하지만 점심시간이 지나고 종례가 끝날 때까지 윤희는 전화를 받지 않았다.

'어제 일로 무슨 일이 생긴 건가?'

걱정이 된 동석은 종례 후 곧바로 윤희의 병원으로 달려갔다.

―사정으로 인해 휴원합니다.

출입문에 걸린 팻말을 보는 순간 불길함이 그를 감쌌다. 팻말에 적린 전화번호가 윤희의 것이 아니라 더욱 불안했다.

동석은 그 번호로 전화를 걸었다. 예상대로 은실이 받았다.

"은실 씨, 최동석이에요. 윤희 어디 아픕니까? 왜 갑자기 오늘 휴원입니까?"

[아, 그게요…….]

"빨리 말해요. 무슨 일이에요?"

[병원 문 열 때, 진성이 어머님이 오셔서 다짜고짜 원장님한테 손찌검을 했어요.]

동석은 은실의 말을 믿을 수 없었다.

제대로 사태 파악을 하지도 않은 채, 그것도 병원으로 찾아와 무작정 손찌검이라니. 이 사태를 미리 알았더라면 상담실에서 진성의 모친을 그렇게 돌려보내지 않았을 텐데.

하지만 진성 모친의 행패는 아무것도 아니었다. 계속 이어지는 은실의 말에 동석은 망연자실해졌다.

[그런데 그걸 원장님하고 선본 분이 보셨어요. 사실은 그게 아닌데 본 그대로를 원장님 아버님께 말씀드렸나 봐요. 아버님이 오셔서…… 데리고 가셨어요.]

가슴속이 답답하고 뜨거웠다.

어린 여학생의 철없는 감정과 행동이 이토록 큰 아픔으로 돌아올 줄 몰랐다. 마치 나비효과를 일으킨 것처럼 모든 게 다 무너지는 느낌이다.

통화를 끝낸 동석은 윤희의 아파트로 향했다.

병원에서 가까운 그녀의 집으로 갔을 가능성이 높았다. 부녀가 무서운 전쟁을 벌이는 건 아닌지, 아니면 그녀가 정신적인 고문을 당하고 있는지, 걱정되는 마음에 아파트에 도착해서 초인종을 다

급하게 눌렀다. 하지만 문을 두드려 봐도 반응이 없었다.

'여기에 없다면……?'

학교로 돌아와 차를 가지고 어제 갔던 윤희의 본가로 향했다.

가는 동안 그는 윤희가 무사하기를, 그녀의 억울함이 풀려 있기만 바랐다.

하지만 막상 빌라 앞에 도착해서는 그녀의 집이 몇 층, 몇 호인지 알 수 없어 빌라 안으로 들어가지도 못했다.

'도윤희…… 어떻게 된 거야? 어디에 있는 거니?'

집집마다 일일이 확인하는 무모함을 선택해야겠다는 그 다짐이 섰을 때, 그의 휴대폰이 울렸다. 윤희였다.

"여보세요? 윤희야, 너 어디야? 너 괜찮아?"

[응. 괜찮아.]

"나 지금 어제 왔던 네 부모님 빌라 입구야. 여기에 있는 거 맞지?"

[아니. 친구네 집이야.]

"친구네 집? 거기가 어딘데?"

윤희가 주소를 알려주었다. 있는 곳에서 30분 정도 되는 거리를 동석은 단 15분 만에 도착했다.

"도착했어. 내려와."

그리고 5분 후 친구의 오피스텔 입구에서 나오는 윤희의 모습이 보였다.

축 늘어진 어깨와 허공을 보는 시선, 기운 없는 발걸음이 가여울 정도로 안돼 보였다.

"윤희야."

차에서 내리는 동석을 발견한 윤희가 그를 보며 희미하게 웃었다.

그래도 그녀를 볼 수 있어 다행이라는 한숨을 내쉬며 그녀에게 다가갔다.

"괜찮아?"

"응."

금방이라도 쓰러질 것 같은 윤희를 부축해 차에 태웠다.

하고 싶은 말, 묻고 싶은 말이 많았지만 어떤 말도 꺼낼 수 없었다. 차에 올라 눈을 감고 있는 모습이 힘겨워 보여 그녀를 그대로 놔두었다. 그런데 어제에 이어 오늘도 그녀의 눈에서 눈물이 흘러내렸다. 또 한 번 동석의 심장이 아래로 떨어지는 느낌이다.

그런 그녀를 품에 안았다. 그의 품 안에서 윤희는 어제와 달리 흐느껴 울었다.

그 눈물이 참을 수 없는 통증으로 동석의 온 감각을 아프게 만들었다.

그녀의 속상하고 아픈 마음을 대신해 줄 수 없어 안타깝고 애가 탔다. 또한 그 울음을 쉽게 그치게 할 수 있는 위로를 해줄 수 없다는 것도 그를 아프게 하는 이유이기도 했다. 그저 그가 할 수 있는 건 그저 등을 다독여 주고 머리를 쓰다듬어 주고 가슴을 내어 주는 것밖에 없었다.

한참을 울고 난 윤희가 동석의 품에서 빠져나왔다.

"태어나서 처음으로 아빠한테 대들었어. 그리고 방에 가두려는 거 뿌리치고 도망 나와서 친구네로 온 거야."

"왜 말 안 했어? 진성이 어머니가 너한테 가서……."

동석이 윤희의 뺨을 어루만졌다.

이 연약한 피부가 억센 손길을 어떻게 감당했을까? 얼마나 아팠을까? 또 얼마나 기가 차고 어이없었을까? 그것만으로도 억울하고 분했을 텐데 맞선남에게 당하고 부친한테 치이고.

그럼에도 해줄 수 있는 게 없어 미칠 것만 같다.

"처음엔 나이고 뭐고 다 떠나서 나도 진성이 엄마 한 대 치고 싶었는데, 그게 정상이야. 아들을 위해 그렇게 맹렬하게 나서주는 게 부모야. 우리 아빠처럼 딸의 말은 듣지도 않고 남의 말만 믿고 하나밖에 없는 딸을 잡는 건…… 자격 미달인 것 같아. 진성이 어머니가 훨씬 인간적이셔."

"진성이 어머니도 남의 말 듣고 그렇게 나선 거야. 진실이 뭔지 알지도 못하면서."

"그래도 아들 편에 서서 나선 거잖아. 그런데 우리 아빠는……."

멈췄던 눈물이 다시 흘러내렸다. 아직도 몸서리치게 끔찍한 상황이 떠올라 또다시 터진 눈물샘이 마를 줄 몰랐다.

한가해서 불안하던 다른 날과 달리 오늘은 한가하기를 바랐다. 손우식으로 인해 쉽게 진료에 집중할 수가 없을 것 같았다. 히브 차로 마음을 진정시켜 보려 했지만 쉽지 않았다. 별일 없기를 간절하게 바라던 그녀의 간절함과 달리 그 사태가 일어난 지 단 한 시간 만에 병원으로 인수가 들이닥쳤다.

"아빠……."

"병원 문 닫고 따라나와."

"왜, 왜 그러세요?"

하지만 대답은커녕 가운 입고 있는 윤희를 그대로 진료실 밖으로 거칠게 끌고 나왔다.

"병원 폐업한다고 써 붙이고, 그쪽도 내일부터 출근하지 말게. 월급은 계산해서 보내줄 테니까 다른 자리 알아보고."

그리고는 윤희를 강제로 끌고 나와 차에 밀어 넣었다.

"아빠, 혹시 손우식 씨……."

"한마디도 하지 마라. 겨우 참고 있으니까."

윤희는 그래도 인수가 그녀의 이야기를 들을 시간이나 기회를 줄 것이라 믿었다. 그래서 인수의 말대로 한마디도 하지 않고 집까지 조용히 따라왔다.

하지만 그건 희망적인 착각이었다. 인수는 그녀의 말은 들을 생각이 없었다. 대신 자신의 화는 무섭게 폭발시켰다.

"내일 당장 네 엄마하고 대전에 내려가서 손 원장님께 잘못했다고 빌고, 우식 군도 만나서 정식으로 사과해! 그리고 부모 얼굴에 먹칠한 벌을 톡톡히 받을 줄 알아!"

윤희가 그런 인수를 쏘아보았다.

어떻게 된 일인지 묻지도 않고, 손우식의 말만 듣고 딸을 이토록 몰아붙이는 인수를 도저히 이해할 수가 없었다. 적어도 부모라면 진성을 딸을 꼬여낸 어리고 간 큰 놈이라 생각하고 녀석을 찾아가 행패를 부리거나, 우식 앞에서 딸을 감싸줘야 하는 게 정상이 아닌가.

또한 그 흉측한 사건이 진실이라고 해도 딸은 그럴 리가 없다고, 무조선 믿어줘야 하는 게 부모 아니냔 말이다. 그런데 딸이 아닌 남의 집 자식 말을 철석같이 믿고, 딸에게는 변명조차도 듣지 않으려는 인수에게 실망 이상의 감정이 들었다. 아무래도 인수는 친아빠가 아니라는 의심과 동시에 확신까지 들려 했다.

"너 그 눈빛 뭐야?"

"아빠 말씀 잘못하셨어요. 사과는 그쪽에서 와서 해야 해요."

"뭐야?"

이쯤 되면 그녀의 말을 들어줘야 한다. 한 번도 본 적 없는 딸의 말대답이나 반발을 한 번쯤 이상하게 생각할 법도 한데 인수는 그렇지 않았다. 딸의 그런 태도를 하극상으로 여겨 극도의 화를 내

뽑었다.

"당장 무릎 꿇어! 감히 어디 아빠한테!"

"싫어요. 잘못한 게 없는데 내가 왜 아빠한테 무릎을 꿇어요. 내가 아빠 딸이긴 해요? 적어도 아빠 딸이 맞다면 내 얘기부터 들어주셨어야죠! 최소한의 부정도 없는 아빠가 세 아빠이긴 하냐고요!"

"이 자식이!"

분을 이기지 못한 인수가 테이블에 놓여 있던 책을 집어 던지며 일어섰다.

"도윤희! 네가 부모 얼굴에 먹칠을 하는 것도 모자라서 부모한테 기어올라? 네 그 썩어빠진 정신이 제대로 돌아올 때까지 싹 뜯어고쳐 주겠어! 따라와!"

인수가 그녀의 팔을 끌며 방 안으로 밀어 넣으려 했다.

그대로 방으로 끌려들어 갔다가는 그 안에서 영원히 못 빠져나올 것 같은 불길함에 인수의 손을 있는 힘껏 뿌리쳤다. 그리고 발악을 했다.

"난 단 한 번도 부모님 얼굴에 먹칠을 하는 그런 행동을 한 적이 없어요! 비양심적인 소행을 한 적도 없고요!"

윤희는 그렇게 소리를 지르고 도망치듯 집으로 나왔다. 인수가 그녀의 이름을 부르며 잡으려 했지만 택시를 타고 서진의 집으로 숨어버렸다.

출근하고 없는 서진의 텅 빈 집에서 앉아 있는데 허탈한 웃음이 새어 나왔다. 가족에게, 그것도 친부에게 받은 상처로 인해 가슴이 찢어지고 아픈데 눈물이 아닌 웃음이 계속 흘러나왔다.

미쳐 가는 가는 게 아닐까 싶을 만큼 웃다가 정신을 차렸을 때, 동석의 얼굴이 떠올랐다. 그녀의 상처를 감싸주고, 시리고 아픈 마음을 달래주고 위로해 줄 수 있는 그를 생각하는 것만으로 마음이 한결 따뜻해졌다.

아직도 입고 있는 캐릭터 가운 주머니 안에서 휴대폰을 꺼냈다. 그리고 수십 통이나 되는 동석의 부재중 전화를 확인하자 그때서야 심장이 울렁거리고 눈물이 왈칵 쏟아질 것만 같았다. 애써 눈물을 참으며 동석에게 전화를 했고 그의 목소리를 듣자 다 끝난 것처럼 어둡고 음침하던 세상에 빛이 들어오는 느낌이었다.

그를 만나 품 안에서 모든 설움과 아픔을 토해낼 때도 그녀는 행복했다. 그의 숨결과 그의 심장 소리를 들으며 그가 있어 다행이라는 마음에 안심이 되었다.

한차례 다시 한 번 울고 난 윤희에게 동석이 물었다.

"우리 집으로 갈래?"

"아니. 여기 있을래."

"여기가 더 편하겠어?"

"응."

동석은 윤희를 데리고 가고 싶은 마음이 간절했지만 그녀가 원하는 대로 놔두었다.

"언제까지 여기에 있을 건데?"

한참을 생각에 잠겨 있던 윤희가 체념하고 달관한 것처럼 힘없이 말했다.

"병원 정리하고 아파트 전세 빼서 그걸로 아빠 돈 갚고, 대출 갚아야 돼. 그래야 아빠하고의 관계가 정리되지. 페이닥으로 취직해서 먹고살 거야. 친구가 알아봐 준다고 했으니까 자리 결정되고 모든 게 정리될 때까지 있어야 할 것 같아."

부녀 관계를 정리해야 할 만큼 일이 커진 것에 동석의 마음도 아파왔다. 그런 극단적인 생각과 선택은 하지 말라고 말해주고 싶지만 그녀가 당한 아픔을 생각하면 그 말이 쉽게 나오지 않았다.

"걱정하지 마. 알아서 잘할 거야. 그리고 홀가분해. 아빠한테 저당 잡혀 사는 기분이었는데 해방된 것 같아 차라리 편하다고. 그러니까 그렇게 쳐다보지 말고, 희망과 용기를 줘라."

오히려 자신을 안심시키고 달래주려는 윤희의 모습이 안타까웠다. 하지만 동석은 그녀가 원하는 대로 그리고 그녀를 위해 웃어주며 진담을 농담처럼 건넸다.

"이제부터 나한테 저당 잡혀 사는 건 어때? 병원까지는 어렵고 작은 아파트 전세 정도는 마련해 줄 수 있는데."

"됐거든요! 그리고 나 휴대폰 꺼놓을 거야. 가족들한테서 진짜

로 잠수 타버리게. 친구가 오늘 저녁에 새 폰 가지고 올 때까지 무
슨 일 있으면 친구한테 해. 비상중간연락망이니까 진짜로 비상시
에만 해야 한다. 저녁에 폰 오면 그때 내가 전화할게.”

윤희가 동석에게 서진의 전화번호를 알려주었다.

“뭐 좀 먹었어? 저녁 시간 돼가는데 밥 사줄게.”

“아니야. 입맛도 없고, 지금은 그냥 아무 생각 없이 쉬고 싶어.”

“그래, 그럼 쉬어. 저녁에 전화하고.”

윤희를 오피스텔 현관 앞까지 데려다주고 나온 동석은 그녀가
알려준 서진의 번호를 눌렀다.

“안녕하십니까? 저번에 만났던 윤희 동창, 최동석입니다. 시간
되면 잠깐 만날 수 있을까요?”

동석은 서진과 약속을 잡고 곧바로 약속 장소를 향해 갔다.

여성전문 클리닉에 남자 혼자 앉아 있는 것이 어색하고 쑥스러
웠다.

임신한 아내를 케어하듯 함께 가는 남자들 외에 로비에 앉아 있
는 남자는 동석뿐이었다.

‘내과 전문의라고 하더니 산부인과 전문병원에서 일하는 내과
의사일 줄 몰랐네. 이럴 줄 알았으면 밖에서 만나자고 하는 건데.’

하지만 후회하기에 이미 늦었고 자판기에서 뽑은 커피를 마시
며 서진을 기다렸다. 그러면서 흐뭇하고 뿌듯해하며 지나가는 부

부들을 바라보았다.

자신의 2세가 생긴다는 건 어떤 느낌일까? 기쁨과 동시에 무거운 책임감이 느껴져 오묘할 것이라 상상하지만 예비 아빠들로 보이는 남자들의 표정은 하나같이 행복한 표정이었다. 그러나 그렇지 못한 경우도 있는지 싸우며 가는 부부도 보였다.

"애는 나중에 낳아도 되는 건데, 정말 이렇게 고집 피울래?"

"첫애 때도 그랬어. 그 말 믿고 지웠어. 이번엔 낳을 거야. 네가 나하고 결혼을 하지 않는다고 해도 낳을 거라고."

혼전 임신. 결혼이 약속된 상태가 아닌 뭔가 불안한 상태에서 임심을 했으니 두 사람의 표정이나 분위기가 험할 수밖에.

'그래도 제 핏줄이고 생명인데……. 비열하게 생겨가지고……. 어?'

그러단 문득 남자가 낯설지 않다고 느꼈고 다시 한 번 그를 보는 순간, 그가 호텔에서 얼핏 보았던 손우식이라는 사실을 알았다.

후다닥 로비를 지나 주차장으로 가보았지만 그의 차를 알 수 없어 찾을 수가 없었고 이미 차 한 대가 주차장을 빠져나가고 있었다.

다시 로비로 올라온 동석은 그때 마침 로비에 나와 두리번거리며 그를 찾는 서진과 마주쳤다. 급한 마음에 인사를 생략하고 앉지도 않은 채 본론부터 꺼냈다.

"오늘 윤희에게 어떤 일이 있었는지 아시죠?"

"네. 그 남학생 대체 뭐예요? 그쪽 제자라면서요?"

"그게 문제가 아닙니다. 손우식이라는 남자가 문제지."

"그건 그렇지만……."

"그 인간을 방금 봤습니다. 여자가 임신해서 이 병원에 다니는 것 같은데 그 증거를 찾아 윤희 아버님께 가져다 드려야겠습니다."

인상을 잔뜩 쓰고 있던 서진이 의심스러운 표정으로 물었다.

"그건 어떻게 알았어요? 손우식 그 인간을 알아요?"

"얼핏 본 적 있어요. 지금 여기에서 우연히 봤고, 여자와의 대화를 들어서 알게 된 거고. 지금 그게 중요한 게 아니라 윤희에게 어떤 잘못도 없다는 걸 아버님께 밝히고, 저 인간이 얼마나 파렴치한 인간인지 알려야 하지 않겠습니까?"

동석은 일이 쉽고 빠르게 잘 풀려갈 것 같은 예감이 들었다. 하지만 서진의 말을 듣고 쉽게 해결될 수 없다는 걸 알았다.

환자의 기록이나 진료 내용에 대해 외부나 타인에게 알려서는 안 되는 의사의 의무 때문이었다.

"죄송해요. 아무리 친구의 일이라지만 개인정보 유출만큼이나 법적 문제가 걸린 민감한 부분이에요. 그건 의사인 윤희도 잘 아는 부분이라 원하지 않을 거예요."

동석은 원점으로 돌려 서진에게 부탁했다.

"윤희 모르게 손우식 휴대폰 번호든, 다니는 회사든, 알아봐 주십시오."

"왜요? 윤희 대신 복수라도 하시게요?"

"네. 그런 인간을 그냥 두고 볼 수는 없지 않습니까?"

서진이 갑자기 까르르 웃어댔다.

"아, 윤희 사정을 생각하면 웃을 때가 아닌데……. 최동석 씨, 좀 괜찮아 보여서 협조하죠. 알아내서 전화드릴게요. 대신! 핵사이다로 복수해 줘야 해요."

"그러죠."

서진의 병원을 나와 돌아가는 동석의 마음이 올 때보다 더 단단해졌다.

'여자를 임신시켜 놓고도 그따위 비겁한 짓으로 숨고 피하려고 해? 쓰레기.'

주차되어 있는 흰색 마세라티 르반떼에 그 남자, 손우식이 올라탔다.

그걸 지켜보던 동석이 차에 시동을 걸었다. 그리고 서서히 주차장을 빠져나가는 그의 차를 거리를 두고 따라갔다.

서진이 알려준 그의 회사 건물에서 기다렸다가 손우식의 퇴근 후를 밟은 지 3일째. 그는 늘 거주지로 보이는 고급주상복합으로 퇴근을 한다. 오늘도 여자와의 약속이 없어서 집으로 가는 것인지 늘 가던 길로 차를 몰았다.

"여자하고 끝냈나? 아니면 제가 터뜨린 폭탄 때문에 몸을 사리는 건가? 그것도 아니면 내가 퇴근 후 뒤를 밟고 있다는 걸 눈치챈 건가?"

3일째 그는 자신의 아이를 임신한 여자를 만나지 않고 있다. 그러자 동석은 여러 가지 부정적인 생각이 들었다.

그런 생각에 빠져 그의 차를 뒤쫓는데 거의 도착할 때쯤 돼서 다른 길로 들어섰다.

"오호, 그렇지? 네가 바른생활 사나이일 리가 없지!"

부디 그가 가는 곳이 여자를 만나러 가는 곳임을 바랐다. 그런데 그가 도착한 곳은 강남의 술집이었다.

그가 술에 취해 나올 때까지 또다시 긴 기다림의 시간을 보내야 할 것 같아 한숨을 내쉬었다. 그리고 그의 차가 잘 보이는 곳으로 주차를 하려는데, 병원에서 보았던 여자가 갑자기 나타나 우식의 팔을 잡아끌었다.

"뭐야? 피하려다 딱 걸린 건가?"

두 사람의 대화를 듣기 위해 차 문을 내렸다.

얘기 좀 하자는 여자와 집에 가라고 하는 남자의 말싸움이 벌어졌지만 술집 직원들에 의해 우식은 안으로 사라져 버렸고 여자는 출입구에서 멀리 쫓겨나 버렸다.

"저 자식, 저거 진짜 쓰레기네!"

보고 있던 동석이 차에서 내려 힘없이 걸어가는 여자에게 다가갔다.

"손우식 씨, 내연녀시죠?"

여자가 화들짝 놀라며 뒤로 물러섰다.

"차 한잔하며 얘기 좀 하실까요?"

동석이 누구인지 모르는 여자는 불안한 시선으로 그를 피해가려 했다.

"아이는 지켜야 하지 않겠습니까? 그리고 손우식에게 제 아이에 대한 최소한의 양심이나 책임감을 느끼게 해줘야 하지 않겠습니까? 죽은 첫아이를 위해서라도."

여자의 눈에서 눈물이 흘렀다. 동석은 조용히 그녀의 대답을 기다렸다. 그녀가 용기를 내주기 바라며.

서진이 알려준 인수의 집, 현관 앞에 선 동석이 벨을 눌렀다. 새벽 2시가 넘었지만 그의 손길은 거침이 없었다. 안에서 반응이 없자 다시 한 번 누르려 할 때서야 안에서 묵직한 목소리가 들렸다.

"누구십니까?"

"최동석이라고 합니다. 윤희 때문에 찾아왔습니다, 아버님."

바로 문이 열렸다. 그리고 험악한 표정으로 동석을 쏘아보는 인수와 동석이 마주했다.

윤희에게 들은 대로 인수는 빈틈이라고는 보이지 않을 만큼 깐깐해 보였다. 꾹 다문 입과 잔뜩 굳은 눈매로 그를 쳐다보는 눈빛에서부터 웬만해서는 이겨낼 수 없을 만큼 센 기가 느껴졌다. 목소리에서도 권위주의가 잔뜩 배어 있어서인지 그 말투가 딱딱하기 이를 데 없었다.

"네가 누구라고?"

정상적인 상태로 인사를 왔다면 그 기에 눌려 주눅이 들었을지 모른다. 하지만 윤희를 향한 그의 혈기 역시 만만치 않게 강하다. 그녀를 지켜야겠다는 의지 역시 그 무엇보다 단단하다. 그래서 동석은 인수 앞에서도 기가 죽지 않았다. 오히려 더 강하게 대꾸했다.

"제가 누구인지는 차차 말씀드리겠습니다. 일단 지금 저하고 가셔서 손우식의 실체를 아버님께서 직접 확인하십시오."

"네가 누군지 알고 싶지도 않다. 미치려면 곱게 미쳐. 당장 꺼져!"

인수가 문을 닫으려 했지만 그 손길을 동석이 막으며 안으로 들어섰다.

"끌려 나가고 싶나? 아니면 경찰서로 가게 해줄까?"

위협하는 목소리가 꽤나 위엄 있고 무시무시했다. 하지만 동석은 이번에도 그 기운에 기죽지 않고 오히려 더 강직하게 제 말을 꺼냈다.

"윤희의 말대로 부모님 얼굴에 먹칠을 하지 않았다는 걸 아셔야 되지 않겠습니까? 적어도 아버님 딸, 윤희가 그런 딸이 아니라는 걸 확인하셔야 하지 않겠습니까?"

"네가 뭘 안다고 나서? 네가 뭔데?"

"지금 제가 누구인지 중요하지 않습니다. 지금 중요한 건 윤희입니다. 상처받았을 딸을 위해 조용히 가주시면 안 되겠습니까?"

이쯤이면 딸 생각에 마음이 움직일 줄 알았다. 하지만 인수는 표정, 목소리, 그리고 그 고집까지 작은 미동도 없었다.

"겁도 없이 여기가 어디라고 함부로 와서 까불고 있나? 셋 센다. 그때까지 나가지 않으면 선처는 없다."

"윤희…… 사랑하고 아끼는 딸 아닙니까?"

"하나!"

"오늘만, 제발 딱 한 번만! 윤희 생각해 주시면 안 되는 겁니까?"

"둘!"

"그렇다면 저도 윤희를 아버님께 돌려보내지 않겠습니다. 셋까지 부르실 필요 없습니다. 제가 나가겠습니다."

동석이 뒤돌아 나가려 할 때, 그의 눈에 보이지 않던 서 여사의 목소리가 들렸다.

"내가 갈게요! 나하고 가요!"

서 여사가 급하게 옷을 꿰입고 현관 앞으로 달려나왔다.

"당신 들어가! 어딜 나가!"

위협적인 인수의 목소리에도 불구하고 서 여사는 신발을 신었다.

"난 그래도…… 손 군보다 내 딸 윤희를 믿으니까, 따라갈 거예요. 나까지 말리면서 당신 맘대로 할 생각 마요."

그리고 오히려 동석을 떠밀며 밖으로 나와 더 급하게 행동했다.

"우리 윤희 어디 있어요? 도대체 손 군의 실체라는 게 뭐예요?"

"고맙습니다, 어머니. 윤희 믿어주셔서. 그 녀석 덜 아프게 해 주셔서."

그렇게 말하는 동석을 서 여사가 붉어진 눈으로 쳐다보며 다시 보챘다.

"어서 갑시다."

동석은 서 여사를 태우고 우식이 술집 여자와 함께 들어간 나인 호텔로 향했다.

운전을 하며 초조해 보이는 서 여사를 안심시켜 주었다.

"윤희는 친구네 집에서 잘 있습니다. 윤희 걱정이라면 하시지 않아도 됩니다. 다만, 손우식이라는 남자에 대해 많이 놀라실 겁니다. 아주 많이요."

윤희의 안부에 안도의 한숨을 내쉬는 것인지, 아니면 이런 사태가 벌어졌음을 탄식하는 것인지, 서 여사에게서 큰 한숨이 터져 나왔다.

나인 호텔에 도착하니 로비에 손우식의 여자, 신혜가 불안한 모습으로 앉아 있었다.

신혜 앞으로 온 서 여사가 그녀를 훑어보았다.

간호장교 출신에 보건소에서 임산부들만 상대한지 수십 년이다. 안색으로 임산부임을 알 수 있는 서 여사가 신혜에게 물었다.

"아기 가졌나 보네요? 그런데 누구……?"

"손우식 씨하고 7년을 만나오고 있는 이신혜라고 합니다."

신혜의 대답에 서 여사의 인상이 심하게 굳었다.

"그럼, 그 아이는……?"

"맞아요. 우식 씨…… 아이예요."

"사실이에요?"

그럼에도 믿을 수 없는지 서 여사가 단호하게 사실 여부를 물었다. 그에 대해 동석이 확신에 찬 목소리로 대답했다.

"확인시켜 드리겠습니다."

그 말이 끝나고 신혜가 스피커폰으로 돌려놓고 우식에게 전화를 걸었다. 한참 만에 짜증스러운 목소리가 흘러나왔다.

[뭐야? 우리 끝났다고 했잖아! 지저분하게 이럴래?]

스피커폰으로 들려오는 우식의 목소리에 서 여사의 얼굴이 험악해졌다.

“우식 씨, 나인 호텔에 있는 거 다 알아. 12층에 있지? 몇 호야?”

[미쳤냐, 너? 이젠 미행까지? 꺼져 빨리.]

“혼인빙자간음으로 신고해서 경찰하고 같이 들이닥치기 전에 몇 호인지 말해.”

낄낄거리는 웃음소리에 서 여사가 주먹을 불끈 쥐었다.

[꼭 그렇게 들어와서 내가 뭘 하고 있는지 봐야겠다면 올라와. 네 눈으로 확인하는 것도 나쁘지 않겠지. 1219호. 와서 봐, 그럼.]

여자가 부들부들 떨며 종료 버튼을 눌렀다. 그리고 동석과 서 여사에게 물었다.

“같이 올라가실 건가요?”

“당연하죠! 이런 미친놈을 그냥 둬? 올라갑시다.”

서 여사가 신혜보다 더 앞장서서 엘리베이터로 향했다. 우식의 불륜을 덮치는 신혜의 모습보다 더 분노에 차보였다.

우식이 말한 1219호에 서서 신혜가 벨을 눌렀다.

“야, 올라오란다고 진짜 올라오냐? 넌 자존심도 없어?”

우식이 문을 열자 신혜는 물론이고 동석과 서 여사까지 안으로 밀고 들어갔다.

나체에 가운만 두르고 있던 우식이 서 여사의 모습을 보고 기겁을 했다.

“어, 어머니…… 여기에…….”

벌벌 떠는 우식 뒤로 가운조차도 걸치지 않은 여자가 나오다가 룸으로 들어온 여러 명의 사람을 보고 욕실로 뛰어들어 갔다.

"이게 다 뭔가? 원조교제 하는 뻔뻔하고 몰상식한 의사하고 는 결혼 못한다고 했나? 내가 하고 싶은 말 다 접고 너 두들겨 패고 싶은데, 그간 네 부모님하고의 정 생각해서 참고, 윤희 아 빠가 너 그냥 살려두지 않을 것 같아서 나는 참는다! 너 각오 단 단히 해라."

"어머님, 우리 아버지한테는 비밀로 해주십시오. 하라는 대로 다 하겠습니다. 아버지한테만 말씀드리지 말아주십시오. 아버지 아시면 전 죽습니다."

"걱정 마. 손 원장님이 널 죽이기 전에 윤희 아빠한테 먼저 죽을 것 같으니까."

서 여사가 더 이상 보고 싶지 않은 얼굴로 룸을 벗어났다.

"너, 무슨 일이 있어도 입 다물고 있어. 애 지키고 결혼하고 싶 으면 조용히 어디 숨어서 찌그러져 있어. 일 수습될 때까지."

방금 전까지 서 여사에게 두 손 싹싹 빌며 조아리던 모습이 사 라졌다. 신혜를 목 졸라 죽일 듯, 한 손으로 그녀의 목을 잡고서는 협박을 했다. 그 모습을 한쪽 구석에서 조용히 지켜보던 동석이 앞으로 나섰다.

"닥치고, 옷이나 입으시죠? 손우식 씨."

그때서야 동석을 발견한 우식이 놀라며 신혜에게서 손을 뗐다.

"뭐야, 넌?"

"진짜 야비하고 비겁하네. 이 여자 숨기고 잡아떼기라도 하시게? 남자가 왜 그렇게 살지? 한심하고 멍청하게."

"너 누구야?"

우식이 동석에게 달려들어 멱살을 잡으려 했지만 재빠르게 몸을 피한 동석에게 오히려 멱살을 잡히고 말았다.

"함께 갈 곳이 있으니 입으라고. 그대로 가도 상관없지만 그래도 마지막 남은 인격 하나는 지켜주는 배려이니까, 조용히 가자고 할 때, 따라나서는 게 신변에 좋을 텐데. 당신 아버지를 경찰서에서 보고 싶지 않으면."

우식이 심하게 인상을 썼다.

"너 이 새끼 뭐야? 신혜하고 무슨 사이야? 둘이 지금 나 가지고 협박해? 야, 이신혜, 돈 필요해? 원하는 만큼 줄 테니까, 이 새끼 치워!"

"당장 가서 용서를 구하지 않으면 성매매와 혼인빙자간음으로 처벌받을 거야. 알아서 해."

"너, 너 뭐냐고?"

"지금 당장 윤희네 집으로 가서 네 잘못을 네 입으로 실토하고 대가를 치러. 그렇지 않으면 방금 말한 성매매와 혼인빙자간음에 대한 증거물들이 경찰서로 넘어갈 거야. 대전에 있는 모 병원 원장의 장남으로 이 파렴치한……."

"이신혜가 아니라 도윤희랑 한패야?"

그러더니 우식이 비틀어진 미소를 보였다.

"증거 있어? 내가 성매매하고 혼인빙자간음을 한 증거?"

동석도 그에 못지않은 삐뚤어진 웃음을 보이며 비아냥거렸다.

"프로필부터 데이트 시나리오까지 완벽하게 준비한 당신을 상대하는데 그런 거 없이 덤볐을까? 더 이상 나도 말로 안 해. 당신이 아무것도 확인하지 않은 채 터뜨린 것처럼 나도 그렇게 할 거야. 누구의 폭발력이 더 무섭고 강한지, 누가 무너지는지 알게 될 거야."

증거가 있다는 말에 우식이 움찔했다.

동석에게 증거는 없다. 그저 말로만 겁을 줬을 뿐인데 우식은 그 말을 믿고 어쩔 줄 몰라 했다.

그런 우식을 보며 동석은 미니바에 있는 생수를 꺼내 컵에 따랐다. 그리고 그 앞으로 다가갔다.

"그리고 이건 윤희 대신으로 너한테 전해주는 선물이야. 너무 약소해서 화가 나지만."

물컵에 물을 그의 얼굴에 뿌리고 룸을 나왔다.

우식의 고함 소리와 함께 여자의 앙칼진 목소리가 들려왔다.

'뿌린 대로 거두는 법이지.'

이젠 인수가 진실을 알게 되어 윤희의 상처가 아물어지길 바랄 뿐이었다. 비록 흉터는 남을지라도 그 아픔이 빨리 사라졌으면

했다.

❖

출근 준비를 끝내고 나오는데 오피스텔 문 앞에 진성이 서 있었다.

"깜짝이야! 뭐야, 인마? 스승님 집 앞에서 기척도 없이 서서."

"윤희 쌤 병원 어떻게 된 거예요? 당분간 휴원이라고 붙어 있던데. 혹시 우리 엄마 때문인가요, 쌤?"

세상을 다 잃은 것 같은 얼굴로 진성이 물었다.

어린 제자의 철없음으로 인해 일이 커지기는 했지만 어쨌든 윤희의 사태는 해결되었다. 그렇다고 그 철없는 행동을 그냥 모른 척 넘어갈 수는 없었다.

"맞아."

"그런 일이 일어난 줄 몰랐어요, 쌤. 우리 엄마가…… 그런 무식한……."

"이진성. 어머니를 곤란하게 한 건 신중하지 못한 네 입놀림 때문이야. 그 말 한마디의 결과가 어떤 것인지 잘 봐. 그리고 정말 잘못했다고 느낀다면 네 스스로 누구에게 잘못을 말하고 용서를 구해야 할지 생각하고 행동으로 보여. 그렇지 못하면 아마 윤희 얼굴은 물론이고 내 얼굴도 보지 못할 거야. 그때 말한 쌤의 사표는 농담이 아니었다."

"쌤……."

동석은 진성에게 어떤 대답도 해주지 않고 그 자리를 벗어났다.

1교시 수업이 끝나고 윤희의 새로운 번호로 메시지가 와 있었다.

「시간 가능할 때 전화해 줘.」

10분이라는 시간이 모자랄 만큼 윤희는 어쩌면 할 말이 많을지도 모른다. 오늘 아침, 서진을 통해 이야기를 들었을 테고 그로 인해 통화가 쉽게 끝날 것 같지 않아 답을 보냈다.

「점심시간 때 전화할게.」

그런데 점심시간에 맞춰 윤희가 아예 동석을 찾아왔다. 함께 근처 커피숍에 앉았다.

"서진이 얘기 듣고 아침에 집에 다녀왔어."

"그래?"

"그때까지 손우식 아빠 앞에서 무릎 꿇고 앉아 있더라. 오래 있지는 않았어. 두 사람 얼굴 보고 싶지 않아서. 처음으로 아빠한테 사과의 말을 들었어."

잘 해결된 것 같아 안심하려 하는데.

"그런데 내가…… 듣고 싶지 않다고 했어. 아빠가 준 상처가 너무 깊고 아파서 쉽게 내 마음이 회복되지 않을 거라고 하고 나왔어. 네가 정말 많이 애썼는데…… 미안해, 동석아. 아빠하고 화해 못하겠어.”

그 미안함 때문인지 윤희가 동석과 시선을 마주치지 못했다. 그런 그녀의 손을 그가 잡아주었다.

“괜찮아. 네 맘대로 해.”

“병원은 업자한테 넘길 거야. 병원만 전문으로 거래해 주는 업자가 있어. 연락했더니 알아봐 준대. 그리고 나 내일 서진이 소개로 면접 보러 가.”

“잘될 거야. 걱정하지 말고.”

“손우식은 의사가 될 능력이 안 돼서 아버지한테 엄청 구박 받고 자랐더라고. 그래서 의사라면 치를 떨었고. 그러면서도 아버지는 두려워해서 복종하고. 그 여자에게 받았던 위로도 7년이 지나니 시들해졌고 결국 스트레스나 콤플렉스를 돈 뿌리면서 아무 여자한테나 풀었나 봐. 그 집안은 여러 가지로 문제가 많더라. 아버지는 독재자, 엄마는 미신신봉자, 남동생은 나르시즘의 종결자. 총체적 난국의 콩가루 집안인 거지. 고마워, 그런 집안으로 들어가지 않을 수 있게 구해줘서.”

천만다행이었다. 그녀가 그런 집안으로 들어가지 않아서. 그리고 그녀에게 고마웠다. 그의 옆에 있어줘서.

“저녁 먹게 우리 집에 가 있을래? 서진 씨 오피스텔에 갔다가 다시 이쪽으로 오는 거 번거롭잖아.”

"그럴게."

윤희가 살포시 웃었다. 그 작은 미소가 동석의 마음이 파문이 일었다. 그녀가 매일매일 그 앞에서 저렇게 웃었으면 하는 뜨거운 바람, 그리고 그녀와 매일매일 함께 있고 싶다는 강렬한 바람.

그 파문은 쉽게 지워지지 않았다.

아이들의 하굣길, 점심시간 내내 운동장 청소를 하던 혜진과 진성이 선도 피켓을 들고 있다.

―친구에게 바른말, 고운 말을 사용합시다!
―학생답게 행동하고 어른을 공경합시다!

동석을 찾아와 잘못했다고 말하고 받은 선처이다. 한 번만 더 학생 신분에서 벗어난 행동을 하면 어떤 용서도 하지 않겠다는 무서운 동석의 말을 듣고 받은 벌이다. 두 사람은 반성하는 것처럼 보였다. 하지만 삐딱하게 서서 서로를 노려보기도 하고 구시렁거리는 자세가 지금은 그때의 마음이 사라지고 다시 제자리로 돌아온 것 같다. 하지만 도망가지 않고 청소를 하고 피켓을 들고 서 있는 거 보면 그래도 희망이 있었다.

'좀 더 시간이 지나면 인격이 성숙해지겠지.'

두 녀석의 모습을 보며 퇴근을 한 동석은 오피스텔로 가기 전,

학교에서 조금 떨어진 런던 브레드라는 빵집에 들렀다.

"어서 오세요, 선생님."

진성의 모친이 조금은 어색하고 불편하게 인사를 건넸다.

"케이크 하나 주십시오."

"네? 케이크요?"

진성의 문제로 찾아온 줄 알았던 동석이 케이크를 달라고 하자 당황스러운 듯 되물었다.

"결혼할 여자하고 함께 먹을 만한 달달하고 부드럽고 예쁘고 맛있는 걸로요."

"아, 결혼…… 하시나 봐요?"

"네."

"어떤 분이신지 멋있는 선생님하고 결혼하셔서 행복하시겠어요. 축하드려요, 선생님."

진성 모친이 쇼 케이스에서 체리 빛 하트 모양의 케이크를 꺼내며 호들갑을 떨었다.

"어머님도 아십니다. 그 행복할 어떤 분을."

"……?"

방글방글 웃던 진성의 모친 얼굴이 어둡게 변해갔다.

"그럼, 그분이 혹시……?"

"맞습니다. 진성이 제자만 아니었으면 명예훼손으로 고소했을지 모릅니다. 아직 어린 그 녀석의 실수를 담임의 입장에서 뭘 어떻게 하겠습니까? 일단은 진성이 성격이 어떤지 잘 알기에 참고 넘어갈 수밖에. 하지만 어머님.”

동석의 낯빛은 물론이고 목소리까지 차갑게 변했다.

그 잘생긴 얼굴이 냉정하게 변하자 진성의 모친이 긴장을 했다.

“어머님의 행동은 제가 그냥 봐드릴 수가 없습니다. 정식으로 그리고 진심으로 사과하지 않으시면 전 사표 냅니다. 그리고 진성이 담임이 아닌 한 남자로 어머님을 찾아올 겁니다. 진성이를 위해서라도 잘못을 인정하고 용서를 구하는 어른다운 모습을 보여 주시기 바랍니다.”

“……네, 무슨 말씀인지 알겠습니다.”

“그거 포장해 주십시오.”

진성 모친이 포장을 끝내고 케이크를 건네주었다.

“얼마죠?”

“그냥 가세요, 선생님. 제가 그 값을 어떻게 받아요?”

“아닙니다. 잘못하다가는 김영란법에 걸립니다. 그리고 이건 제가 사랑하는 제 여자 먹이려고 사가는 건데 제가 값을 치러야죠. 안 그렇습니까?”

동석이 카드와 함께 작은 쪽지를 내밀었다.

“이건?”

“도 소아과 원장 전화번호입니다.”

“……네.”

계산을 끝낸 동석이 케이크를 들고 집으로 돌아왔을 때, 윤희가 그를 맞이해 주었다.

늘 텅 빈 집에 들어올 때와 달리 그녀가 맞이해 주는 순간, 집 안은 물론이고 그의 마음까지 안정감으로 꽉 찬 느낌이 들었다.

"그거 뭐야? 케이크?"

"응."

"무슨 날이야?"

"우리 윤희 무사히 살아 돌아온 날."

"어우, 오글거려. 아이스크림 케이크는 아니구나? 난 그게 좋은데."

"일부러 그거 안 사 왔어. 또 녹아서 못 먹을 것 같아서."

동석이 윤희를 번쩍 안아 들고 침실로 향했다.

"살아서 내 품에 온 걸 환영한다, 도윤희!"

"꺅!"

윤희의 비명이 어느 순간 야릇한 신음으로 바뀌었다. 거친 동석의 숨소리와 뒤섞여 침실 밖으로 새어 나왔다.

동석의 말대로 아이스크림 케이크가 아니어서 다행인 밤이었다.

❖

서진이 소개시켜 준 병원으로 출근이 확정되었다. 윤희는 그로 인해 병원에서 가까운 집으로 구하기 위해 동석과 토요일 오후 부동산을 돌아다니고 있는 중이다.

워낙 전셋값이 비싼데다 나온 집도 마땅한 게 없었다.

가격이 맞으면 보안이 취약하고, 모든 게 괜찮으면 가격이 맞지 않았다.

"너무 힘들다. 딱 한군데만 더 가보고 나중에 다시 보자."

그렇게 해서 들어간 부동산.

"어서 오세요."

"전세로 들어갈 건데 괜찮은 집이 있을까요?"

"신혼부부시구나? 괜찮은 집 많죠. 몇 평 정도 원하세요? 아파트? 빌라?"

이전에 들어갔던 부동산에서도 똑같이 들었던 말이다. 처음엔 당황스러웠지만 세 번째 듣게 되니 당황할 것도 없었다.

그게 아니고 혼자 살 원룸으로 본다는 대답을 하려는데 동석에게서 뜬금없는 대답이 흘러나왔다.

"35평 정도 되는 아파트는 시세가 어떻게 됩니까?"

"위치마다 다르긴 한데 말이죠……."

중개인의 말을 듣고 있는 동석을 윤희가 어이없이 쳐다보았지만 그는 그녀의 시선을 의식하지 않고 중개인의 말에 집중했다.

“일단 한번 보죠.”

“그러시죠. 작년 겨울부터 입주한 아파트라 손볼 것도 없고, 브랜드도 좋아서 인기가 좋습니다. 이것도 바로 계약하지 않으면 금방 나가요.”

앞서 나가는 중개인을 따라가려는 동석을 잡았다.

“너 왜 그래? 지금 뭐 하는 거야? 네가 얻어줄 거야? 왜 이러는 건데?”

“일단 따라와.”

얼떨결에 따라나서 인기 좋다는 새 아파트에 들어가 봤다. 역시나 그냥 비싼 것이 아니었다. 38평이라고 하니 넓은 공간은 말할 것도 없고 최신식 인테리어와 숲과 공원이 보이는 뷰는 아파트 가격만큼의 가치를 보여주고 있었다.

“어떻습니까?”

“좋은데요? 매매가격은 얼맙니까?”

“매매 매물도 있습니다. 가격은 대충…….”

가격을 듣고 입을 딱 벌리는 윤희와 달리 동석은 생각이 있는 것처럼 고개를 끄덕거렸다.

“생각해 보고 연락드리겠습니다.”

“빨리 주셔야 합니다. 이거 오늘까지 남아 있으리라고 장담 못합니다.”

“네, 알겠습니다.”

중개인과 헤어지고 두 사람은 동석의 차에 올랐다.

"야, 너 뭐 한 거야? 내가 살 집을 봐야지! 괜히 눈만 버리고 마음만 상하게 그런 좋은 집을 보면 어떡하냐?"

"그냥 코스프레 좀 해봤다. 그런 집…… 살 수 있는 그런 능력자로 보이려고."

"유치해. 할 게 없어서 그런 코스프레를 하니? 나이가 몇 살인데?"

"대출 받아서 사. 월급 받아 갚아 나가면 되잖아."

"내가 대출에 허리 휘어본 사람이거든! 내 앞에서 대출 얘기하지 마!"

돌아오는 길에 윤희는 아쉽고 급한 대로 싼 집으로 계약해야겠다는 생각을 했다. 그리고 월급 받아 아껴 쓰고 저축해서 빠른 시간 내에 괜찮은 집으로 이사를 해야겠다고 마음먹었다.

휴일 오전, 놀러 가자는 동석의 차에 올라 함께 어디론가 가고 있는 중이었다. 근처 공원이나 외곽의 데이트 코스로 소문난 곳으로 갈 줄 알았다. 그런데 정장을 쫙 빼입고 온 동석이 윤희를 데리고 온 곳은 그들만의 추억이 있는 운영고였다.

"어? 여기는 왜?"

"새롭잖아."

"새롭기는 하지. 그런데 이 운동장만 보며 내가 가슴이 아주 그냥 미어져요!"

윤희가 새치름한 표정을 동석을 슬쩍 쏘아보자 그가 그녀의 어깨를 팔로 둘러 안았다.

"트라우마에서 벗어날 필요가 있어."

그리고는 윤희를 운동장 한가운데로 데리고 왔다.

"자, 내 머리를 잡아당기든, 나를 두들겨 패. 그럼 좀 그 울분이 가시지 않을까?"

동석이 그녀 앞으로 머리를 내밀었다.

"쳇. 마음에도 없는 소리. 진즉에 그럴 마음이었으면 운동복 차림으로 왔어야지! 여기 오는데 뭐 한다고 슈트를 빼입고 왔대?"

그리고는 학교 건물들을 휘둘러보았다.

"페인트 새로 칠한 거 빼고 다 그대로인 것 같다. 그치? 언덕 위에 기숙사도 가볼까? 오늘 일요일이라 애들 다 집에 갔나? 남아서 공부하는 독종들도 많을 거야? 그치?"

"그렇겠지. 윤희야, 그때로 다시 돌아가고 싶어."

"나도 너만 아니면……."

"지금 그때로 돌아왔다고 치고 너한테 하고 싶은 말해도 돼?"

윤희가 코웃음을 쳤다.

"안 들어도 무슨 말 할지 알 것 같다. 사귀자고 할 거지?"

동석이 고개를 저었다. 그리고 묘한 미소를 보였다. 짓궂어 보이는데 아주 장난스럽지만도 않은, 심각해 보이면서도 무겁지 않은 옅은 미소가 야릇하게 느껴졌다.

"그 말 아니면…… 뭔데?"

"윤희야, 14년 후에 내가 여기에서 너한테 프러포즈할 거야. 그럼 거절하지 말고 받아줘."

위에서 그녀를 내려다보는 그윽한 눈빛, 아직도 입가에 머문 오묘한 미소, 그리고 의미를 자꾸 생각하게 만드는 그의 말.

"너, 그 말……."

동석이 슈트 안주머니에서 흰 봉투를 꺼내 윤희의 손에 건네주었다.

윤희는 그 흰 봉투를 멍하니 내려다보았다.

그가 건넨 말은 분명 프러포즈였다. 그렇다면 지금 그녀에게 건네주어야 할 것은 반지여야 한다.

그런데 이 흰 봉투는 뭐란 말이냐? 의미를 잘못 알아들은 건가? 프러포즈가 아닌 건가? 그냥 죄 사함을 받기 위한 영업용 멘트?

아니면 이 봉투 안에 '뻥이요!' 또는 '속았지!' 라고 써진 우스운 종이가 나오는 건 아닌지.

그랬다가는 죽는다!

윤희가 봉투를 열고 그 안에 내용물을 꺼냈다. 한 장이 아닌 여러 장이었다.

"이게…… 헉! 이, 이게……."

부동산 매매 계약서다. 전세도 아니고 매매. 35평도 아니고

43평.

“이, 이게…… 뭐야?”

“우리 둘이 같이 살 집 계약서.”

“이, 이건…….”

“자, 14년 후로 돌아왔다고 하고, 대답해. 결혼하자, 도윤희.”

윤희의 눈에서 눈물이 흘러내렸다.

눈앞에 있는 남자를 얻기 위해 아무것도 모르던 18세 어린 시절, 이곳에서 친구와 머리를 잡고 난투극을 벌였었다.

그때 모질게 그녀에게서 등을 돌렸던 그 녀석이 이젠 남자가 되어 그 역사의 현장에 서서 청혼을 하고 있다.

그때를 생각하면 복수하는 심정으로 매몰차게 거절해야 하는데, 아직까지도 좋아 죽을 것 같으니 어쩌란 말이냐. 대답해야지!

“그래, 하자.”

동석이 윤희의 뺨을 감싸며 키스를 했다.

“고마워, 그리고 사랑해.”

“나도.”

서로의 숨결이 로맨틱하게 섞이는 순간. 삐이익!

“거, 뭐 하는 겁니까? 학교에서! 얼른 나가요!”

경비 아저씨가 호루라기를 불며 고함을 쳤다. 그리고 두 사람에게로 다가오는 것이 아닌가. 놀란 두 사람이 운동장을 빠르게 뛰어나갔다.

“걸리면 우리 아버지 망신이야. 빨리 튀어!”

운영고 운동장에 윤희의 흑역사가 그들의 아름다운 역사로 새로이 시작되는 순간이었다.

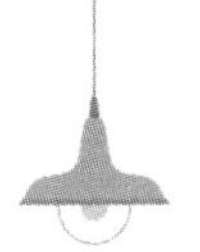

에필로그

43평 아파트는 신혼을 보내기에 너무 넓었다. 혼수가구를 들여놓았지만 신혼부부의 살림이라는 것이 단출할 수밖에 없어 모든 공간이 휑하기만 하다.

결혼식을 1주일 남겨놓고 윤희는 아파트로 가져온 자신의 짐을 정리하느라 바빴다.

드레스 룸에 가져온 옷을 정리해 넣고 책을 서재에 있는 책꽂이에 채워 넣고 있을 때 동석이 자신의 짐을 들고 들어왔다. 그가 가져온 짐도 대부분 옷과 책들이었다.

동석이 윤희가 정리해 놓은 드레스 룸과 서재를 돌아본 후 그녀에게 말했다.

“이렇게 아파트가 채워지니까 슬슬 실감난다. 우리 둘이 결혼해서 살 집이라는 게.”

“그치? 그런데 너 왜 짐이 이것밖에 안 돼?”

“옷하고 책은 거의 다 본가에 있어서 어머니가 택배로 보내실 거야.”

“그렇구나. 그런데 나 배고파.”

“뭐 시켜 먹을까? 아니면 나가서 먹을래?”

“햄버거 먹고 싶은데 사다 주면 안 될까?”

“안 될 거 뭐 있어? 사다 줄게.”

“고마워.”

그녀에게 햄버거를 사다 주려고 나가는 동석의 뒷모습을 보며 윤희는 자신이 전생에 나라를 구한 것이 확실하다는 생각이 들었다.

얼굴이면 얼굴, 몸이면 몸, 성격이면 성격, 능력이면 능력, 어느 하나 모자란 것이 없다. 그런 남자가 자신을 끔찍하게 아껴주고 사랑해 주니 이건 전생에 나라를 구하지 않았으면 이생에 받을 수 없는 행운이다.

흐뭇함에 미소가 나오는 그때, 휴대폰 벨이 울렸다. 하지만 그 벨 소리는 윤희의 것이 아니었다. 소파 테이블 위에 놓인 동석의 휴대폰이 울리고 있었다.

“휴대폰을 놓고 갔네.”

발신인을 확인하니 '임 여사'로 되어 있다. 모르는 사람이 걸었으면 모를까, 윤희는 일주일 후에 시모가 될 임 여사의 전화를 받았다.

"네, 어머니. 윤희예요."

[동석이는?]

"요 앞에 잠깐 나갔는데 휴대폰을 두고 갔어요."

[그래? 동석이 짐을 정리 중인데 책을 다 보내야 하는 건가? 혼자 살 때도 가져가지 않은 책인데 굳이 보낼 필요가 있나 해서.]

"어머니, 보내주세요. 서재에 책꽂이가 남아돌아요. 제 책으로도 채워지지 않아서 보내주셔도 돼요. 동석이는 안 봐도 제가 보면 되니까 보내주세요."

[알았다. 책꽂이 남으면 앨범도 다 보내줄까?]

"네."

동석의 어린 시절 사진을 보면 재미있을 것 같다는 생각에 고민 없이 대답했다. 그런데!

[고등학교 졸업 앨범은 뺄까? 이건 너한테도 있을 거 아니야?]

헉! 고등학교 졸업 앨범?

윤희의 머리가 쭈뼛 서는 기분이다. 그 안에 들어 있는 19세 때의 자신의 모습과 그걸 볼 예비 시부모님을 생각하니 등골까지 오싹해진다.

"아니에요, 어머님. 보내주세요. 제가 그걸 잃어버려서……"

[알았다. 그런데 얘, 윤희야. 너 이때 곰돌이 푸우같이 너무 귀여워더라. 그런데 살을 어떻게 뺀 거니? 결혼식 앞두고 살이 붙어서 걱정인데 비결 좀 알려줘라.]

곰돌이 푸우?

정말 귀여워서 그렇게 표현한 것인지, 아니면 둔한 곰 같다는 표현을 에둘러 푸우라고 해준 것인지.

그동안 친엄마인 서진주 여사보다 더 살가웠던 관계가 와장창 깨지는 기분이었다.

'고부 관계는 말 한마디에 서운하고 마음 상한다고 하더니…….'

결혼 전에 제대로 실감하고 있는 중이다.

하지만 며느리 될 입장에서 할 수 있는 건 그저 웃으며 임 여사의 비위를 맞추는 것이었다.

"어머님 날씬하신데요, 뭐."

[빈말이라도 고맙다. 동석이 같으면 조만간 김밥 옆구리 터지듯 엄마 옆구리 터지겠다고 놀릴 텐데. 그럼 일단 동석이 짐은 다 보낼게. 니들이 알아서 정리해라.]

"네."

통화를 끝내자마자 윤희가 절규에 가까운 목소리로 소리를 질렀다.

"야, 이! 최동석! 너 죽었어!"

열 받아 씩씩거리며 이를 갈고 있는 윤희의 상태를 알지 못하는 동석이 햄버거를 사 들고 웃으며 들어왔다.

"수제 햄버거 집이 있어서 그걸로 사왔어. 잘했지?"

칭찬을 바라는 어린아이같이 천진한 미소를 짓고 있는 그를 윤희가 쏘아보고 있었다. 패스트푸드점에서 파는 햄버거가 아닌 수제 햄버거를 사왔다고 해서 화를 내는 눈빛치고는 너무 살벌했다.

동석은 이유조차 물을 수가 없었다. 본능적으로 지금 이 순간을 피하고 봐야겠다는 생각이 들었다. 하지만.

"내가 결혼식까지는 해줄게. 그러니까 결혼식에서 보자. 그다음은 없어. 잘 먹고 잘살아, 이 나쁜 놈아!"

윤희가 매섭게 쏘아붙이고 나가려 하자 동석이 그녀를 잡았다.

"왜? 왜 그래? 내가 뭐 잘못했는데? 설마 햄버거 잘못 사왔다고……."

"너! 졸업 앨범 너한테 있다고 했잖아! 그거 절대 부모님 못 보시게 한다고 그랬잖아! 이 나쁜 놈아! 우리 엄마도 못 보는 그 앨범 사진을 어머님이 보시게 만들어?"

윤희가 동석에게 마구 주먹을 휘둘렀다. 꼼짝없이 맞아줘야 하는 상황임을 안 동석은 그녀의 주먹질을 고스란히 받아냈다.

"오늘부터 너 안 봐! 결혼식만 하고 그 이후도 안 볼 거고. 알았어?"

주먹질로도 분이 풀리지 않았는지 또다시 무서운 눈길을 던지고 가방을 챙겨 들고 나가려 했다.

"미안해. 어쩔 수 없었어. 미리 치웠어야 했는데……."

"됐어!"

"화 풀어. 내가 어떻게 해줄까? 원하는 거 말해. 다 해줄게."

"됐다고! 다 필요 없다고!"

"겨울 다가오는데 모피코트 사줄까? 차 사줄까? 매일매일 여왕처럼 모셔줄게, 화 풀어라."

씩씩거리며 동석을 바라보던 윤희가 갑자기 씨익 웃었다. 짓궂음을 떠나 사악함이 배어 있는 무서운 미소였다. 그 미소를 본 동석의 온몸에 소름이 돋는 느낌이다.

'무서워. 무슨 꿍꿍이인 거지?'

"최동석."

그 목소리마저 괴기스럽게 들렸다.

"어, 말해."

"기억났어."

"뭐가?"

"내 졸업사진을 공개하는 날, 네 별명도 다 까발릴 거라고 했던 말."

그렇다면……?

"딱 기다려! 결혼식 날, 네 제자들 및 하객들 앞에서 공식 발표해 주마! 최동석은…… 읍."

동석이 그녀의 입을 막아버렸다.

"말도 안 돼! 그럼 우리 웨딩사진 전시하는 테이블에 네 졸업사진 올려 버리는 수가 있어."

"읍…… 죽을래?"

입에서 동석의 손을 억지로 떼어낸 윤희가 그를 무섭게 노려보았다.

"좋게, 가자! 좋게! 내가 뭐든 다 해준다고."

동석이 윤희의 손을 붙잡고 살살 달래기 시작했다.

그렇게 동석이 윤희를 어르고 달래서 받아낸 용서의 조건은 3개월 동안 모든 살림을 동석이 맡아하는 것이었다.

동석은 결혼 후 주부 습진에 걸려 고생은 했어도 그 약속을 지켜주었다.

부부가 된 지 4개월. 서로 바빴던 탓에 혼인신고를 하지 못하고 계속 미루고 있었다.

학교 개교기념일이라 출근하지 않은 동석이 윤희의 점심시간을 이용해 혼인신고를 위해 함께 구청에 왔다.

진짜 부부가 되는 것 같은 약간의 떨림이 느껴졌다. 기분 좋은, 그러면서도 조금은 두려운 그 떨림을 느끼며 서류에 내용을 채워

넣는 동석을 윤희가 흐뭇하게 바라보았다.

'어쨌거나, 내가 신랑 하나는 잘 만났어. 아빠 밑에서 32년이 지옥이었는데, 나의 구세주, 최동석.'

그런데 그때, 동석이 쓰고 있는 그의 주민번호 앞자리가 눈에 들어왔다.

같아야 할 앞자리가 다르다. 그녀보다 하나 더 많은 숫자를 가진 그의 생년.

"야, 이거…… 너…… 한 살 동생이었어? 생일도 어머니가 늦게 신고해서 3월이라더니 1월이네? 누나한테 나이를 사기 쳤어?"

"사기라니? 연하남을 꿰어 찬 행운인 거지."

"헐! 겨우 한 살 어린 동창이 행운의 연하남이나 되니? 한 열 살 어린 연하남이면 모를까?"

"아주 어린 연하남 취향이었어? 진성이 같은?"

"아주 어린 연하면 내 앞에서 귀여운 짓도 잘할 거고, 그래서 예뻐해 주는 맛도 있을 거 아니야? 이벤트 같은 것도 잘해줄 거고. 뭔가 늘 파릇파릇하고 싱싱하고……."

"접수한다."

윤희의 말이 끝나기도 전에 동석이 접수를 했다. 그리고는 골난 것처럼 그녀와 한마디도 섞지 않고 병원에 바래다주고 돌아갔다.

'뭐야? 왜 저래? 화난 거야? 뭣 땜에?'

그날 밤, 피곤한 몸을 이끌고 집에 도착했다.

"동석아!"

하지만 그녀를 맞이해 주며 늘 웃어주던 동석은 보이지 않았다.

"어디 갔지? 뭐야? 아까 진짜 화났던 거야? 한 살 어린 거 티 내나?"

윤희가 투덜거리며 드레스 실에서 옷을 갈아입고 주방으로 향했다.

저녁을 챙겨 먹을 마음이 없었다. 별것 아닌 것 가지고 삐쳐서 사라진 동석에게 화가 나서 입맛도 사라졌다.

"쫌팽이."

일찍 쉬어야겠다는 생각으로 침실로 들어갔다. 그런데 침실 안에 있는 테이블에 촛불, 와인, 꽃이 놓여 있었다. 침대 위 벽에는 작은 전구가 'I LOVE YOU'로 반짝였다.

"이 정도 이벤트면 되겠어?"

욕실에서 나오며 묻는 동석을 보고 윤희는 웃음을 터트렸다.

"뭐야, 이게?"

"연하 취향이라며? 그 취향에 맞춘 거야. 이벤트, 귀여운 짓…… 아, 그리고 어리고 쌔끈한 거 좋아하지? 그렇게 맞춰줄게. 그러니 이제 네가 나를 예뻐해 줘봐."

"유치해!"

"유치하긴? 파릇파릇, 싱싱한 게 어떤 건지도 알려줘?"

동석이 윤희를 번쩍 안더니 침대로 던지듯 내려놓았다.

“야! 뭐 하는 거야?”

“다시는 어린 연하 생각 안 나게 해줄게.”

동석이 빠르고 거칠게 윤희의 옷을 벗겼다. 그리고 그녀의 목에 입술을 내렸다.

“기분 나빴어? 내가 연하 취향이라고 해서?”

“더럽게 나빴어. 다음부터는 절대 그런 얘기 하지 마. 도윤희 취향은 최동석이라고만 해.”

유치한 질투를 하는 그의 모습이 귀엽고, 그런 그와 함께여서 행복했다. 그래서 자꾸 웃음만 나왔다.

“최동석은 내 취향이 아니라…… 운명인 거야. 몰랐어?”

그 말에 동석이 고개를 들어 그녀와 시선을 맞추었다.

“좋다, 운명이라는 그 말.”

윤희가 동석의 목에 팔을 둘렀다.

“네가 열 살 연하가 아니어도, 이벤트를 해주지 않아도, 귀여운 짓을 하지 않아도 넌 늘 파릇파릇 싱싱한 내 남편이고 내 남자야.”

동석이 좋아 죽을 것 같은 미소를 보였다.

“그렇지. 도윤희와 매일매일 모든 걸 나누고 함께할 수 있는 유일한 남자.”

두 사람의 입술이 맞부딪쳤다.

결혼 전에는 아이스크림 케이크를 다 녹을 때까지 서로를 녹이

더니 결혼 후 두 사람은 초 하나가 다 타들어갈 때까지 뜨겁게 타들어갔다.

‘행복해, 사랑해.’

같은 마음으로 신혼의 밤이 깊어갔다.

외전

사랑하는 여자가 다른 남자와 결혼식을 올리는 걸 보는 남자의 마음은 나이에 상관없이 아픈 건 똑같다. 비록 그 나이가 18세 소년이라고 해도.

화려한 조명 아래 새하얀 웨딩드레스를 입고 있는 윤희의 모습은 여신이라고밖에 표현할 길이 없었다.

어린아이 수준에 맞춘 캐릭터 의사 가운을 입었을 때도 아름다웠는데 드레스를 입은 자태는 눈부실 정도로 신비롭기까지 하다.

넋 나간 얼굴로 윤희를 보던 진성의 시선이 옆에 서 있는 동석에게 향했다.

블랙의 턱시도를 차려입은 담임의 모습은 같은 남자가 봐도 질투 날 만큼 멋있었다. 큰 키와 슬림한 몸매에 얼굴까지 완벽하니, 어디 하나 흠잡을 곳이 없다.

'게임이 안 되는 대결이었는데……'

그럼에도 자신의 여신을 신부로 데리고 가는 동석이 미웠다.

이대로 고이 윤희를 동석에게 보내주고 싶지 않았다.

'이 여자는 내 여자다, 소리칠까? 최동석이 내 여자를 빼앗아갔다고 지랄 난동을 부릴까? 제정신으로는 안 되겠다.'

진성은 피로연장으로 가서 테이블 위에 놓인 소주를 맥주잔에 따랐다. 그리고는 인상을 찌푸리며 원샷을 해버렸다. 목이 타들어 가고 도로 튀어나올 것처럼 썼지만 꾹 참고 다시 결혼식이 진행되고 있는 연회장으로 향해 갈 때였다.

"야, 이진성! 인사도 안 해?"

하필 학교 체육교사와 딱 마주쳤다.

"안녕하세요?"

아직 취기가 올라오지 않아 인사는 똑바로 했다. 하지만 입에서 나는 독한 소주 냄새로 인해 음주를 들켜 버렸다.

"너 이 자식 이리 와봐. 음주 측정하자. 하, 불어봐."

하지만 진성은 입을 다물고 고개를 흔들었다.

"안 불어? 너 얼마나 마셨어? 이 자식이 담임 쌤 결혼식장에 와서 술을 마셔? 따라와!"

결국 진성은 진상이 되어 결혼식장에서 쫓겨났다.

술을 마신 진성이 안심이 안 된 체육교사는 다른 학생을 시켜 집까지 데려다주라며 그를 맡겼다.

집에 도착해 엄마에게 실컷 두들겨 맞은 후 한숨 자고 일어난 후에야 자신의 어이없던 행동을 반성하고 후회했다.

점심도 제대로 먹지 못한 속에 마시지도 못하는 소주를 들이부어 속이 쓰렸다.

편의점으로 가서 컵라면 하나를 사서 먹는데 여자 한 명이 컵라면과 삼각 김밥을 들고 진성 옆에 섰다.

세련된 옷차림과 하이힐, 그리고 단정해 보이는 헤어스타일로 봐서, 편의점에서 컵라면을 사먹을 만한 분위기는 아니었다.

Trrr. 여자의 휴대폰이 울리자 전화를 받았다.

"어, 왜? ……. 위자료 그거 가지고 안 돼! 그 인간 의뢰인 몰래 처분한 재산이 얼마나 되는 줄 알아? 절대 합의해 주지 말고 제시한 금액 아니면 소송 바로 들어갈 거라고 해. 법대로 하자고 하라고. 그리고 우리 쪽 의뢰인하고 6시쯤 약속 잡아."

열을 내며 전화를 끊은 후에도 그녀의 화는 식을 줄 몰랐다.

"미친놈. 내가 상간녀 위자료까지 다 받아낼 건데, 겨우 2억으로 위자료 합의를 봐? 지랄."

그러다 진성의 시선을 느꼈는지 그를 날카롭게 쏘아보았다.

"뭘 봐?"

그 카리스마에 눌려 진성이 말을 더듬었다.

“아, 아니에요.”

“학생이야?”

“네.”

“공부 잘하니?”

“…….”

“공부는 못해도 돼. 먼저 인간이 돼. 알았니?”

“네.”

멋있다! 도 원장보다 더!

진성은 여자에게서 시선을 뗄 수 없었다.

“오랜만에 먹으니까 맛있네.”

여자가 급하게 컵라면과 삼각 김밥을 먹고 편의점을 나갔다.

여자가 택시를 타고 사라질 때까지 멍하니 바라보던 진성이 나가려고 할 때 그녀가 놓고 간 것 같은 파일을 발견했다.

파일 표지에 명함이 끼워져 있었다.

‘법무법인 〈태양〉 변호사 전수진.’

파일을 들고 진성은 명함에 있는 로펌 사무실을 찾았다.

먼저 택시를 타고 사라졌던 전수진 변호사가 먼저 도착해 있었다.

“변호사님 이거요…….”

“어? 고마워. 진짜 고마워. 야, 너 인간이 됐구나? 대한민국의 미래가 밝다. 잘 커라.”

그렇게 말하고 돌려보내려는 그녀에게 진성이 외쳤다.

"변호사님! 너무 멋있습니다! 저도 변호사가 되고 싶습니다! 길을 가르쳐 주십시오!"

그렇게 진성의 또 다른 전문직 연상 여성에 대한 짝사랑앓이가 시작되었고 그 이후로 진성은 법전을 들고 다닌다는…….

THE END

작가 후기

또 하나의 글을 완성했습니다.

이 글의 시작은 이러했습니다. 지인 중에 의사 두 분이 계십니다. 한 분은 젊은 나이에도 불구하고 종합병원에서 선택 진료를 하는 소아과 의사이고, 한 분은 동네 산부인과 의사입니다.

소아과 의사 분은 진료를 볼 때 대하는 의사와 별로 다르지 않습니다. 남들 이야기는 잘 들어주지만 해야 할 말 이외에는 별로 입을 열지 않는, 그런 분이죠.

그리고 산부인과 그분은 그냥 아줌마 같습니다. 일상의 일들을 너무도 편하게 풀어놓습니다. 의사 가운이 과연 어울릴까, 하는 마음이 들 만큼 너무 털털한 분.

성격의 차이겠지만 산부인과 의사 분의 옆집 아줌마 같은 편안함이 좋았습니다.

그렇게 인간적이고 다정하고 따뜻하고 편하고 약간의 허당기도 있는 귀엽고 젊은 여의사 이야기를 쓰고 싶었습니다.

능력 있고 완벽하게 모든 걸 갖춘 여자 주인공도 좋지만, 능력보다는 생계에 집착하는 귀여운 여의사가 더 사랑스럽고 애착이 가지 않을까…… 하는 생각에 윤희를 선택했습니다.

가끔, 그래도 의사인데 너무 없어 보이는 거 아니야? 하는 생각도 들었지만, 어쨌든 이 글을 쓰는 내내 두 주인공 때문에 행복했기에 다음에는 윤희 친구 '서진'을 주인공으로 한 글을 써볼까 합니다. ^^

다른 글들에 밀려 생각보다 늦게 나온 만큼 동석과 윤희가 독자님들에게 사랑을 많이 받았으면 하는 바람입니다.

글을 쓰는 동안 도움 주신 가족들, 지인들, 친구들, 서재 작가님들과 독자님들, 감사합니다.

얼마 남지 않은 2017년 행복으로 마무리하시고 새로운 2018년도 행복하고 건강하세요.

—성희주(guree) 드림